C000062612

M

Mercedes Ron

Dímelo con besos

El papel utilizado para la impresión de este libro ha sido fabricado a partir de madera
procedente de bosques y plantaciones gestionadas con los más altos estándares ambientales,
garantizando una explotación de los recursos sostenible con el medio ambiente y beneficiosa para las personas.

Dímelo con besos

Primera edición en España: abril de 2021
Primera edición en México: septiembre de 2021

D. R. © 2021, Mercedes Ron

D. R. © 2021, Penguin Random House Grupo Editorial, S. A. U.
Travessera de Gràcia, 47-49, 08021, Barcelona

D. R. © 2021, derechos de edición mundiales en lengua castellana:
Penguin Random House Grupo Editorial, S. A. de C. V.
Blvd. Miguel de Cervantes Saavedra núm. 301, 1er piso,
colonia Granada, alcaldía Miguel Hidalgo, C. P. 11520,
Ciudad de México

penguinlibros.com

Penguin Random House Grupo Editorial apoya la protección del *copyright*.
El *copyright* estimula la creatividad, defiende la diversidad en el ámbito de las ideas y el conocimiento,
promueve la libre expresión y favorece una cultura viva. Gracias por comprar una edición autorizada
de este libro y por respetar las leyes del Derecho de Autor y *copyright*. Al hacerlo está respaldando a los autores
y permitiendo que PRHGE continúe publicando libros para todos los lectores.

Queda prohibido bajo las sanciones establecidas por las leyes escanear, reproducir total o parcialmente esta obra
por cualquier medio o procedimiento así como la distribución de ejemplares
mediante alquiler o préstamo público sin previa autorización.
Si necesita fotocopiar o escanear algún fragmento de esta obra diríjase a CemPro
(Centro Mexicano de Protección y Fomento de los Derechos de Autor, https://cempro.com.mx).

ISBN: 978-607-380-309-0

Impreso en México – *Printed in Mexico*

A Joaquín, por estar a mi lado y quererme como soy. Nunca dejes de hacerme reír. Te quiero.

Prólogo

KAMI

Nadie hubiese imaginado que eso ocurriría. Si me dejasen echar la vista atrás, a lo mejor hubiese podido ver las señales, las pistas que de alguna manera me había ido autoconvenciendo de no saber interpretar. No quería verlo... ¿Por miedo?

No lo sabía, pero sí sé que sentí algo extraño aquella mañana al entrar al instituto. No me preguntéis exactamente qué fue, pero podía olerse algo en el aire... Podéis llamarlo intuición, premonición..., no lo sé, pero cuando ocurrió, mi mente sintió alivio, no un alivio real, claro, pero sí la sensación de haberse quitado un peso de encima, de haber comprendido por fin ese extraño presentimiento que desde hacía semanas recorría mi cuerpo y mis pensamientos, alertándome de que algo iba a ocurrir, de que algo se estaba gestando en esos pasillos abarrotados de adolescentes, en esas clases donde las mentes funcionaban para alcanzar lo que la sociedad nos imponía desde que éramos capaces de hablar: «Estudia, aprueba los exámenes, entra en una buena universidad, pide una beca, estudia, endéudate hasta las cejas, estudia, trabaja, paga los préstamos, trabaja, cómprate una casa, un piso, o vive de alquiler, búscate a alguien que te soporte y que te quiera, ten hijos, ahorra para tus estudios, trabaja...».

Y así hasta el infinito.

Levanté la cabeza del examen final de física, igual que hicieron todos mis compañeros, y un escalofrío me recorrió de la cabeza a los pies.

Inmediatamente después del primer estruendo, vino el segundo y luego un tercero.

Se hizo el silencio durante unos segundos infinitos y acto seguido oímos los gritos.

El profesor Dibet se puso lentamente de pie y yo tuve el impulso de hacer lo mismo. De levantarme y correr, pero ningún músculo de mi cuerpo reaccionó, así como tampoco lo hicieron los de mis compañeros.

—Que alguien llame al 911 —dijo lentamente acercándose a la puerta de la clase.

Nadie se movió.

—¿A qué estáis esperando? —nos apremió, y por fin a mi alrededor los alumnos empezaron a moverse.

Abrí la boca con voz temblorosa.

—Nadie tiene los teléfonos, profesor...

La mirada del profesor Dibet se clavó en la mía y vi el miedo cruzar sus facciones.

Solté un grito cuando se oyó el estruendo del siguiente disparo, esta vez mucho más cerca.

—¡Todos debajo de los pupitres! —ordenó el profesor—. ¡Ahora!

Obedecimos sin decir nada, aunque los llantos no tardaron en llegar a mis oídos.

Miré hacia mi izquierda.

Kate parecía totalmente aterrorizada, su cuerpo temblaba y se abrazaba a sí misma con fuerza.

Me hubiese gustado poder decirle algo, poder acercarme y rodearla con mis brazos, sentir el abrazo de quien fue mi amiga desde la infancia... aunque ya no nos hablábamos, todo lo que había pasado entre nosotras no tenía importancia en ese momento.

Cuando escuché el susurro que salía de sus labios, no fui capaz de encontrarle una explicación lógica a sus palabras:

—Esto es culpa mía, es culpa mía.

Cerré los ojos con fuerza cuando el siguiente disparo llegó a oídos de todos. Me tapé automáticamente las orejas con las manos y empecé a rezar en silencio.

Thiago.

Taylor.

Oh, Dios mío... Cameron...

Así empezó la pesadilla..., pero mejor comenzar desde el principio.

PRIMERA PARTE

1

KAMI

Nadie tenía ni la menor idea de dónde estaba Julian. Había pasado ya una semana desde que Thiago había viajado a Nueva York para descubrir que el acosador del instituto, el que había estado manipulando a todos y alejando y poniendo a la gente en mi contra, había sido Julian Murphy, alias Jules. El mismo que la noche que viajamos a Falls Church me había invitado a ver una película en su habitación para drogarme y grabar un vídeo mío desnuda y subirlo a las redes para que todos lo vieran. El mismo que había estado metiendo mierda entre una de mis mejores amigas y yo, el mismo que había subido fotos privadas a mi propio Instagram después de chantajear a mi hermano pequeño para que entrara en mi habitación a robarme... El mismo que se había hecho pasar por gay para llegar hasta mí, el mismo que había jurado ser mi amigo.

Dejé de apretar el lápiz contra el folio y pasé el dedo por encima del agujero que acababa de hacerle a mi dibujo debido a la fuerza con la que sin darme cuenta había estado presionando el papel.

No era nada del otro mundo, garabatos sin sentido, pero que, si los mirabas con perspectiva, te podían llegar a poner los pelos de punta. Nada que no fuese lúgubre salía últimamente de aquellos lápices, algo que ya era de esperar.

¿Podía ir a peor ese maldito curso?

No lo creía..., no podía tener tan mala suerte.

Lo que había estado pasando en el instituto me tenía tan distraída que las últimas semanas ni siquiera había pensado en el divorcio de mis padres. Mi madre estaba irreconocible, inestable por todo lo sucedido, por enterarse de que a sus dos hijos les hacían *bullying* en el colegio, harta de que su propia madre, mi abuela, le dijese que no tenía ni la menor idea de cómo criarnos, cansada y preocupada al ver que la paga que mi padre nos enviaba no le bastaba para mantener su alto nivel de vida, al que poco a poco iba a tener que ir desacostumbrándose.

Al menos ahora parecía un poco más humana, no tan Barbie y no tan estúpida y llena de superficialidades. Ya no tenía tiempo para eso, no desde que era ella la que ahora debía llevar la casa, llevarnos y recogernos del colegio, hacernos de comer, encargarse de mi hermano pequeño...

El día anterior me acompañó a la comisaría a poner una denuncia oficial contra Julian por acoso, abuso sexual y difamación por medio de un vídeo privado. No lo había tenido claro, no sabía si me veía capaz de enfrentarme a algo así, de ir a juicio contra alguien a quien hasta hacía poco había considerado mi amigo. No quería volver a verle la cara, no podía, pero mi madre y mi abuela habían insistido, habían insistido muchísimo; aun así, los que finalmente me convencieron de hacerlo fueron los hermanos Di Bianco.

¿Qué tenían aquellos dos chicos para entrar en mi cabeza y arrasar con todo? ¿Qué tenían para que su opinión, su concepto de mí, fuera tan importante como para borrarme el miedo y conseguir en una simple conversación que hiciera lo que ellos y mi familia querían que hiciese?

No me había olvidado de ese último momento que había compartido con Thiago en su coche el día que se descubrió la verdad y Julian se llevó la paliza del siglo. No podía quitarme de la cabeza sus ojos verdes mirándome profundamente y queriendo llegar a mi subconsciente para dejar allí el mensaje que lo cambiaba todo.

Me quería.

Thiago me quería, y ni siquiera sabía cómo había pasado.

No habíamos vuelto a quedarnos a solas desde entonces. Taylor no se apartaba de mí ni un momento y Thiago estaba más distante que nunca. Solo se me había acercado para convencerme de que denunciara a Julian. Nos había estado escuchando desde su habitación, supongo, porque irrumpió en el cuarto de Taylor y con voz tajante me advirtió de que, si no lo denunciaba, lo único que estaba haciendo era poner en peligro a cientos de chicas que, como yo, podían llegar a cruzarse en el camino de ese mentiroso compulsivo y manipulador.

Solo me bastó un cruce de miradas para saber que tenía razón, joder, que tenía toda la razón del mundo. Así que fui a la comisaría y lo denuncié.

Lo que ocurrió después aún me atormenta por las noches.

Fueron en su busca, iban a arrestarlo, pero cuando llegaron a su casa vieron que no estaba. Sus padres no tenían idea de su paradero y, cuando los policías les preguntaron cuándo había sido la última vez que lo habían visto, afirmaron que había sido aquella misma mañana y que les dijo que se iba a estudiar a la biblioteca.

Desde eso ya había pasado una semana.

Julian estaba en paradero desconocido, se había esfumado sin importarle dejar a plena vista de todos, o de cualquiera que entrase en su habitación, los cientos de fotos que había estado haciendo de todos los alumnos. Tenía contenido audiovisual y fotográfico de todos los miembros del equipo de baloncesto y de todas las animadoras..., pero de la que más había era de mí.

Centenares de fotos, de vídeos, fotos mías privadas, fotos incluso de niña, que a saber de dónde las habría sacado. ¿Tanto tiempo había estado espiándome, siguiéndome...?

Julian era un psicópata. Un psicópata obsesionado conmigo.

Había intentado acercarme a Kate, él era su hermano, debía de saber algo, pero mi ex mejor amiga se había negado a querer hablar conmigo. Ellie me había contado que había dejado el equipo de las animadoras y que desde lo que había pasado con Julian apenas le habían visto el pelo.

Yo me fijé en ella los últimos días antes de aquel fin de semana. No estaba bien y supuse que haber descubierto que su hermano era un maldito acosador no debió de ser nada fácil para ella. No es que Julian y Kate se llevasen estupendamente bien, de hecho, apenas se tragaban, pero a fin de cuentas era su hermano.

Taylor había conseguido escaparse del castigo infligido a todos los alumnos que dieron una paliza a Julian siete días atrás porque consiguió escabullirse entre la multitud, pero muchos otros habían sido expulsados del colegio durante un mes, Dani incluido. Hubiese dado lo que fuera para que Taylor hubiese sido expulsado con el resto de los alumnos. Todos los actos tienen su consecuencia.

Pero no fue así.

Cerré mi bloc de dibujo y lo guardé en el cajón de mi escritorio. Como siempre, mis ojos se clavaron en la casa de enfrente, en esa ventana donde normalmente dormía el causante de mis mejores sueños, pero también de mis peores pesadillas.

No había vuelto a estar sola con Thiago desde aquel día en su coche, cuando me confesó que me quería, y desde ese día todas las células de mi cuerpo ansiaban volver a compartir un momento a su lado. ¿Habéis sentido alguna vez esa sensación de dolor, esa sensación de necesitar el contacto físico con alguien? ¿Como si vuestro cuerpo necesitara de ese calor en especial para poder avanzar y recuperar su vitalidad? Así me sentía yo.

Cuando iba a ver a Taylor y cruzábamos el salón para llegar a la escalera que nos conduciría a la planta de arriba, Thiago estaba allí, tumbado en el sofá mirando la tele, o dormido boca abajo y con la cara apoyada en el antebrazo... Cuando a veces pasaba por el rellano y miraba hacia la derecha, a su habitación, ahí estaba él leyendo un libro, o sentado frente a su ordenador, o, Dios no lo quisiera, haciendo flexiones sin camiseta y con la música a todo volumen.

Me moría.

Me moría todas y cada una de las veces que pasaba a su lado y no podía comérmelo a besos.

Intercambiábamos miradas, eso no os lo voy a negar. Nuestros ojos se buscaban como un sediento puede buscar agua en el desierto, nos faltaba un chute del otro para poder seguir, y eso me daba miedo, mucho miedo.

Taylor estaba muy pendiente de mí, muy atento, me tenía sobreprotegida y temía que Julian apareciese para hacerme daño. La relación entre él y su hermano se había vuelto más fría de lo normal, apenas intercambiaban más de una frase en mi presencia, y Taylor parecía querer evitar cualquier momento en compañía de Thiago, especialmente si estaba yo con ellos.

Eso complicaba aún más las cosas, porque apenas podía verlo, apenas podía calmar mi angustia por saber cómo estaba, de querer que mi corazón se viera anestesiado, aunque fuese por un rato, de lo mucho que lo echaba de menos.

Pero al menos nos quedaba la ventana.

Él, al contrario que antes, dejaba las cortinas completamente abiertas para que pudiera verlo cuando quisiera. Y yo, como respuesta a su gesto, hacía lo mismo. Nuestras ventanas eran de esas grandes, de las que llegaban hasta al suelo y por las que entraba muchísima luz. ¿Creéis normal que hubiese cambiado de lugar mi cama para que cuando me iba a dormir mis ojos pudiesen ver a través de los cristales a Thiago haciendo lo mismo?

Estaba perdiendo la cabeza, lo sé, pero lo necesitaba. Así de simple.

El lunes se presentó lluvioso y con fuertes ventiscas. Cuando me levanté a las siete y media y miré hacia fuera, sentí un escalofrío de esos que te animan a quedarte metida en la cama. Es difícil dejar las sábanas calentitas y el refugio de la habitación sabiendo que te espera una larga jornada de estudios, presentación de trabajos..., y todo ello aderezado con la humedad de un día lluvioso, pero no quedaba otra.

Había que intentar volver a la normalidad.

Mis «amigas» —las pongo entre comillas porque aún dudaba de la autenticidad de su amistad— habían vuelto a dirigirme la palabra. En el fondo tenía el presentimiento de que lo hacían porque por culpa de Julian yo me había vuelto a convertir en la comidilla del instituto y ellas, al igual que el resto, deseaban enterarse de primera mano de todo lo que él me había hecho.

Era cierto que la realidad había llegado a distorsionarse hasta el extremo que muchos afirmaban que habían visto a Julian escondido en el bosque que había detrás del jardín trasero de mi casa, o caminando por el pueblo a altas horas de la noche con un rifle en la mano. Incluso había algunos idiotas que aseguraban que Julian había conseguido disfrazarse y seguía acudiendo al instituto de incógnito.

Lo dicho: ridiculeces.

Sin embargo, la gente estaba nerviosa, ansiosa, temí que fuese capaz de desvelar secretos de otros estudiantes, que fuese capaz de arruinar reputaciones, vidas... o desvelar secretos inconfesables.

Julian se había convertido en la pesadilla del Instituto de Carsville, y lo más curioso de todo fue que, a pesar de que todos le temían, también parecían admirarlo. Era una admiración innata que crecía desde el interior de todos al ver que solo un estudiante había sido capaz de crear tanto revuelo, que había sido capaz de hackear teléfonos y ordenadores... Mi mejor amiga, Ellie, era una de esas personas.

Esa mañana me había propuesto acercarme a su casa, irme con ella al instituto y así poder hablar y que me contara de una vez qué le había pasado con Julian, qué había sido lo que había provocado que hasta ella se alejara de mí, que incluso se enrollara con mi ex, un capullo integral.

Ellie estaba cagada, como todos los que nos habíamos visto atrapados en las telarañas de Julian, y no quería hablar del tema, pero de esa mañana no pasaba que me contara la verdad.

Le envié un mensaje de texto a Taylor diciéndole que no me recogiera, me puse mi abrigo más calentito, mi gorro rojo y mis guantes y salí temprano de casa, cuando mi madre y mi hermano aún seguían durmiendo. Mi abuela se había marchado hacia un par de días, aunque había prometido pasarse cada poco tiempo para asegurarse de que nadie volvía a meterse con su familia.

Fuera hacía un frío glaciar. La noche anterior había nevado y, aunque las carreteras estaban limpias gracias a que las máquinas quitanieves habían empezado su ardua tarea bien temprano esa mañana, las casas y los árboles estaban rodeados de una gran montaña blanca de al menos un metro de altura. Me di cuenta de que, a diferencia de las carreteras, las aceras estaban también hasta arriba de nieve, por lo que tuve que emprender la marcha por donde iban los coches. Aún no había ni amanecido, pero no me importó. Necesitaba ese momento para mí. A veces estar solo hace tan bien a la mente... Desde que había pasado lo de Julian nadie me dejaba sola, nadie me quitaba los ojos de encima, me miraban como si fuese una bomba a punto de estallar, y deseaba con todas mis fuerzas sentir que todo volvía a ser como antes.

Observé el paisaje a mi alrededor y admiré el precioso lugar que me había visto crecer. Al contrario de muchos, que pensaban que Carsville era un pueblo soso y aburrido, a mí me había encantado crecer rodeada de naturaleza. Adoraba las Navidades con muñecos de nieve en el bosque; las tardes al sol bañándonos en el lago del pueblo, un lago que, a medida que nos habíamos ido haciendo mayores, se había convertido en un lugar donde beber sin que los adultos nos pudieran encontrar con facilidad; las noches acampando en el jardín para ver las estrellas que la poca contaminación lumínica de la zona nos dejaba ver...

Carsville..., el pueblo donde no pasaba nada y el mismo que el mundo entero conocería dentro de muy poco.

Llegué a casa de Ellie con tiempo de poder charlar antes de que tuviésemos que entrar al instituto. Llamé al timbre sabiendo que seguramente estaría ya desayunando. Me abrió su padre, un hombre muy alto con el pelo rizado y muy oscuro. El señor Webber era un tipo que intimidaba por su corpulencia, pero que, en el fondo, era un cacho de pan.

—¡Hola, Kami! ¿Cómo estás, pequeña? —me preguntó abriéndome la puerta e invitándome a entrar—. ¡Entra, entra, que hace un frío que pela! ¿Has venido andando?

—¡Buenos días, señor Webber! Hoy me apetecía dar un paseo —dije con una pequeña sonrisa—. ¿Está Ellie?

—Está desayunando en la cocina —respondió cogiendo mi abrigo, mi gorro, mi bufanda y mis guantes y colocándolo todo sobre el perchero que tenían en la entrada. Dentro de la casa hacía un calor casi asfixiante de lo alta que tenían la calefacción. A los pocos minutos de estar en ella me entraron ganas de arrancarme toda la ropa, pero me contuve y seguí al señor Webber hasta la cocina.

La casa de Ellie no era muy grande, lo justo para que vivieran sus padres, dos gatos y ella. Ellie siempre me decía lo mucho que envidiaba mi gran habitación, mi salón con televisión de plasma y mis impresionantes escaleras; siempre quería que nos reuniéramos en mi casa, y yo, que deseaba alejarme de aquellas imponente paredes, siempre buscaba una excusa para que finalmente nos quedásemos en su casa, donde la señora Webber nos preparaba el mejor pastel de manzana de la historia. Su casa era mucho más hogareña que la mía, olía siempre a café recién hecho y a bollos calentitos...

Es increíble cómo siempre deseamos lo que no tenemos.

Cuando entré en la cocina, una cocina asimismo pequeña, con una mesa redonda blanca en una esquina y el mobiliario de madera clara con limoncitos estampados, Ellie levantó la vista de su cuenco de cereales y me miró sorprendida.

—¿Qué haces aquí? —preguntó al mismo tiempo que su madre levantaba la mirada del periódico y me sonreía automáticamente.

—¡Hola, preciosa! Hacía mucho que no te veíamos. ¿Quieres café? ¿Té? ¿Chocolate caliente? No lo tengo hecho, pero puedo prepararlo en diez minutos... —me ofreció poniéndose automáticamente de pie, dejando el periódico sobre la mesa y acercándose a los fogones, lista para empezar a preparar lo que fuera que me pusiese contenta: así era la señora Webber.

—Un café estaría muy bien, señora Webber —dije sonriendo sabiendo que, si no le decía que quería algo, la lista de opciones que empezaría a ofrecerme sería infinita hasta que algo me gustase.

Me senté junto a Ellie y le sonreí con timidez.

—¿Te apetece ir andando al instituto? —le pregunté esperando que me dijera que sí.

Ellie dudó...

—¿No crees que es mala idea..., teniendo en cuenta que...? —dejó la frase en el aire.

Los padres de Ellie no se habían enterado de casi nada de lo que había ocurrido en el instituto. Al no haberse visto ella involucrada, desde Dirección no se habían puesto en contacto con ellos, algo que sí habían hecho con los míos y con la madre de Taylor y Thiago, de manera que Ellie había preferido ahorrarles a sus padres el disgusto de saber que había un loco por ahí suelto que se había dedicado a chantajear a casi todos los alumnos.

—De aquí al instituto solo hay veinte minutos... —insistí mirándola significativamente.

Ellie aceptó en silencio, aunque creí ver en sus ojos cierto nerviosismo. No era tampoco de extrañar, todos estábamos bastante asustados y enfadados por todo lo que Julian había provocado.

Mientras desayunábamos con los padres de Ellie, no pude evitar decirme a mí misma que Julian era inofensivo. Lo odiaba por lo que me había hecho, por todas las mentiras y manipulaciones, pero no podía creer que fuese capaz de nada más. Era un cobarde porque todos los ataques, chantajes y daños que nos había provocado a todos los había realizado desde la distancia u ocultando su autoría.

Julian sería incapaz de abordarnos en la calle para hacernos daño.

O eso quise creer entonces.

Después de desayunar, nos pusimos nuestros abrigos, nuestros guantes y bufandas, y salimos a la calle. Al padre de Ellie, que era quien solía llevarla en coche al instituto, no le hizo mucha gracia que nos fuésemos andando con el frío que hacía, pero conseguimos convencerlo.

Ya cuando por fin nos encontramos solas, caminando junto a la carretera por el carril bici, fui consciente de que las vibraciones que captaba de mi mejor amiga no eran erróneas. Algo le pasaba. Y algo le pasaba conmigo.

—Oye, Ellie... —empecé a decir después de unos minutos sumergidas en un silencio algo incómodo, solo interrumpido por el trinar de los pájaros y de algún que otro coche—. ¿Te pasa algo conmigo? —pregunté yendo directamente al grano.

No quería sentirme así con mi mejor amiga, ahora la necesitaba más que nunca...

Ellie se quedó callada unos minutos.

—Siento mucho lo que pasó con Julian, Kami —afirmó mirando hacia el suelo, aún sin ser capaz de mirarme a los ojos.

—¿A qué te refieres con lo de Julian?

—Sabes que también me obligó a hacer cosas que nunca hubiese hecho...

Se lio con Dani en la fiesta de Halloween... ¡Como para

haberme olvidado de eso! La imagen de ellos dos juntos todavía me provocaba pesadillas, pero no porque estuviese celosa ni nada, sino porque que mi mejor amiga, alguien a quien quería y respetaba, fuese detrás del mismo energúmeno que me hizo la vida imposible durante dos años me cabreaba y me ponía triste a partes iguales.

Dani no se merecía a alguien como Ellie.

Ellie se merecía lo mejor de lo mejor. Se merecía un chico bueno, divertido, que la hiciese reír, que la picara, que consiguiese empujarla a hacer cosas que sola y por su cuenta nunca haría... Se merecería al mejor chico del mundo, y eso mismo le dije sin titubear. Ellie miró hacia la copa de los árboles.

—¿Y si el chico perfecto para mí estuviese fuera de mi alcance? —me preguntó entonces, y sus ojos bajaron hasta posarse sobre los míos.

—Ningún tío decente y con cabeza te rechazaría, Ellie —respondí yo sin dudarlo ni un instante. Mi amiga era un partidazo: inteligente, guapa, divertida, dulce...

Ellie volvió a desviar la mirada de mí, y entonces tuve que preguntarle.

—¿Quién te gusta? —le dije sonriendo—. ¿Lo conozco? ¿Va a nuestra clase?

Hice un repaso mental de las caras de nuestros compañeros y no creí ver a nadie que pudiese acercarse ni un poquito a merecerse a mi mejor amiga, pero si a ella le gustaba alguno, no iba a ser yo quien le quitara la ilusión.

—Sí... va a algunas —respondió y la noté ponerse más y más nerviosa. ¡Joder! ¿Quién le gustaba?

—Venga ya, Ellie, dímelo —insistí cuando vi que ya estábamos casi llegando al instituto.

Ellie volvió a dudar, pero finalmente tomó aire y pareció decidirse.

—No quiero que me odies por esto ni nada..., de verdad que yo no quería, los sentimientos aparecieron sin siquiera yo darme cuenta... —empezó a decir y entonces escuchamos un bocinazo que nos hizo pegar un salto a las dos.

—¡Dios! —no pude evitar soltar al mismo tiempo que me giraba para ver el coche de los hermanos entrando en el instituto.

Ambas, Ellie y yo, lo seguimos con la mirada hasta que se detuvo en una plaza de aparcamiento que quedaba muy cerca de nosotras, pero muy lejos de la entrada del instituto.

Mi estómago empezó a burbujear nervioso cuando Thiago bajo del asiento del conductor dando un portazo y se volvió en mi dirección. Con el rabillo del ojo vi a Taylor hacer exactamente lo mismo.

—¿Qué has hecho ahora? —me preguntó mi amiga, pero no me dio tiempo a contestar, ya que la imagen de los dos tíos más guapos y fuertes del instituto viniendo hacia mí con cara de cabreo me tenía totalmente paralizada.

—¡¿Me puedes explicar qué coño haces viniendo al instituto andando tú sola?! —me gritó uno de ellos y, al contrario de lo que podáis creer, no fue Taylor, mi novio, sino su hermano.

Me quedé un poco en shock, porque normalmente Thiago era el que mejor controlaba su temperamento en público. Mis ojos se desviaron a Taylor, que también me miraba furioso, aunque la furia parecía también ir dirigida a su hermano mayor.

Thiago tenía que empezar a controlarse delante de Taylor, pues a veces daba la sensación de que se olvidaba de que era novia de su hermano, no de él.

—¿Qué quieres que te explique? ¿Que me apetecía venir dando un paseo con mi mejor amiga?

—¡Tu mejor amiga que haga lo que quiera, tú no puedes hacerlo! —volvió a gritarme deteniéndose frente a mí.

Joder..., tan alto, tan grande, tan jodidamente irresistible...

Miré a Taylor para intentar concentrarme en el que de verdad se merecía mi atención.

—Taylor, dile a tu hermano que deje de gritarme —le

exigí enfadada y molesta por el espectáculo que estaba dando delante de todo el instituto.

Di gracias por que estuviésemos lejos de la puerta y que solo fuesen los pasajeros de los coches que iban entrando los que nos miraran con curiosidad.

—No pienso decirle nada porque, por mucho coraje que me dé, tiene razón. ¿Acaso eres tonta y no te acuerdas de que estás en el punto de mira de un loco? —me preguntó cabreadísimo.

Me sorprendió tanto que se dirigiera a mí de esa forma que dudé un segundo en contestar.

—No la insultes —le soltó Ellie, metiéndose en la pelea, muy indignada también con toda la situación.

Taylor pareció reparar en su presencia por primera vez.

—Mira, ricitos, piérdete —le dijo de malas maneras—. Quiero hablar con mi novia a solas —agregó ahora mirándome solo a mí y mandándole un claro mensaje a Thiago también.

Este miró a su hermano, que me miraba a mí, y luego sus ojos volaron a los míos.

Pude leerle la mente tan claramente que me sorprendió: dolor, enfado, rabia, impotencia...; todo junto mezclado en una situación donde él y su mente me reclamaban como suya, pero donde la realidad se alejaba mucho de ser esa. Una parte de mí quiso enfrentarse a él antes que a Taylor, aunque fuese para pelearme, pero mi corazón estaba dividido, pues esa parte de mí no era lógica ni razonable cuando lo tenía cerca.

—Kami, si quieres venirte conmigo y dejar a estos idiotas aquí, hazlo. No tienes por qué dar explicaciones por simplemente haber venido andado al instituto.

Taylor se volvió hacia ella.

—¿Qué parte de la palabra «piérdete» no has entendido?

Miré a Taylor, que en ese momento no controlaba su genio, y luego me fijé en mi amiga. Vi dolor en sus ojos cuando él se dirigió a ella de esa manera y, lo que es peor, vi que intentaba ocultarlo con todas sus fuerzas.

Mi mente se quedó congelada unos instantes hasta que por fin pareció ser capaz de encajar todas las piezas.

A Ellie le gustaba Taylor.

Eso es lo que pasaba, lo que me ocultaba... y con lo que la había chantajeado Julian.

—¿Y qué parte de «me importa un comino lo que tú me digas» no comprendes tú?

Él fue a contestarle, pero decidí intervenir:

—Taylor, para —lo corté y miré también a Thiago, que parecía tener ganas de ahorcarme y sacarme de allí a rastras para poder gritarme en privado y ahorrarse así cualquier tipo de escena—. Ha sido mi decisión venir andando, no pienso vivir atemorizada por lo que sea que un niño de instituto pueda querer llegar a hacerme. Si Julian hubiese querido hacerme daño, lo podría haber conseguido en mil ocasiones, pero ¡no lo hizo! Vosotros lo veis como una peligrosa amenaza, pero para mí es un chico patético que necesitó engañarme y engañarse a sí mismo para conseguir amigos. Es un indeseable, un mentiroso y un patético gilipollas que se quedará solo el resto de su vida. Y ahora, si no os importa, me gustaría ir a clase acompañada de mi mejor amiga.

Dicho lo cual, cogí a Ellie del brazo y eché a andar.

No había dado ni dos pasos cuando Taylor ya me había cogido del brazo por detrás.

—Tenemos que hablar —me exigió apretando los labios y sujetándome del brazo con fuerza.

Thiago fue a detener a su hermano, pero decidí interrumpirlo antes de que la situación empeorase hasta llegar a un punto donde se convirtiese en algo insostenible. Lo último que quería era enfrentar a los hermanos otra vez.

—Hablaremos en clase de biología, Taylor —dije, y fui tan tajante que creí ver en sus ojos que había entendido que se estaba pasando tres pueblos.

Me soltó y, aunque el ambiente no se relajó ni un ápice, al menos me dejaron tranquila... por un rato.

La siguiente clase fue un martirio: matemáticas, y encima sin poder hablar con Ellie de lo que estaba segura que acababa de averiguar. El profesor Gómez no tenía paciencia con los alumnos y no toleraba que nadie hablara durante su clase. En una ocasión pilló a dos estudiantes mandándose notitas y los castigó haciendo un examen cada semana durante un mes. Las notas contaron como media de la evaluación... ¡Una locura! Pero lo hizo.

Ellie, además, no parecía querer entablar ningún tipo de conversación conmigo, miraba hacia delante y apuntaba lo que el profesor decía sin siquiera dirigirme una mísera mirada. Después del enfrentamiento con los hermanos apenas habíamos intercambiado más de dos frases, y eso que yo insistí en retomar la conversación de aquella mañana.

—Llegamos tarde a clase, Kami, no es momento de hablar de mis tonterías.

Pero ¡sus tonterías me importaban! Me había dado cuenta de que había estado tan inmersa en mis problemas, en el divorcio de mis padres, en el acosador, en mi amistad con Julian, en mi noviazgo con Taylor y en mi maldita aventura con Thiago que apenas le había prestado atención a mi mejor amiga, ¡y eso no podía ser!

Me prometí a mí misma volver a ser la de antes, al menos en cuanto a amistad se refería. No podía dejar de lado a quienes habían estado conmigo durante años, y fue justo ese pensamiento lo que me llevó a pensar en Kate.

¿Sabía Kate lo que había estado haciendo su hermano?

¿Había sido consciente de que él había estado manipulándonos a todos? ¿Había colaborado ella para que él conociera los secretos de los demás alumnos?

No era la única en el instituto que había estado especulando de ese modo, muchos creían que Kate había estado ayudando a su hermano, y muchos le habían dado la espalda. Ahora era a ella a quien miraban mal, parecían haberla cogido como chivo expiatorio al no estar Julian para dar la cara, y debido a eso yo había vuelto a ganar el lugar que ocupaba antes. Ellie había bromeado diciendo que la reina usurpadora había caído y que ahora yo volvía a reinar desde mi trono. Odiaba que se dirigiera a mí de esa forma tan superficial y ridícula, pero era su manera de ponerle humor a todo lo que estaba pasando.

Yo no quería volver al lugar de antes, no quería el trono de reina de las animadoras, no quería atención, no quería nada de ese instituto..., simplemente quería acabar ya el curso y marcharme a la universidad sin mirar atrás. En la universidad no pasaban estas cosas, se suponía que la gente ya había madurado y los padres no estaban cerca para molestar ni coartar libertades, y eso era justamente lo que yo necesitaba.

Empezar de cero.

La imagen de Taylor vino a mi cabeza. Él quería estudiar en Harvard, y yo, en Yale. Iba a ser un problema cuando nos marchásemos a nuestras respectivas universidades, pero me aliviaba pensar que no era la única que tenía ese problema. Era algo que todos sabíamos y no podíamos hacer nada para evitarlo. Empezar una relación en el instituto siempre llevaba a pensar en qué pasaría cuando hubiera que separarse. Muy pocas eran las relaciones que duraban a distancia, y más cuando se empezaba la universidad. Todas esas libertades que ansiábamos tener podían llevar al descontrol, derivando en infidelidades o en rupturas tempranas.

Quería pensar que mi relación con Taylor no iba a terminar así..., aunque viendo cómo se había desarrollado nuestro noviazgo y con Thiago aún presente en mi corazón, había llegado a la conclusión de que no me merecía a ninguno de los dos..., pero era demasiado débil como para dejarlos escapar.

¿Me convertía eso en la peor persona del mundo?

Creo que la respuesta estaba más que clara.

2

TAYLOR

Esperé fuera de su clase de matemáticas a que saliera para poder hablar con ella. Mi enfado había quedado en segundo plano, ya que el tema que debíamos tratar era mucho más importante que eso: su seguridad.

Me importaba una mierda lo que me dijera o lo que pensara sobre Julian. Ese tío era peligroso, y algo en mi interior me decía que la historia que él tenía que contar aún no había llegado a su fin.

La esperaba apoyado en la pared frente a la puerta del aula. Las vi salir juntas, aunque se las notaba tensas. Ellie empezaba ya a tocarme demasiados los cojones, sobre todo porque no dejaba de meterse en todo lo que le decía a Kami o hacía con ella. Que fuese su amiga y quisiese defenderla me parecía bien, pero no soportaba que estuviese buscándome las cosquillas cada vez que coincidíamos.

Cuando me vio al salir de clase, el mohín de turno borró su tímida sonrisa y me lanzó una mirada desafiante. Mis ojos le dedicaron simplemente unos segundos antes de pasar a centrarme en mi novia, la tía que me volvía loco en todos los sentidos de la palabra.

Kami se detuvo un segundo, miró a Ellie y luego a mí otra vez; al ver que le costaba decidirse, me separé de la pared y me acerqué a ellas.

—¿Hablamos? —le pregunté solo mirándola a ella.

Kami dudó un segundo, pero después asintió.

—Nos vemos más tarde en historia —le indicó a Ellie.

Esta asintió, me lanzó otra mirada envenenada y se alejó por el pasillo en dirección a las taquillas.

Levanté el brazo, lo colé por la cintura de Kami y tiré de ella hacia atrás hasta que mi espalda chocó contra la pared. La abracé enterrando mi nariz en su cuello y ella hizo lo mismo, dejando caer su cuerpo contra el mío e inundándome de su fragancia dulce y deliciosa.

Había pasado verdadero miedo al no verla por el camino que terminaba en el instituto. Mi imaginación había volado, y había creado todo tipo de imágenes horribles que aún era incapaz de hacer desaparecer.

—Por favor, no vuelvas a hacerlo —dije contra su cuello.

Ella se apartó para poder mirarme a la cara e hizo una mueca.

—No he hecho nada malo, Taylor —afirmó, y por su postura pude entrever que el enfrentamiento que mi hermano y yo habíamos tenido con ella antes no le había hecho ni pizca de gracia.

—¿Es mucho pedir que no te cruces el pueblo tú sola? —le pregunté controlando las ganas que tenía de zarandearla y hacerla entrar en razón—. Julian está ahí fuera y, aunque la policía haya pasado del tema diciendo que solo es un problema de mala conducta de un menor, yo sé que es peligroso y sé que va a volver: este asunto no ha acabado, Kamila —dije, pronunciando su nombre completo por puro impulso, pero es que no podía entender cómo no se daba cuenta de que corría peligro. No sabía el nivel de ese peligro, pero sí que existía, y no podía permitir que le pasara nada malo.

Kami retrocedió unos pasos y me miró muy seria.

—No estaba sola, iba acompañada de Ellie —respondió. A continuación miró hacia el pasillo por donde ella había desaparecido y se cruzó de brazos para volver a devolverme la mirada.

—Ellie no cuenta, Kami, si Julian aparece es como si ni existiese.

—Ellie es magnífica, Taylor. ¿Cómo puedes decir eso de ella?

Pestañeé sorprendido por su pregunta, y cuando fui a abrir la boca para contestarle, me interrumpió:

—Y no me gusta cómo la tratas, por cierto —añadió muy seria—. No te vas a morir por ser un poco simpático de vez en cuando; al fin y al cabo, es mi mejor amiga, debería importarte.

—Me importas tú —aclaré también muy serio y mirándola a los ojos.

—Pues yo estoy bien —afirmó dando otro paso hacia atrás—. No tienes que preocuparte, lo de Julian es agua pasada y quiero olvidarlo, pero no puedo hacerlo si tú y tu hermano estáis todo el día recordándomelo.

Respiré hondo e intenté tranquilizarme. Si fuese por mí y estuviese en mi mano, le pondría un ejército detrás para asegurarme de que estaba a salvo. Sin embargo, no podía hacer eso y, por tanto, yo y mi hermano nos habíamos convertido en ese ejército protector. Me hubiese gustado que no fuese Thiago el otro guardián —cuanto más alejado de Kami estuviese mejor—, pero no podía prescindir de él; de hecho, en mi hermano era en quien más confiaba si se trataba de la seguridad de Kami.

—Nos preocupamos por ti —dije y hasta yo fui consciente de la amargura de mi voz.

Kami se acercó a mí y me colocó la mano en mi mejilla. Me acarició con ternura y luego posó sus labios sobre los míos con delicadeza.

—Lo sé —dijo haciéndome cosquillas con su aliento— y os lo agradezco muchísimo. De verdad prometo que voy a ser precavida, pero, por favor, relajaos un poco —insistió, y no pude más que asentir.

—Vale —terminé accediendo y tiré de ella para darle un beso de verdad. Su cuerpo se curvó junto al mío y metí mi lengua suavemente entre sus labios para poder saborearla despacio. Noté cómo se me ponía dura casi al instante y recordé que no habíamos vuelto a tener sexo desde cuando lo hicimos por primera vez.

Todos los poros de mi ser necesitaban ese tipo de contacto de nuevo, y ella lo sabía... y lo evitaba. Se apartó en cuanto mis manos bajaron hasta su culo y la apretaron contra mi erección.

—Aquí no, Tay —dijo apartando mis manos, pero sonriéndome con las mejillas sonrojadas.

Qué guapa era.

Acaricié su pelo largo y rubio y deseé llevármela a cualquier otro sitio. Anhelaba estar a solas con ella, sin que nadie nos molestara, en un lugar donde poder tener relaciones, dormir después a su lado y prepararle el desayuno.

A veces tener diecisiete años era una auténtica mierda.

—Vamos a llegar tarde —me advirtió besándome en la mejilla—, y hoy dicen los horarios de exposición de los trabajos de sexualidad.

La miré y no pude evitar levantar las cejas juguetón.

—¿Tú quieres de verdad que yo te dé hora para un trabajito sexual?

Se rio a la vez que ponía los ojos en blanco.

—Un mes después y aún sigues teniendo material. Eres un crío.

—Un crío que está deseando metértela otra vez —no pude evitar soltar.

Sí, era bastante mal hablado ¿y qué?

Kami miró hacia ambos lados del pasillo para asegurarse de que nadie nos había escuchado.

—¡Taylor!

Abrí los ojos exageradamente y ella soltó una risita adorable.

—¿Te perturban mis comentarios salidos de tono?

—Me perturba más lo salido que estás tú.

—Habló la misma que me rogaba que se la metie...

—Me tapó la boca con la mano y no pude evitar empezar a reírme.

—¡Calla! —dijo poniéndose aún más roja que antes.

Le baboseé toda la mano y la aparté haciendo una mueca.

—¡Qué asco! —exclamó limpiándose la saliva en mi camisa.

—Vamos a llegar tarde —comenté mirando mi reloj de pulsera.

Kami abrió los ojos con horror al ver la hora, igual que yo, y se giró tirando de mi mano con fuerza.

—¡Vamos!

Corrimos por el pasillo hasta la clase de biología.

Los alumnos ya estaban dentro del aula, y nos sorprendió que, cuando abrimos la puerta y entramos, no fuese la cara amable y sonriente de la profesora Dennell, sino la seria y fría de mi hermano mayor, la que nos dio la bienvenida.

Kami se detuvo en seco y ambos intercambiaron una mirada demasiado fugaz para que pudiera descifrarla.

—Llegáis diez minutos tarde —dijo Thiago molesto al mismo tiempo que negaba ligeramente con la cabeza al mirar en mi dirección.

—Lo sentimos —se disculpó Kami tirando de mí hasta llegar a nuestra mesa del fondo. Cuando nos sentamos y nos volvimos a fijar en mi hermano, vimos que seguía mirándonos con mala cara y que el resto de los alumnos parecía estar aguardando a ver qué pasaba.

—¿Por qué habéis llegado tarde? —preguntó Thiago.

—No creo que estuviesen jugando al parchís, entrenador —soltó Victor di Viani, y muchos se rieron.

Kami me dio un codazo y cuando la miré me señaló los labios con disimulo. ¡Mierda! Me limpié la boca con el dorso de la manga de la camisa y me di cuenta de que había aparecido en clase con restos del pintalabios rojo que Kami llevaba puesto a todos lados.

Fulminé a Victor con la mirada mientras intentaba no fijar mucho la vista en mi hermano.

Pensaba darle una paliza a ese imbécil.

—Castigados —dijo Thiago sin apenas inmutarse—. Los dos, después de clase.

—¡Venga ya! —exclamé sin dar crédito.

—Así tendréis tiempo para solucionar lo que sea que os ha hecho llegar a clase diez minutos tarde.

—Como de verdad tengan que solucionar lo que estaban haciendo ahí fuera... —comentó Di Viani.

Apreté el puño con fuerza. Iba a matar a ese imbécil.

—Di Viani, tú también castigado —dijo mi hermano sacando unos papeles de su maletín como quien no quiere la cosa.

Al menos eso aplacó mis ganas de partirle la cara a Victor, el cual se quedó a cuadros al recibir él también un castigo.

Miré a mi hermano. A veces era como si de verdad se la sudara todo lo que ocurría a su alrededor. Miré también a Kami y me di cuenta de que no le había quitado los ojos de encima a Thiago desde que este había dicho lo del castigo.

—Yo trabajo por la tarde —afirmó entonces y mi hermano levantó la mirada de sus papeles y la observó durante unos segundos.

—¿Tengo pinta de querer que me expliques tu vida? —le contestó y toda la clase se sumió en un silencio sepulcral.

—No puedo faltar al trabajo —insistió Kami apretando los labios al acabar de hablar y tensándose sobre la silla.

—Thiago, no volverá a pasar —aseguré yo, que empezaba a cabrearme de verdad con toda aquella situación. Joder, era mi hermano: ¿no podía enrollarse un poco?

—Claro que no volverá a pasar porque el castigo os hará aprender que, cuando uno comete un error, dicho error acarrea consecuencias.

—Tú ni siquiera eres nuestro profesor, si estuviese aquí la profesora Davies no hubiese habido ningún problema —contestó Kami, y hasta yo pude notar cómo su voz empezaba a elevarse un poco.

—Pero la vida es injusta y te ha tocado que hoy tu profesor sea yo —replicó él mirándola sin ningún tipo de arrepentimiento—. Y ahora me gustaría poder empezar la clase —continuó—. Me ha dicho la profesora Davies que tenéis que presentar un trabajo. Voy a deciros el orden de presentación que me ha dado y así podéis...

—No voy a cumplir el castigo, Thiago. No pienso perder mi trabajo por haber llegado diez minutos tarde, lo siento —anunció Kami, volviéndolo a interrumpir y cruzándose de brazos.

Mi hermano levantó la mirada de la lista que tenía entre las manos y la fijó en ella.

—Kamila, fuera de mi clase —ordenó.

—Ni siquiera es tu clase —le soltó ella.

Le apreté la pierna por debajo de la mesa para que se tranquilizara. Conocía a mi hermano y que le hablasen así delante de todos los demás alumnos no era en absoluto una buena idea.

—Fuera —repitió enfatizando cada sílaba y señalándole la puerta.

Kami se levantó haciendo chirriar la silla. Cogió sus libros, su mochila y se encaminó hacia la puerta dando un sonoro portazo.

Mi hermano cerró los ojos un segundo, respiró hondo, me miró y yo, a mi vez, lo fulminé con la mirada. Luego se levantó y empezó a leer la lista de presentación de trabajos.

La rabia me inundó, pero una parte de mí supo que el castigo no era porque le hubiese molestado que llegásemos tarde, que también, sino porque Thiago seguía cabreado por el descuido de Kami de venir andando sola al instituto estando Julian en paradero desconocido.

Esa era su manera de castigarla y de protegerla.

Y una parte de mí deseó tener también ese poder.

3

KAMI

Salí de la clase dando un portazo, algo que iba en contra de todas las normas de autocontrol y educación, pero es que me jodía taaanto que se pusiera así conmigo... No tenía ningún sentido... o, bueno, puede que sí, porque desde que nos habíamos confesado lo que sentíamos, al margen de las miradas por la ventana, ambos parecíamos estar muy cabreados el uno con el otro. Era como si nos enfadásemos con nosotros mismos por no ser capaces de aclararnos y la pagásemos con la persona que en realidad nos importaba.

¿De qué me valía que intercambiáramos miradas, momentos silenciosos si después a la hora de la verdad parecíamos odiarnos?

Caminé en dirección al pasillo con la intención de meterme en la biblioteca a estudiar, cuando el chirrido de la puerta de la clase me obligó a detenerme y a girarme: era Thiago.

Lo observé con atención mientras llegó a donde yo estaba. Iba vestido con unos vaqueros, camisa, corbata y chaleco de lana azul marino. Era el típico profesor que hacía que te volvieras loca. Loca de remate. Y ahí estaba yo, intentando por todos los medios que no se me notase.

—¿Vienes a pedirme perdón?

Apretó los labios un segundo y por un instante casi creí que mis palabras le habían hecho gracia.

—Estarás castigada todos los recreos del mes a partir de hoy —dijo como quien no quiere la cosa—. Así compensarás el no poder quedarte por la tarde.

—¿Se puede saber por qué has cambiado de opinión? —pregunté cruzándome de brazos.

Thiago miró mi postura desde su superioridad innata y siguió hablando sin contestarme.

—Estaré en el despacho del gimnasio y no en la sala de profesores, para que lo sepas.

Lo miré sin entender.

—Que me esperes allí para el castigo.

Me quedé callada unos instantes y, cuando fue a girarse para volver a clase, hablé, consiguiendo que se detuviera y volviera a mirarme.

—Te estás pasando tres pueblos, que lo sepas —solté sin poder callarme.

—Te veo en el recreo, Kamila —dijo sin más, volviendo a la clase.

Me quedé mirando la puerta por donde acababa de desaparecer y me fui a la biblioteca echando humo.

¡Todos los recreos de un mes!

Cuando entré en la biblioteca busqué una mesa que sabía que estaba junto a la chimenea, que en esta época del año siempre tenían encendida. Había dos sofás mullidos por los que todos los alumnos se peleaban en épocas de exámenes: no había nada como sentarse allí, calentito, a estudiar, en vez de en las sillas duras de las demás mesas.

Al ser horario de clase, en la biblioteca había muy poca gente. Algunos estudiantes cursaban asignaturas que tenían horas libres de estudio y no me extrañó mucho ver alumnos del último curso repartidos por la sala.

En nada empezarían los exámenes de diciembre y, teniendo en cuenta que dichos exámenes contarían como el setenta por ciento de la nota final, todos nos jugábamos mucho. Justo cuando giré en la última estantería de cara a las ventanas, la vi: Kate estaba sentada en uno de los sillones junto a la chimenea.

Tenía en su regazo el libro de historia y la vista perdida

entre sus páginas. Estaba demacrada... Parecía muy triste. Cuando entré en su campo de visión levantó los ojos del libro y los fijó en mí con sorpresa.

—¿Te importa que me siente? —pregunté señalando el sillón que quedaba libre.

Kate miró hacia allí y luego empezó a recoger sus cosas.

—Yo ya me iba —comentó haciendo ademán de levantarse.

—No, no —le dije acercándome a ella—. No te vayas, Kate. Solo he venido aquí buscando un poco de calma... y, bueno, porque me han echado de clase —añadí intentando buscar la manera de volver a conectar con ella.

No podía dejar de pensar que desde que Julian había llegado a nuestras vidas nuestra amistad se había roto, y una parte de mí tenía la sospecha de que había sido también en gran parte culpa suya.

—¿Te han echado de clase? ¿A ti? —preguntó sorprendida, lo que demostraba lo poco que habíamos hablado los últimos meses. Meses en donde me habían castigado en algunas ocasiones sin contar con que casi me expulsan por culpa de peleas que tenían y no tenían que ver conmigo.

—A mí, sí —respondí sentándome a su lado, viendo que había desistido de su idea de salir de allí..., por el momento, al menos.

—¿Qué profesor?

—Thiago Di Bianco —contesté con ironía.

—¿Ahora es profesor?

—De sustitución —aclaré—. Me ha castigado todos los recreos del mes por haber llegado diez minutos tarde.

—Yo el otro día llegue veinte minutos tarde a educación física y ni se inmutó —me dijo, cosa que me hizo cabrearme mucho más.

—Es idiota —comenté estirando las manos frente al fuego para calentármelas.

Se hizo el silencio durante unos segundos y las dos nos sentimos incómodas al estar la una junto a la otra. Me senté en el sillón y la miré.

—Kate, ¿estás bien? —le pregunté observando su demacrado rostro.

Ella pestañeó varias veces y me miró.

—Muy bien. ¿Por qué lo preguntas?

Dudé un momento antes de hablar.

—Imagino que lo que ha pasado con tu hermano ha debido de ser duro para ti...

—Hermanastro —me corrigió.

Podría haberle rebatido eso. Era medio hermano suyo, no hermanastro. Compartían padre, pero, bueno, tampoco pensaba criticarla por querer crear una separación entre ella y la persona más manipuladora que había conocido en mi vida.

—Estoy bien, pero la gente parece querer culparme por lo que él hizo, y eso no es justo —dijo apretando los labios con fuerza.

—No, no lo es. —Estaba de acuerdo con ella—. ¿Tienes idea de por qué lo hizo? ¿Sabes dónde puede haber ido?

Kate me miró y después se puso de pie casi de un salto.

—¿Crees que tengo alguna idea de dónde está? ¿En serio? ¿Has venido aquí a intentar sacarme información? ¡Pues no lo sé! ¿Te enteras? —me gritó consiguiendo que casi todos los alumnos que estaban cerca se giraran hacia nosotras con sorpresa y curiosidad.

—Oye, Kate..., lo siento —dije levantando las manos, asustada por su exagerada reacción. Los ojos parecían querer salirse de las órbitas y por un momento hasta llegué a creer que estaba colocada.

—¡No lo sientas y déjame en paz! —chilló. Acto seguido se alejó de mí y se marchó de la biblioteca pisando fuerte.

Escondí la cabeza entre las páginas de mi libro de biología e intenté hacer como si nada hubiese pasado. La gente de la biblioteca siguió mirándome de reojo y, como era de esperar, a la hora del recreo medio instituto parecía haberse enterado del encontronazo entre Kate y yo.

Algunas chicas me pararon en el patio para preguntarme, y hasta Ellie vino corriendo a mi lado para que le contara de primera mano el cotilleo.

—No pasó nada, se puso como una histérica, Ellie, te lo juro, nunca la había visto así, y eso que Kate siempre ha sido bastante dramática —le expliqué entrando por la puerta grande y girando en dirección al gimnasio.

Ellie caminó a mi lado escuchando lo que había ocurrido, hasta que se dio cuenta de dónde estábamos.

—¿Qué hacemos aquí? —me preguntó mirando sorprendida el gimnasio.

—Thiago me ha castigado... —contesté y miré el reloj—, y vuelvo a llegar tarde, ¡joder! —dije colocando la mano en la puerta doble con intención de entrar sin demora.

—¿Thiago? —me preguntó sorprendida, igual que Kate hacía un rato.

—Luego te cuento —le dije—. ¡Por cierto seguimos teniendo una conversación pendiente! —le grité. Ella me ignoró olímpicamente.

Me giré y casi choco con una mole de músculo, piel y huesos.

—¡Joder! —exclamé apartándome cuando su fragancia lo envolvió todo.

—¿Vuelves a llegar tarde?

Di dos pasos hacia atrás para aclararme la mente y me fijé en él. Se había quitado el chaleco y llevaba la camisa remangada y la corbata aflojada.

—Veo que te relajas bastante para estar en tu horario lectivo —comenté señalando su ropa y deseando que olvidara el detalle de que había llegado tarde... otra vez.

—No tengo clase hasta después de comer —dijo observándome fijamente.

Me di cuenta entonces de que íbamos a estar solos. El gimnasio estaba vacío y apenas entraba luz por las ventanas, puesto que afuera estaba nevando.

—Sígueme al despacho —me indicó girándose, y cruzó todo el gimnasio hasta llegar al despacho del entrenador que ocupaba desde hacía unas semanas.

Cuando entré vi que estaba todo mucho más recogido que cuando era el del entrenador Clab. No hacía falta pensar mucho para saber que eso era obra de Thiago, él y sus neuras lo obligaban a tenerlo todo siempre perfectamente ordenado o «perfectamente desordenado», como solía llamar a su especial manera de colocar las cosas.

Aparte de un escritorio, había una pizarra blanca donde se suponía que planeaba las jugadas; en un rincón del despacho también había muchas cosas del gimnasio, incluyendo un montón de pelotas desinfladas.

Thiago se sentó a su mesa, cogió un lápiz y empezó a escribir algo en un folio. Yo me quedé allí de pie sin saber muy bien qué hacer.

—Quiero que infles las pelotas y que arregles las que veas que están pinchadas con esa cinta aislante de ahí —dijo señalándome el rincón.

Lo miré perpleja.

—¿Quieres que infle todas esas pelotas?

—Sí —contestó simplemente y, al ver que me quedaba callada mirándolo, me lanzó una mirada con sus ojos verdes—. No pensarías que te quedarías aquí vagueando sin hacer nada, ¿no?

—Es lo que normalmente hace cualquiera en un castigo, sí —respondí apretando los dientes.

—Pues de eso nada —dijo dejando el lápiz sobre la mesa y dedicándome toda su atención—. Esto te servirá para que aprendas a hacer lo que se te dice y, sobre todo, a no rebatirme en clase delante del resto de alumnos.

—¡Si te rebato es porque eres superinjusto!

Thiago casi sonrió.

—Injusticias hay miles en el mundo, Kamila. Te aseguro que esta no lo es.

—¿Por llegar diez putos minutos tarde? —le increpé elevando la voz.

Thiago volvió a mirarme, esta vez más serio que antes.

—Por ponerte en peligro de manera innecesaria —respondió y me quedé flipando con su contestación.

¡Así que eso era por lo de esa mañana!

—¡¿Me has castigado por haber venido andando al instituto?! —le grité sin dar crédito.

Al contrario que Taylor, que al menos había mostrado cierto arrepentimiento, Thiago me miró y asintió como quien no quiere la cosa.

—Exactamente —contestó—. Ya verás como no lo vuelves a hacer.

—¿Y ahora me amenazas?

—Mmm... —exclamó pensativo—. Sí, creo que sí.

—Deja de ser tan gilipollas, Thiago —dije apretando los dientes tras hablar, deseando tirarle cualquier cosa a la cabeza.

—Deja tú de volverme loco con cada una de tus salidas y ocurrencias.

Su respuesta me dejó callada durante un segundo.

—¿Te vuelvo loco? —pregunté sin poder evitarlo.

Sus ojos y los míos se encontraron en la distancia que nos separaba y me gustó ver que tragaba saliva.

—Las pelotas —dijo interrumpiendo la aceleración incontrolable de mi corazón—. Ponte con ellas.

—Primero contéstame —rebatí acercándome a su mesa—. Porque hace ya semanas que apenas intercambias más de dos palabras conmigo.

—Me parece que lo que nos dijimos la última vez que estuvimos solos fue más que suficiente, ¿no crees?

Me había dicho «te quiero»... *Nos* habíamos dicho «te quiero».

Joder.

—¿De que sirvió decirnos eso si al final vamos a estar así? —me atreví a plantearle, sintiendo la pena de quererlo, pero no poder tenerlo.

—Así ¿cómo? —preguntó poniéndose de pie, rodeando la mesa y apoyándose en ella, pero esta vez se quedó mucho más cerca de mí, tanto que si alargaba el brazo lo podía tocar.

—Ya sabes lo que quiero decir...

—¿Así de secos? ¿Así de distantes? ¿Así de solos en una habitación durante lo que dure el mes de noviembre?

—¿Cómo?

—Lo que has oído.

Pestañeé sorprendida.

—No estarás insinuando...

—No he podido resistirme a la tentación de estar al menos media hora contigo a solas —agregó encogiéndose de hombros.

Mi corazón se detuvo unos instantes.

—¿Me has castigado porque querías estar conmigo?

—No —negó, aún quieto donde estaba, sus ojos eran lo único que me acariciaba tanto por dentro como por fuera—. Lo he hecho porque estoy tan jodidamente cabreado contigo que necesitaba una manera de apaciguar mi rabia, y castigarte fue una forma muy gratificante de hacerlo... El estar contigo en el recreo es un añadido agradable pero casual.

Elevé las pestañas sin poder evitarlo.

—¿Agradable?

—Muy agradable —se corrigió y supe por el leve movimiento de su cuerpo que al igual que yo se moría por tocarme, por abrazarme, por besarme...

Di un paso al frente para estar más cerca de él, pero no se movió. Me acerqué un poco más; mis ojos evitaron los suyos, pero lo que no pude evitar fue apoyar la frente en su pecho. Respiré hondo e intenté calmar mis impulsos y, justo cuando iba a apartarme, su mano subió y se colocó en mi cabeza. Sus dedos acariciaron mi pelo hasta llegar a las puntas y luego volvieron a repetir el gesto con cuidado, con mimo. Sentí su boca besar lo alto de mi cabeza y su nariz aspirando el aroma de mi champú.

—Tienes que tomar una decisión —susurró, casi tan bajo que no pude escucharlo.

Cuando dijo eso mi mente pareció hacer un clic interno. ¿Me estaba pidiendo lo que me estaba pidiendo?

Thiago pareció hacerse eco de mis pensamientos y me soltó, como si de repente mi piel le quemara.

—Lo siento, olvida lo que he dicho —se disculpó apartándose de mí y regresando a su asiento tras la mesa.

Me quedé ahí un momento.

—No podemos...

—Ya lo sé —me interrumpió él en un tono cortante.

Miré al suelo unos instantes y la imagen de Taylor me vino a la cabeza. Taylor..., mi chico ideal, quien me adoraba y me cuidaba y me quería como nadie...

—No puedo hacerle daño —dije esperando que me diera la razón, pero para mi sorpresa volvió a fijar la mirada en mí y me habló muy claro.

—Ya sé lo estás haciendo, Kamila —respondió—. ¿Te crees que no se da cuenta? Y eso que no sabe de la misa la mitad.

—Tú y yo tampoco podríamos tener nada —afirmé abriendo las manos y señalando lo que había a nuestro alrededor—. Por fin te han dado una oportunidad, podrían llegar a contratarte definitivamente... ¿Crees que quiero hacer que peligre eso?

—En unos meses te irás a la universidad y no habrá problema.

—Sí, solo que estaré viviendo a miles de kilómetros... —apunté intentando convencerme de que tenía razón: lo nuestro no tenía ningún futuro.

Era imposible.

—¿Qué esperas que te diga, Kamila? —replicó tirando el lápiz de cualquier manera contra la mesa, donde rebotó para caer al suelo frente a mis pies—. Estoy cansado de esto, de desearte a todas horas y ver que con quien duermes es con otro, otro que es mi maldito hermano, hermano al que adoro.

Sus palabras fueron como cuchillos en mi corazón.

—Entonces, ¿qué solución crees que hay? —me atreví a preguntar.

—Ninguna... —respondió, ahora más calmado—. ¿Y sabes por qué?

Permanecí en silencio esperando a que él hablara.

—Porque ni siquiera tú tienes claro lo que quieres. ¿Te

crees que no veo cómo lo miras a él? Veo cómo te hace reír, escucho tus carcajadas a través del pasillo que separa nuestras habitaciones y, en el fondo, sé que eso es lo que te mereces, sé que él va a poder ofrecerte mucho más de lo que yo podré ofrecerte jamás...

—No digas eso, Thiago —dije acercándome a él, pero levantó la mano para que me detuviera.

—Una parte de mí está rota por dentro y siempre lo estará —admitió con la sinceridad grabada en cada palabra—. Simplemente soy así, los acontecimientos me han llevado a ser así y no gozo del privilegio de poder hacer como si no pasara nada.

—Todos tenemos nuestros demonios, Thiago —insistí.

—Pero yo cargo con los demonios de toda mi familia... y el único ángel que me protege no es suficiente para ahuyentar a los demás.

Sentí cómo mis ojos se llenaban de lágrimas al comprender que estaba haciendo referencia a Lucy. Ella siempre sería la sombra que nos perseguiría toda la vida... A mí, a Taylor, a su madre..., pero en especial a Thiago.

Nunca lo superaría del todo y, por mucho que quisiera que esa sombra no nos destruyera, siempre sentía su presencia sobre nosotros... acechándonos.

Me alejé de él y me senté al otro lado de la habitación.

Me siguió con la mirada y se hizo el silencio.

Esperé un minuto hasta volver a hablar:

—¿Al final tengo que hinchar estas pelotas?

Thiago ni me miró.

—Sí.

Joder.

4

THIAGO

No pude resistirme.

No pude resistirme a poder estar con ella a solas, aunque fuese media hora. Cuando vi la oportunidad, la cogí y no me arrepentía. Echaba de menos su risa, su manera de ponerme los ojos en blanco... La echaba de menos a ella, enterita, daba igual que no pudiese tocarla o besarla... Al menos necesitaba eso.

Me había muerto de preocupación cuando Taylor me dijo que se había ido andando al instituto y había tardado en aparecer. Me habían entrado ganas de zarandearla por ser tan estúpida, tan irresponsable, tan imprudente. ¿No se daba cuenta de que un pirado estaba obsesionado con ella y andaba suelto por ahí?

El trabajo de la policía en ese caso estaba siendo nefasto. No hacían nada. Lo habían achacado todo a cosas de críos. ¿Cosas de críos? ¿Eran cosas de críos que te drogaran y te grabaran para compartirlo en las redes? ¿Era cosa de críos haber manipulado a alumnos y a niños a cambio de conseguir información?

Nada de lo que estaba pasando me daba buena espina y una parte de mí sabía que Julian aparecería tarde o temprano, y lo que más miedo me daba era que iría a por Kam. La quería a ella, y la insensata no quería darse cuenta del peligro que podía significar que Julian la interceptara en uno de sus paseos vespertinos por el maldito bosque.

Ahí estaba, sentada en un rincón de mi despacho, inflando pelotas con la bomba de aire y soltándolas ruidosamente después por el despacho. No iba a entrar en su provocación. ¿Estaba molesta?

Yo lo estaba más.

Las cosas que habíamos hablado..., las cosas que hacía dos semanas nos habíamos dicho...

¿Estaba perdiendo la cabeza? ¿No me había prometido a mí mismo no más Kam? ¿Por qué entonces me empeñaba en estar cerca de ella?

No podíamos tener nada.

Joder.

¿Cuándo iba mi cabeza a aceptarlo de una vez?

La miré de reojo sin que se diera cuenta.

Estaba con la vista clavada en el teléfono móvil, hacía ya un rato que había parado de hacer lo que le había pedido.

Su pelo rubio ligeramente ondulado le caía por uno de sus hombros y ella no dejaba de tocárselo, de elevárselo en una cola para luego volver a dejarlo caer. Había llegado a descubrir que era algo que hacía cuando se aburría o algo le estresaba.

En contadas ocasiones me la había quedado mirando desde mi ventana. No se me había pasado el detalle de que ahora ella dormía de cara a la suya y que eso me permitía observarla desde la distancia.

¿Lo habría hecho por mí? ¿Para también poder observarme en mis sueños? No eran pocas las veces que hubiese deseado que entre su habitación y la mía existiese un puente invisible para así poder meterme con ella en su cama y acariciarla hasta que se durmiera... o acariciarla hasta que gritara mi nombre a pleno pulmón.

Joder.

Me removí incómodo en la silla, y sus ojos se apartaron del teléfono y me miraron.

Abrió la boca para decir algo, pero justo entonces la puerta de mi despacho se abrió y entró mi hermano con cara de pocos amigos.

—¿Qué se supone que estáis haciendo? —preguntó molesto, mirándonos a uno y a otro.

Pude leer sus sentimientos a la perfección, y vi el alivio en su mirada cuando al entrar nos vio tan separados y callados.

—Yo, planificando el partido de mañana, y tu novia, inflando las pelotas —y lo dije con segundas también, ya puestos...

Taylor miró a Kam, que se había tensado sobre su silla y había guardado el móvil, y después otra vez a mí.

—¿Y por qué cojones tiene que estar ella aquí contigo?

—Taylor... —empezó Kam, pero me di el placer de interrumpirla.

—Cumple con su castigo —afirmé mirándolo fijamente y dándome cuenta de por dónde iban los tiros.

—El castigo es por la tarde, después de clase.

—Me lo ha cambiado para que pueda ir a trabajar, Tay —explicó Kam obligándolo a mirarla.

Taylor se quedó callado unos segundos.

—Yo también prefiero este castigo entonces —contestó mi hermano desafiándome a decirle que no.

Fue tentador...

No había mentido cuando la idea de estar con Kam en los recreos me había despertado de todo por dentro, pero considerando la conversación de hacía unos minutos...

—Me parece bien.

—¿Cómo? —preguntó Kam mirándome perpleja y delatándose sin darse cuenta.

—¿Qué pasa? —dijo mi hermano mirándola con mala cara—. ¿No quieres que esté aquí?

Kam se removió inquieta y contestó de inmediato.

—Son todos los recreos de un mes, Taylor —dijo y no supe si era porque no quería que él se fastidiara por su culpa o porque quería estar a solas conmigo—. No creo que te merezca la pena cambiar una tarde por un mes.

—¡¿Un mes?! —exclamó ahora mirándome a mí—. ¿De qué coño vas, Thiago? —me espetó dando un paso hacia delante—. ¿No crees que ya hemos tenido suficientes castigos en lo que va de año? ¡Joder, eres mi hermano! ¿Qué puto problema tienes con nosotros?

Me quedé callado unos segundos sin saber muy bien qué decir y, cuando fui a abrir la boca, la campana que daba por finalizado el recreo interrumpió mis pensamientos y la conversación.

Kam se levantó y se acercó a Taylor.

—Vamos, no quiero llegar tarde otra vez —dijo obviando que ambos nos mirábamos de una forma en la que ningún hermano debería mirarse jamás.

—Levántale el castigo, Thiago —me pidió sin moverse

del lugar—. Se acabaron estos jueguecitos, te lo digo muy en serio.

Miré a Kam y luego a Taylor.

—Te levanto el castigo, Kamila, si juras no volver a hacer algo como lo de esta mañana.

Kam me miró y sus ojos soltaron chispas.

—Prefiero perder el recreo a mi libertad —dijo totalmente en serio—. Me voy a clase.

Rodeó a mi hermano y salió de mi despacho pisando fuerte.

Miré hacia abajo y negué con la cabeza.

Qué insufrible era.

Cuando mi hermano volvió a hablar, estaba mucho más cerca de lo que había estado antes de mí.

—Aléjate de ella —dijo mirándome a los ojos—. Aléjate de ella, Thiago, o te prometo que no respondo.

No me dio tiempo a contestarle que ya se había marchado.

Sentí pena..., pena y culpabilidad, aunque también rabia.

¿Acaso Kam se daba cuenta de lo que nos estaba haciendo?

5

KAMI

El partido contra el equipo del St. Anne era ese fin de semana. Lo habían cambiado de viernes a sábado porque algunos de sus jugadores de baloncesto jugaban también en el equipo de tenis del colegio y se les solapaban partidos. Cosas de colegios privados.

Al menos a mí me facilitaba poder ir a ver a Taylor jugar. No estaban las cosas entre los dos como para encima no ir a sus partidos, pero también estaría Thiago, y las cosas desde el lunes no habían ido bien entre los dos. Los castigos durante el recreo eran tensos e incómodos. Taylor había insistido en cumplirlo conmigo, de manera que los tres coincidíamos encerrados en el despacho de Thiago todos los días a esa hora.

Me dolía ver cómo apenas se dirigían la palabra y yo me sentía en medio.

Thiago no me hablaba, me gruñía, y Taylor le gruñía si me hablaba.

Una locura.

Y lo peor de todo era que la noche anterior, después de trabajar, había quedado con Taylor en su casa. Habíamos visto una película en su habitación y luego una cosa había llevado a la otra y habíamos terminado haciéndolo...

El problema vino cuando yo me encontré más en la luna que en aquella cama con él. Taylor se dio cuenta de que no estaba nada predispuesta y se había cogido un rebote de locos. Me había dicho que no entendía cómo no lo deseaba después de haber estado tanto tiempo sin hacerlo..., que él siempre iba detrás de mí, y que yo cada día era más seca y menos cariñosa.

Le expliqué que estaba agobiada con todo: con los exámenes, con el trabajo, con el asunto de Julian... y que mi cabeza estaba en otra parte, pero nada de lo que le dije le quitó esa pena y desilusión de sus ojos.

No podía seguir así, no podíamos seguir así.

Thiago tenía razón.

Debía tomar una decisión.

Quedé con Ellie en la puerta de la cafetería para poder ir al instituto en cuanto yo terminara de trabajar. Me cambié de ropa, me maquillé un poco y me calé un gorro de lana, la bufanda y las botas de nieve; parecía que ese otoño iba a ser más invierno que otra cosa.

Preparé para ambas un vaso gigante de chocolate caliente con el consentimiento de la señora Mill's y juntas emprendimos el camino hacia el instituto. Ellie seguía siendo animadora, por lo que debajo del abrigo de plumas iba perfectamente uniformada, peinada y maquillada para la ocasión.

Me alegraba saber que cuando veía a mis compañeras animando no sentía nostalgia alguna. Animar me había traído más disgustos que otra cosa, y prefería estar como estaba ahora.

Aproveché el trayecto hasta el instituto para retomar un tema que aún no había quedado claro del todo: ¿estaba Ellie coladita por Taylor? Y si no era por él, ¿por qué no admitía que estaba coladita por alguien?

—Tienes que contármelo ya —insistí por cuarta vez mientras observábamos cómo la gente llegaba poco a poco al gimnasio. Algunos padres ya habían ocupado algunos puestos en las gradas, y me pregunté si la señora Di Bianco iría hoy a ver el partido.

Ellie soltó un suspiro que proyectó una nube de vaho frente a su rostro.

—Primero cuéntame lo que pasó con Taylor —me dijo y acepté ese trato.

—No sé, Ellie..., es algo raro que siento dentro.

—¿Algo raro como qué? —me preguntó mirando hacia delante. Algunas animadoras ya estaban allí charlando amigablemente. No sabía si hacía bien contándole esto a Ellie, pero al fin y al cabo era mi amiga..., y ya había estado en mis planes confesarle lo que sentía en mi interior, por Taylor y por Thiago, pero sospechar que mi amiga estaba enamorada de mi novio había hecho que me replanteara las cosas...

—Estoy muy confundida, porque de verdad lo quiero muchísimo, pero...

Ellie me miró, y la forma en que lo hizo consiguió que dejara de hablar. Y lo que ella dijo entonces me dejó de piedra.

—Estás colada por Thiago —terminó ella por mí.

—¡Qué dices! —contesté casi automáticamente.

Se hizo el silencio entre las dos.

Joder, ¿tan obvio era?

Ellie se me quedó mirando y supe que lo sabía.

—A los demás puedes ocultárselo, pero a mí no —dijo y en sus ojos creí ver cierta decepción—. Desde que llegaron los hermanos te has comportado como una chica totalmente diferente... Entiendo que todo lo que viviste con ellos te marcó, pero desde el minuto uno vi cómo lo mirabas..., y no a Taylor, Kami, sino a Thiago.

—No es cierto —me defendí, temiendo que alguien la escuchara, temiendo que pudiese llegar a oídos de Taylor.

—Claro que lo es, Kami —insistió—. Y la verdad es que no entiendo por qué juegas con él de esta manera...

—Yo no juego con él... —dije sintiendo cómo un calor nada bueno empezaba a generarse dentro de mí.

Ellie soltó un suspiro muy sonoro a la vez que dejaba caer los brazos exasperada.

—Admítelo de una vez —me dijo elevando el tono y consiguiendo que me sobresaltara—. No sientes por Taylor lo mismo que sientes por Thiago, y él lo sabe, ¡estoy segura de que lo sabe!

—¡Te equivocas! —repliqué igualando mi tono al de ella sin darme cuenta—. ¡Lo que te pasa es que te gusta Taylor! Por eso te inventas esas cosas, ¡para confundirme!

Los ojos de Ellie se abrieron como platos y se desviaron hacia la derecha.

Miré hacia atrás y allí me encontré a Taylor, que parecía estar flipando con lo que acababa de escuchar.

Ellie se puso de pie de un brinco y yo cerré los ojos un segundo.

—Mierda —solté.

—¿Yo te gusto? —preguntó Taylor con la incredulidad y la diversión colmando cada una de sus palabras.

Ellie se puso un poco más roja de lo que ya estaba a causa del frío y le hizo frente.

—Ni en tus mejores sueños —contestó con voz ácida para después girarse hacia mí—. Deberías preguntarle a ella quién le gusta y quién no. Eso sí que es para quedarse flipando —y dicho eso, se marchó para juntarse con el resto de las animadoras que la esperaban en la pista.

Mierda.

No, Ellie, joder.

Me giré hacia Taylor, cuya expresión de diversión había desaparecido casi como por arte de magia, y sentí un fuerte dolor en el pecho.

—¿A qué ha venido eso? —me preguntó sin quitarme los ojos de encima. Nunca me importó tanto saber qué leía la gente de mí cuando me miraba de esa manera. En mi cabeza intenté elevar todos los muros existentes en mi interior, pero no creo que lo hiciese tan bien como me hubiese gustado.

—¿Quién te gusta, Kami? —preguntó al ver que no decía nada.

Negué con la cabeza.

—Nadie —respondí sintiendo que los ojos se me llenaban de lágrimas.

—Esperaba que dijeses que yo —contestó y vi reflejada

en sus ojos la misma tristeza que yo sentía, pero incluso más profunda que la mía; era una tristeza acompañada de decepción, de furia, de traición...

—Me gustas tú, Taylor —dije y no mentía al decirlo.

—¿Por qué tu mejor amiga acaba de decir eso, entonces?

Negué con la cabeza.

—No lo sé... Yo... Hemos discutido y...

Taylor me interrumpió y consiguió que toda mi atención se centrara en lo que soltó a continuación.

—Yo estoy enamorado de ti —dijo con calma—. ¿Lo estás tú de mí?

Dudé en responder..., dudé porque justo en ese instante vi a Thiago desde abajo mirándonos con curiosidad.

¿Se preguntaría por qué estaba llorando? ¿Vería mis lágrimas desde la distancia?

Qué grave error fue desviar la mirada de Taylor a Thiago.

Taylor se giró para fijarse quién había captado mi atención en un momento tan vulnerable como ese, y todo pareció cobrar sentido para él..., para mí, para todos.

—Lo sabía —dijo mirando al suelo un segundo.

—Taylor, no...

—¿Te crees que soy idiota?

—¡No, claro que no! —contesté con rapidez.

—Lo sabía —repitió una y otra vez—. Sabía que no solo era cosa de Thiago, quise creerlo, quise creer que solo él te miraba como yo te miro. ¿Cuándo pensabas decírmelo? ¿Cuánto más pensabas seguir engañándome?

—¡Yo no te engaño! —me apresuré a mentir.

¿En qué momento me había convertido en una persona tan horrible?

—Tengo que bajar a calentar —dijo tan triste que me partió el corazón.

Me puse de pie e intenté alcanzarlo con mi mano, pero se apartó, imposibilitándome el acercamiento que tanto ansiaba.

—Taylor, espera —le pedí pero me ignoró.

—Ya he esperado demasiado.

No le vi la cara cuando soltó aquello. Bajó a la cancha de baloncesto y pasó junto a Thiago casi rozándolo con el hombro.

Este me volvió a mirar y yo no supe qué hacer ni qué decir.

Por suerte no había habido demasiada gente para presenciar lo que acababa de ocurrir entre nosotros y agradecí en el alma que no se convirtiera en un cotilleo de instituto. Lo último que necesitábamos era volver a ser la comidilla del colegio, pero de nada sirvió que en ese instante nadie hubiese oído la pelea, Taylor se encargó él solito de convertirse en la comidilla de todo el mundo.

El partido empezó como siempre, los dos equipos enfrentados y Thiago explicándoles las jugadas antes de salir a jugar. Pero la cosa se complicó cuando el juego de Taylor comenzó a ser prácticamente desastroso. Se lo veía distraído, enfadado, le pitaron varias faltas, y cuando Thiago pidió tiempo muerto y lo llamó para hablar con él, empezaron a discutir.

La gente no entendía nada. Thiago lo cogió del brazo para alejarlo un poco de la muchedumbre de las gradas, pero Taylor se zafó de su agarre y volvió a gritarle. Las animadoras estaban actuando en ese momento, y la música y su canción no dejaba a nadie oír lo que se decían los hermanos.

Todo pareció detenerse cuando el brazo de Taylor salió volando y el puño impactó de lleno en el pómulo de su hermano mayor.

Me puse de pie casi en el acto, al igual que hicieron unos cuantos al ver lo que acababa de ocurrir.

Thiago no se movió, se tocaba la mejilla con la mano y su cara mostraba su rabia.

—¿No haces nada? —le increpó Taylor y pude oírlo porque todo el mundo se detuvo a escuchar.

Thiago me miró un segundo y supe exactamente lo que acababa de pasar.

Taylor siguió el camino de sus ojos y pareció transformarse.

Lo empujó con fuerza y Thiago se tambaleó.

En ese momento varios miembros del equipo corrieron para separarlos, aunque solo hizo falta retener a Taylor.

Thiago no hizo nada. Se mantuvo callado, mirando a su hermano de una manera que no soy capaz de definir.

—¡Eres mi hermano! ¿Cómo has podido? —le gritó mientras lo arrastraban camino a los vestuarios.

Thiago no le quitó los ojos de encima hasta que no desapareció por la puerta al final del gimnasio.

El partido tuvo que seguir y los chicos que se habían encargado de alejar a Taylor de allí regresaron como si nada.

Thiago siguió pendiente del partido y me bastó una simple mirada para saber que todos esperaban ver qué hacía.

No lo dudé.

Y no porque fuera lo que la gente esperaba, ni porque fuese lo correcto, ni porque era lo que tenía que hacer como novia, lo hice porque de verdad me importaba ese chico que durante tanto tiempo fue mi compañero de aventuras, mi compañero de juegos, quien me protegía y quien me hacía reír.

Era Taylor...

No podía hacerle daño.

No podía hacerlo.

Bajé de las gradas y fui directa a los vestuarios, aunque para hacerlo tuve que pasar por delante de Thiago que, al verme, no se cortó en detenerme sujetándome del brazo.

—¿Qué le has dicho? —me preguntó y en sus ojos pude ver la derrota de un hermano que había colaborado en romperle el corazón a alguien que no se lo merecía en absoluto. Mis ojos se detuvieron un instante en la rojez de su pómulo, que ya empezaba a ponerse morado.

—Nada... —dije queriendo que me soltara. En ese momento lo último que deseaba era tenerlo cerca, y no porque no lo necesitase, que sí, sino porque la culpabilidad me quemaba por dentro. Me quemaba como brasas que se extendían por todos mis miembros, quemando... quemando mucho.

Fui a seguir mi camino, pero volvió a detenerme.

—No vayas, Kamila —me pidió buscando con sus ojos mi mirada—. No es buena idea.

Me solté de un tirón de su agarre y lo fulminé con la mirada.

—¿Que no es buena idea? —le increpé a sabiendas de que estaba siendo egoísta, de que me estaba portando mal con él, como si fuese su culpa cuando no la tenía, él no había hecho nada, ninguno de los dos había hecho nada, todo eso era culpa mía, y en mi interior lo sabía, pero a veces el cerebro actúa de maneras que no nos esperamos y toda la ira que sentía hacia mí misma fue dirigida hacia la última persona a quien yo desearía hacer daño—. No vuelvas a tocarme, ¡esto es culpa tuya!

Se quedó paralizado.

Me soltó como si mi contacto lo hubiese quemado y dio un paso hacia atrás.

—Me confundes, ¡me has confundido siempre! —grité.

Thiago apretó la mandíbula con fuerza y miró alrededor.

—Por favor, te pido que bajes la voz —dijo controlando el tono y haciéndome caer en que estaba a punto de montar una escena delante de todo el maldito instituto, y no solo eso, sino que, si me iba de la lengua, el trabajo de Thiago correría un grave peligro...

Di un paso hacia atrás y me alejé de él.

—Lo siento —me disculpé bajito, pero me escuchó.

En ese momento la muchedumbre gritó como loca y Thiago desvió sus ojos de mí a la canasta.

Acababan de encestar un triple.

Su distracción me sirvió para poder escabullirme.

Fui corriendo hacia los vestuarios sin dudarlo.

Cuando entré a los vestuarios de los chicos, al principio no lo vi; llegué a creer que se había marchado a casa, hasta que el ruido de una de las duchas captó mi atención: era la ducha del fondo.

Con precaución fui acercándome hasta llegar al final. Cuando giré para ver dé quién se trataba, allí estaba él. Aún con la equipación puesta, pero empapado de arriba abajo. Su cara estaba apuntando hacia el chorro de agua que caía de la ducha. Su pelo, rebelde y más largo de lo que lo solía llevar normalmente, estaba chorreando pegado a sus mejillas y de sus ojos salían lágrimas que querían engañarme haciéndose pasar por gotas de agua.

No lo dudé.

Di un paso hacia delante y lo abracé.

Él se sobresaltó, pero no me apartó.

Mi mejilla se pegó a su espalda y mis brazos lo rodearon con fuerza.

¿Cómo podía haberle hecho daño?

¿A él?

A la mejor persona que yo había llegado a conocer.

Sus manos bajaron hasta coger las mías y por un segundo pensé que me estaba devolviendo el gesto, que me las quería apretar con fuerza para sujetarme contra él y no soltarme jamás.

Pero no fue eso lo que hizo.

Sus manos cogieron las mías y las apartaron. Cuando se volvió para poder mirarme a la cara, supe que lo había perdido para siempre.

—¿Lo quieres? —me preguntó mirándome directamente a los ojos.

Los dos estábamos empapados, chorreando agua y con toda la ropa mojada. Ni siquiera sabía cómo iba a hacer para volver a casa de esa guisa, pero en ese instante sentí como si el agua que compartíamos fuera lo único que nos mantenía unidos.

La pregunta que me hizo fue una de las preguntas que más me ha costado contestar en la vida.

¿Lo quería?

No podía mentirle...

Él, de todas las personas que me rodeaban, era la que menos se lo merecía.

Me costó mirarlo a los ojos cuando abrí la boca para responder.

—Os quiero a los dos —dije y en sus ojos pude leer a la perfección la decepción y la pena por una respuesta tan egoísta y miserable como esa.

—Lo único que significa eso es que no quieres a ninguno de verdad.

Y me rodeó para salir de la ducha. Para alejarse de mí y dejarme allí sola..., sola con mis pensamientos, con mi remordimiento, con mi pena, pena por haberlo perdido, porque eso es lo que decían sus ojos y su última frase: que lo había perdido... y que ya no había vuelta atrás.

Hubiese dado lo que fuera por haberle evitado ese dolor a Taylor, lo que fuera por haber ayudado a que esos últimos días fuesen para los dos como los muchos días felices que llevábamos compartiendo desde que nos conocimos y desde que empezamos a salir.

Esa sería otra carga que llevaría sobre mi conciencia, pero de lo que más me arrepentí fue de no haberle dejado claro que para mí él siempre hubiese sido la elección correcta.

6

TAYLOR

Me sequé, me cambié de ropa y me fui de allí.

¿En qué momento mi vida se había convertido en ese infierno? Infierno donde la chica que amaba era amada por mi hermano, infierno donde no solo perdía a mi chica, sino que perdía a mi compañero, a quien me había hecho de padre, a mi hermano, joder...

Pero no me importaba.

Ya nada importaba.

Me sentía destrozado y, lo que era peor, algo muy feo empezaba a gestarse en mi interior y nada podía hacer para controlarlo.

¿Cómo iba a mirar a mi hermano sin que me entraran ganas de partirle la cara?

Era imposible vivir con él bajo el mismo techo, imposible seguir teniendo la misma relación que hasta entonces, que, aunque tensa por mis sospechas de que él estuviese enamorado de mi novia, seguía siendo de hermanos..., pero ¿aquello?

No me había atrevido a preguntarle a Kami directamente..., no me había visto capaz de preguntar si algo había ocurrido entre ambos, porque sabía que lo mataría...

Si algún día llegaba a enterarme de que mi hermano había tocado a mi novia acabaría con él, y lo haría de la peor manera posible... Él me lo había negado, pero Kami me acababa de confirmar que lo amaba..., que amaba a Thiago; una parte de mí no podía ser tan ingenuo como para creerse esa puta mentira, aunque la otra parte deseaba con todas sus fuerzas que fuese verdad.

¿Habrían tenido algo?

Claro que sí.

Si no, ¿cómo se enamora uno de la otra persona?

¿Tan equivocado había estado para creer que Kami me quería? Ella decía que nos amaba a los dos...; eso es imposible, ¡una mentira! ¡No se podía estar enamorado de dos personas a la vez!

Cuando me encaminé hacia el aparcamiento, me encontré con la última persona que hubiese creído que se acercaría a mí en ese momento... y también la última con la que quería interactuar entonces dado lo ocurrido.

—¿Qué haces aquí? —le pregunté buscando las llaves del coche en mi bolsillo.

—Quería saber cómo estabas... —contestó Ellie mirándome con aquel temple impasible que parecía llevar a todos lados.

—De puta madre —contesté, frío, a la vez que la rodeaba y me acercaba a la puerta del conductor.

—Quería pedirte perdón, también —añadió girándose y consiguiendo que me detuviera en mi intención de abrir la puerta.

—Perdón ¿por qué? —le pregunté fijándome bien en ella. Tenía el pelo oscuro y ondulado, casi rizado, peinado en dos coletas bajas adornadas con los lazos de los colores del instituto. Me fijé en que temblaba de frío, a pesar de llevar el abrigo y el gorro de lana puestos. Normal si debajo solo llevaba el uniforme de animadora.

—Por haber sido una bocazas...

—Al menos has sido sincera —la corté—. Al parecer todos me estaban mintiendo en la cara.

Ellie pasó el peso de un pie al otro sin saber muy bien qué decir.

—Igualmente, no era manera de decírtelo... —contestó—; de hecho, era una sospecha no una realidad, pero conozco a Kamila y...

—Déjalo —la corté odiando que me compadeciera.

—Lo siento —dijo, y sé que en verdad sentía verme así.

Era extraño... Ellie siempre había sido la amiga de mi novia.

Nada más.

Me había hecho gracia su forma de picarse conmigo y de buscarme las cosquillas por todo, pero nunca me había detenido a pensar más allá. Según lo que había oído antes en las gradas yo le gustaba...

¿Le gustaba a Ellie?

La miré con otros ojos por un momento..., un instante que mi cerebro utilizó como excusa para huir del odio y la tristeza que sentía en mi interior.

Ellie era guapa. No muy alta, pero delgada y curvilínea. En varias ocasiones se había hablado de su culo en los vestuarios, pero nunca había prestado atención. Tenía los ojos de color avellana con pestañas muy negras y pecas que salpicaban toda su cara.

Era el polo opuesto de Kami...

Y al pensar eso mi cerebro regresó a mi pena interior.

—Debo irme —le dije abriendo la puerta del coche.

—¿Y el partido? —preguntó y vi la preocupación en sus ojos marrones. ¿Preocupación por mí? ¿O por que dejaba tirados a mis compañeros?

—Me importa una mierda.

Me subí al coche, metí las llaves en el contacto, arranqué y di marcha atrás. Cuando las luces se encendieron y volví a fijar la vista en ella, lo vi.

Sí, a él. A Julian.

Salí del coche y corrí como alma que lleva al diablo hasta adentrarme en la oscuridad del bosquecillo que había detrás del instituto.

Ellie vino detrás de mí.

—¿Qué pasa? —preguntó mientras corría intentando alcanzarme.

—¡Sal, hijo de puta! —grité lleno de rabia, de odio, de rencor puro y duro. Nada me vendría mejor que coger a ese mal nacido y molerlo a puñetazos.

—¿A quién has visto? —dijo Ellie deteniéndose a mi lado y jadeando por la carrera.

Nos quedamos callados. Su respiración se acompasaba con la mía y ambos encendimos las linternas de nuestros móviles.

—No hables —le ordené intentando aguzar el oído para así poder determinar dónde se había escondido.

Ese cabrón seguía por aquí. ¡Lo sabía!

No se iría hasta no acabar lo que había terminado y eso era tener a Kami para él.

Sentí miedo al pensar que pudiese llegar a ella, que pudiese tocarla, lastimarla.

—Taylor..., ¿qué hacemos aquí? —me preguntó Ellie acercándose a mi espalda y sujetándose de mi abrigo.

—He visto a Julian —respondí girándome automáticamente hacia la derecha cuando el ruido del crujido de una rama llegó hasta mis oídos.

—¡¿A Julian?! —casi gritó y me volví de nuevo para taparle la boca con la mano.

—Chist —le ordené mirando hacia todas partes y apuntando con mi linterna.

Ellie se revolvió hasta que tuve que soltarla.

Maldije en voz alta cuando mi instinto me dijo que ya no estaba allí.

—Vámonos de aquí, por favor —me pidió y al fijarme en ella pude ver claramente que estaba muy asustada.

Volví a barrer el lugar con la mirada y la luz de la linterna y comprendí que no era buena idea quedarme allí en la oscuridad con un psicópata dando vueltas..., al menos estando Ellie allí. Si estuviese solo me hubiera importado una mierda.

—Vamos —repetí y mi instinto me animó a pasarle el

brazo por los hombros. Parecía muy asustada y temblaba, de frío o de miedo, no lo sabía.

Cuando llegamos al aparcamiento del instituto, nos fijamos en que muchos alumnos regresaban ya a sus coches, y por sus caras era bastante obvio que habíamos perdido el partido.

Genial.

Si no ganábamos el siguiente, no nos clasificaríamos para la semifinal. Y aunque en ese momento tenía otras miles de cosas en la cabeza, el baloncesto al fin y al cabo me importaba..., me importaba bastante y la había cagado jugando pésimamente mal aquella noche.

—Hemos perdido —comentó Ellie a mi lado cuando llegamos a donde había dejado mi coche.

—Ya lo veo.

—¡Eh, Di Bianco! —me gritaron a mi espalda. Cuando me giré vi que se trataba de Victor—. ¡¿Qué bicho te ha picado antes?!

Miré a Ellie un segundo y luego otra vez a él.

Quería marcharme de allí, joder, pero sentía la necesidad de advertirle a Kami que había visto a Julian...

—Olvídame —le dije a Victor y justo entonces vi a mi hermano salir del gimnasio. Desde donde estaba pude ver cómo le había dejado el pómulo debido al puñetazo que no había podido evitar darle. Sus ojos se encontraron con los míos y me pregunté cómo iba a hacer para perdonarle lo que me había hecho.

—Deberíamos avisar a la policía, ¿no? Y a Kami —propuso Ellie a mi lado.

Por un momento me sentí tentado de subirme al coche y largarme a casa, o a donde fuera, pero no podía...

Aunque estuviese destrozado había cosas más importantes que esas.

—Tenemos que hablar —anunció Thiago cuando llegó hasta donde yo estaba—. A solas —aclaró mirando a Ellie.

—Ya nos veremos... —dijo ella y me apresuré a rodearle los hombros con el brazo.

—Tú no te vas a ninguna parte —contesté al mismo tiempo que Kami aparecía también a unos pocos metros. Con el pelo húmedo por haberse metido conmigo en la ducha, parecía totalmente destrozada. Mi instinto me animaba a ir hacia allí a abrazarla con fuerza, a estrecharla entre mis brazos y a hacer todo lo posible para verla feliz..., pero ese ya no iba a ser mi cometido nunca más.

Miré a Thiago.

—He visto a Julian —dije y percibí cómo todo su cuerpo se tensó nada más escuchar salir de mi boca esas palabras.

—¿Lo has visto? ¿Dónde? —preguntó buscando inevitablemente con la mirada a alguien que seguramente ya estaba muy lejos de allí.

O no.

—En los bosques —respondí señalando a su espalda.

Cuando se giró la vio igual que hice yo. Kami parecía no saber muy bien qué hacer.

—¿Y qué estaba haciendo? ¿Has podido decirle algo? ¿Te ha dicho algo?

—Salió corriendo.

Thiago volvió a mirarme.

—Hay que decírselo a la policía —resolvió. Yo había pensado exactamente lo mismo.

—¿Vas tú o voy yo? —planteé deseando largarme de allí, sobre todo porque vi cómo Kami empezaba a acercarse hacia donde estábamos nosotros.

—Vayamos los dos, Taylor —propuso mi hermano, y en su tono pude percibir que deseaba que arregláramos las cosas.

Justo cuando Kami llegó a nuestro lado, deteniéndose junto a Thiago, pero sin quitarme los ojos de encima, decidí contestarle.

—Ahora ella es tu responsabilidad —afirmé sintiendo un pinchazo en mi corazón, pero aliviando mi ego al mismo tiempo—. Yo me voy a casa.

—Taylor, por favor —dijo Kami con la voz quebrada por la pena cuando me encaminé hacia el coche.

—Olvídame, Kamila —respondí siguiendo mi camino—. Tú y yo hemos acabado.

Por un instante creí que Ellie vendría conmigo, pero me bastó una sola mirada para darme cuenta de que prefería quedarse con ella.

¿Cómo iba a ser de otra manera?

Ella era la reina.

Y yo siempre sería el estúpido vasallo.

7

KAMI

Observé cómo se marchaba con una sensación de desazón nunca antes vivida. Sentía que se marchaba una parte de mí, una parte muy importante, imprescindible desde siempre... y para siempre.

Pero su manera de mirarme dejaba claro que, aunque estaba destrozado por perderme, la decisión estaba tomada.

Clavé los ojos un momento en Ellie, que también había seguido con la mirada el lugar por donde Taylor acababa de desaparecer con su coche, y me pregunté qué se le estaría pasando a ella por la cabeza para mostrarse tan triste cuando se giró para poder mirarme a mí.

—Hemos visto a Julian —anunció y esa frase me bastó para caer en la realidad de la que tanto ansiaba escapar.

—¿Cómo? —contesté sintiendo el miedo adueñándose lentamente de todo mi cuerpo.

—Dice mi hermano que lo han visto allí, que lo vio y salió corriendo —me explicó Thiago y cuando se volvió para mirarme fui incapaz de sostenerle la mirada.

No podía.

Algo en mi interior se había roto y estar con él, daba igual que fuese ahí en medio, al aire libre y en compañía de mi mejor amiga, me incomodaba y me hacía sentir superculpable.

—Os dije que Julian era un cobarde —les recordé apretando los labios con fuerza.

—Cobarde o no, hay que decírselo a la policía —contestó Thiago.

—Habría que decírselo a sus padres también —comenté y una parte de mí consideró que eso era más importante que lo otro, porque, por mucho miedo que le tuviese, en mi interior seguía viéndolo como el amigo que fue, no era capaz de atribuirle el peligro que representaba ni la gravedad verdadera de lo que había hecho.

—Sus padres me la sudan —soltó cabreándose por alguna razón que no llegué a comprender—. Os llevo a casa, vamos —se ofreció mirando a Ellie también.

—No hace falta —replicó ella, volviéndose hacia mí.

¿Era consciente de lo que había provocado con lo que dijo hacía unas horas?

¿Era consciente de que su metedura de pata había hecho que mi novio rompiese conmigo?

¿Lo había hecho a propósito para conseguir eso justamente? ¿Que rompiésemos?

La miré como nunca antes la había mirado y sentí que me llenaba de algo muy feo y ajeno a mí.

No pensaba insistir en que viniese con nosotros; de hecho, no quería estar con ninguno de ellos dos en esos momentos.

—Llévala a ella —dije mirando a Thiago—, yo cogeré el bus.

Los ojos de Ellie me devolvieron la mirada con tristeza y algo parecido al arrepentimiento. Necesitaba alejarme de allí inmediatamente porque sabía que de un momento a otro me derrumbaría y me echaría a llorar. Sin embargo, cuando fui a alejarme, una mano me cogió con fuerza por el brazo.

—No vas a ir en autobús —me ordenó Thiago mirándome como si hubiese perdido el juicio por completo.

—¿Por qué no?

—¿De verdad tengo que explicarte por qué?

Sabía que tenía razón, y aunque las posibilidades de que Julian me abordara en un bus lleno de gente eran muy remotas, casi prefería eso que subirme sola a un coche con él.

—Yo me voy con las chicas —anunció entonces Ellie dando un paso hacia atrás. Por su expresión parecía querer desaparecer del mapa—.Te llamo mañana, ¿vale? —me dijo mirándome un poco incómoda y también nerviosa.

No le contesté.

En ese momento estaba enfadada con ella, con Taylor, con Thiago... ¡Joder!, estaba enfadada con el mundo, ¿y sabéis por qué? Porque a veces, cuando la cagamos tanto, en vez de mirar hacia dentro y apechugar con las consecuencias de nuestros actos, la tomamos con la gente que nos quiere y nos rodea.

¿Cuántas veces habéis soltado una mala contestación a alguien que simplemente os pregunta qué os pasa? ¿O cuántas veces habéis empezado a despotricar contra la vida, el mundo y sus habitantes simplemente porque habéis hecho algo mal... vosotros?

Es una locura cómo funciona a veces la mente humana; por alguna razón somos los seres vivos más complicados de la tierra, ¿no?

—Te llevaré a casa, vamos —dijo Thiago empezando a caminar.

Miré a mi alrededor comprendiendo que no me quedaba otra opción y lo seguí.

Al ver su moto en el aparcamiento del instituto, comprendí que las cosas ya debían de estar tensas entre los hermanos si habían decidido venir en vehículos separados. Una cosa era coger la moto en pleno septiembre y otra muy diferente cogerla con el frío que venía ya haciendo hacía varios días en Carsville.

—¿Quieres que me congele? —no pude evitar preguntar de malas maneras.

«Dios, Kamila, para. ¡Él no tiene la culpa de nada! O, bueno, al menos no de todo.»

—¿Prefieres ir andando? —me preguntó y su tono también fue más tenso de lo normal.

No contesté y me acerqué a él para que me diera el casco negro que tenía guardado debajo del asiento.

Cuando me lo pasé por la cabeza su olor me inundó por todas partes y sentí la necesidad de aspirar todo lo que pudiera esa fragancia, como si debiese llenarme de él por alguna razón que carecía de sentido para mí, y menos en ese momento.

Se me acercó para asegurarse de que el casco estaba bien ajustado y en el proceso de hacerlo sus dedos rozaron sin querer la piel sensible de mi cuello.

Todo mi cuerpo se erizó y sus ojos colisionaron con los míos en una mirada que dejaba entrever a todas luces que había sentido perfectamente la reacción de mi cuerpo ante su contacto.

—Vámonos —dijo subiéndose a la moto. Quitó con un movimiento del pie el caballete y arrancó con un sonoro ruido que captó la mirada de algunos alumnos que pasaban por allí.

¿Era consciente Thiago de que eso podía verse como algo inapropiado? ¿Era consciente de que volvía a arriesgar su trabajo por mi culpa?

Me subí detrás de él y me sujeté fuertemente a los asideros del asiento.

Casi percibí su irritación ante mi aversión a tocarlo, pero aceleró tan rápido que no pude decir nada, más que cagarme de miedo al sentir cómo la moto cogía velocidad, una velocidad que se sentía en cada parte de mi cuerpo.

No fue solo el frío helado chocando contra mi cara y mis manos lo que me hizo olvidarme de los asideros y sujetarme fuertemente contra su espalda, sino también el miedo que sentí al notar la velocidad desplazarme un poquito hacia atrás en el asiento del acompañante.

Me dio coraje tener que agarrarme a su cuerpo para sentirme segura, pero preferí eso a congelarme o a caerme.

Tardé un segundo de más en ver adónde se dirigía cuando, en vez de girar a la derecha por el camino que nos llevaría a nuestras respectivas casas, se metía de lleno en el pueblo.

—¿Dónde vas, Thiago? —le pregunté, pero o no me escuchó o decidió no contestarme.

Me tensé cuando se detuvo frente a la comisaría de policía de Carsville.

—¿Por qué has venido aquí? —le pregunté de nuevo, deseando con todas mis fuerzas estar en cualquier otra parte.

No quería ir allí a hablar de Julian. No quería recordar el bochornoso y horrible momento en el que mi madre y yo tuvimos que presentar una denuncia y explicar a los agentes que me habían grabado desnuda y lo habían subido a las redes.

—Puedes esperarme aquí o entrar conmigo, tú decides —dijo bajándose de la moto y sujetando el casco con su antebrazo.

—No pienso entrar ahí.

—Pues entonces espérame aquí.

No me dio tiempo a rebatirle porque ya estaba entrando en la comisaría.

Miré a mi alrededor..., al pueblo que me había visto crecer, y me pregunté en qué momento me había convertido en la chica a la que acosaban, en la chica a la que la gente miraba de reojo, en la chica a la que su novio la dejaba por haberse liado con su hermano...

Cogí el móvil y marqué su número.

No me preguntéis por qué, pero necesitaba oír su voz, necesitaba volver a pedirle perdón, necesitaba que me envolviera entre sus brazos...

A mi mente acudieron un montón de recuerdos, junto a sonrisas robadas y carcajadas a pleno pulmón mientras hacíamos el tonto en su habitación, en la cafetería donde trabajaba, o simplemente cuando nos sentábamos en su sofá a ver una película... Así era Taylor..., alguien que te hacía reír, daba igual la situación en la que te encontrases.

No me contestó, y cuando corté la llamada, me fijé en la foto que tenía de salvapantallas y una lágrima se escurrió de mis ojos para recorrer con lentitud el camino descendiente por mi mejilla hasta perderse por mi cuello.

Me la limpié con el antebrazo para no dejar huella de una lágrima que me merecía más que nadie, y seguí mirando aquella foto que nos hicimos la tarde que lo ayudé a decorar su casa para Halloween. Se me había acercado por detrás para asustarme con una careta de Frankenstein, pero lo vi venir por el espejo del salón y decidí hacerme la tonta y ser yo la que lo asustara primero.

Fue tal su sorpresa cuando me giré que se cayó al suelo de la impresión.

Me reí tanto y su cara fue tan cómica que no pude evitar inmortalizar el momento: con mi cámara frontal del móvil me acerqué a su cabeza, tiré de su careta hacia arriba y le di un beso en la mejilla justo en el momento en que le daba también al botón derecho para hacer el selfi.

Su expresión de aturdimiento y sorpresa en esa foto aún conseguía sacarme una sonrisa.

—Puedo hablar con él si quieres, Kam —comentó una voz a mis espaldas.

Bloqueé el móvil y me lo guardé en el bolsillo trasero.

—¿Me llevas a casa? —contesté poniéndome el casco otra vez.

Thiago me miró un segundo y pareció querer decirme algo.

—Sube —dijo en cambio, y eso hice.

Igual que me pasó cuando se desvió para ir a la comisaría, volví a sorprenderme cuando, en vez de girar por la carretera que nos llevaría a nuestras respectivas casas, se desvió hacia el camino que salía del pueblo.

—¿Adónde vas Thiago? —le pregunté por encima del rugido de la moto.

No me dijo nada y a medida que nos alejábamos, empecé a ponerme más y más nerviosa, sobre todo cuando se metió por un campo apenas iluminado por la luz del faro de la moto.

Finalmente pude ver algo más que árboles frondosos aquí y allá, y cuando Thiago detuvo la moto frente a una especie de casa cuadrada con ruedas parecida a esas caravanas antiguas casi todos mis problemas parecieron desaparecer... al menos por un instante, instante donde la curiosidad pudo con todo lo demás.

—¿Qué es esto? —le pregunté cuando apagó el motor y el silencio interrumpido por los sonidos del bosque pasó a inundarlo todo.

Se bajó de la moto, se quitó el casco y me pidió que hiciera lo mismo. Hice lo que me indicó.

Miré a mi alrededor. La nieve en esa zona aún seguía sin derretirse y los altos árboles estaban cubiertos por ese manto blanco que, dado su peso, no tardaría en caer al suelo. Me fijé en que frente a la caravana había un círculo de piedras con cenizas en medio y algunos troncos quemados, señal de que alguien había hecho un fuego no hacía mucho.

—Mi nueva casa —anunció y cuando lo hizo mis ojos se abrieron sorprendidos.

—¿Cómo? —le pregunté dando un paso hacia la caravana y admirándolo todo con una mirada diferente.

—Me la compré hace una semana —dijo metiendo las manos en los bolsillos de su chaqueta.

La caravana no parecía nueva en absoluto, y tampoco es que estuviese en muy buen estado, pero daba la sensación de ser un buen lugar para admirar las estrellas, sentarse frente al fuego y charlar durante horas.

A mí las excursiones en caravana siempre me habían parecido de lo más divertidas. Hacer la Ruta 66 en caravana había sido una de mis peticiones diarias de todos los veranos a mis padres, pero ellos nunca quisieron hacer nada parecido. Un hotel de cinco estrellas era mejor que eso, un hotel donde al final todos los días eran iguales y terminabas aburriéndote a pesar del lujo y las buenas vistas.

Esta caravana no tenía pinta de poder circular, al menos no de momento, pero sentí curiosidad por ver cómo era por dentro.

—¿Por qué me has traído aquí? —le pregunté ahora girándome para poder mirarlo a los ojos.

Se encogió de hombros.

—Creo que tenemos que hablar y este es un buen lugar para hacerlo —respondió.

—No hay nada de que hablar —dije sentándome sobre una de las piedras que había colocadas junto a los restos de la hoguera.

—Mi hermano ha descubierto que nos gustamos, Kam, creo que sí hay algo de lo que debemos hablar...

Miré hacia los árboles abrochándome hasta arriba la chaqueta e introduje después las manos en los bolsillos.

Hacía frío y a pesar de eso una parte de mí empezó a sentirse a gusto en aquel lugar alejado del mundo. Por un instante me sentí como si me hubiesen metido en una burbuja temporal..., un lugar para poder pensar y reflexionar...

—¿Qué te han dicho en la comisaría? —le pregunté intentando evitar el tema que quemaba. Al menos para ganar un poco de tiempo... No me sentía preparada para enfrentarme a mis sentimientos y mucho menos a los de Thiago.

—Son imbéciles —contestó alejándose hacia el lado derecho de la caravana y reapareciendo con varios troncos de leña—. Me han dicho que informarán a sus padres, pero que no pueden hacer mucho más. Consideran que es un asunto de *bullying* de colegio y me han dicho que prefieren que sea el instituto el que lo gestione.

—¿Que lo gestione el instituto? Pero si ya no va a nuestro instituto, ¡lo han expulsado!

—Eso mismo les he dicho yo —contestó colocando los troncos y enrollando el papel de periódico para poder prender el fuego.

Lo observé durante unos minutos mientras lo hacía y cuando la hoguera se encendió, el entorno, blanco y frío, adquirió una tonalidad cálida gracias al reflejo de las llamas.

Extendí las manos para poder calentármelas junto al fuego y a los pocos segundos el calor empezó a descongelar todos mis huesos. Me sentí muy a gusto y cuando Thiago entró a la caravana a preparar unas tazas de café, más aún.

Cuando regresó con los cafés, no se sentó frente a mí, sino a mi lado, y fui muy consciente de esa maniobra muy sutil para poder finalmente acercarse a mí.

—Toma —me dijo tendiéndome la taza. Rodeé mis manos con ella y le di un traguito que me calentó por dentro.

—Gracias —contesté mirando el fuego.

—Kamila, a mí me gusta esto menos que a ti, créeme —confesó entonces y pude sentir sus ojos clavados en mi lado derecho. Yo seguí mirando las llamas, seguí mirándolas porque sabía que si giraba la cara y lo miraba de frente, ahí teniéndolo tan cerca de mí, cometería una estupidez, una estupidez que solo añadiría más leña al fuego, nunca mejor dicho.

—Era mi novio... y mi mejor amigo —dije, a pesar de saber cuál sería su respuesta.

—*Es* mi hermano —afirmó enfatizando el verbo para

dejarme claro que para él era más difícil... Claro que era más difícil, porque era su familia.

—¿Te crees que no lo sé? —repliqué elevando el tono, levantándome de allí y alejándome de él—. ¡Soy la peor persona del mundo! —grité a los árboles a la vez que me abrazaba a mí misma para volver a calentarme, porque nada más alejarme del fuego el frío había vuelto para calarme los huesos.

—Ven aquí —me indicó Thiago y por el tono de su voz supe que eso era lo único que quería.

Estar conmigo... al menos un rato, un rato donde pudiésemos estar sin nadie al otro lado de la puerta, o sin nadie a punto de llegar, o sin nadie interrumpiéndonos por estar haciendo algo prohibido.

—No puedo —dije sin ser capaz aún de volverme para mirarlo. Me tapé la cara con las manos y empecé a llorar.

Ya no pude evitarlo más, ya no pude contenerme.

Nada estaba bien desde hacía meses, nada parecía ir encaminado a solucionarse, sino al revés.

Me abrazó por detrás y me vi envuelta en su cuerpo grande y fuerte, caliente y agradable.

Sus brazos.

¿Qué mejor refugio que ese?

Me volví y me escondí en su cuerpo, lo abracé con fuerza y dejé que me consolara, dejé que me calentara, dejé que por unos instantes solo fuésemos él y yo.

—No hay nada de malo en querer, Kamila —afirmó junto a mi oído—, y eso es lo que tú haces tan bien..., querer, cariño; eso es lo que te ha traído a este momento y este lugar.

—No está bien querer a dos personas... Hay algo malo en mí.

Sus manos me sujetaron las mejillas y me elevaron la cara para poder mirarme directamente a los ojos. Tuve que parpadear varias veces hasta conseguir ver con claridad, y cuando sus ojos verdes me devolvieron la mirada, comprendí que lo que decía era verdad.

Ojos verdes. Ojos azules.

Los quería a los dos.

¿Estaba también enamorada de ambos?

—No hay nada malo en ti..., lo único malo es que eres humana —me dijo enjugando mis lágrimas con sus dedos—. Y como humano que soy también te digo que amar es algo muy difícil y complicado. Se puede amar y odiar a la vez, se puede querer y detestar a la vez, se puede estar triste y sonreír, se puede estar lleno de ira y soltar una carcajada llena de júbilo...

Y en ese instante me di cuenta de una cosa.

Se podía amar a más de una persona, sí..., pero yo deseaba solo poder amar a una.

Y esa una era él.

Eso lo tenía más que claro.

Él era quien despertaba en mí cosas que solo él podía provocar.

Thiago era el único que con sus besos conseguía que quisiese morir para poder recuperarme...

Él era quien con su simple presencia conseguía que me entrasen ganas de salir corriendo por pura supervivencia... ¡Joder!, quererlo de la manera en la que yo lo quería no era sano para nadie, no era bueno para mí, ni tampoco lo sería para él.

¿Podía Thiago quererme bien? ¿Podía yo darle el lugar que se merecía?

—Pasa la noche conmigo, Kam —me pidió entonces bajando sus labios para acariciar mis mejillas enrojecidas por el frío—. Quédate aquí, dame calor con tu cuerpo, concédeme solamente eso, y luego ya podrás decidir qué quieres hacer... Te prometo que no intervendré... en nada, da igual la decisión que tomes, pero creo que me merezco una noche..., una sola.

La propuesta y las imágenes que iban ligadas a ella casi consiguieron que me doblara en dos para amortiguar el cosquilleo que generaban las mariposas gigantescas que acababan de inundar mi estómago.

—Enséñame tu nueva casa... —le pedí tragando saliva y con el pulso y la mente a mil por hora.

Lo que hiciese en esa caravana marcaría un antes y un después, lo sabía, ambos lo sabíamos.

Me soltó y juntos fuimos hacia la puerta.

Sentía como si fuese a entrar en la mente de Thiago, una parte de mí deseaba con todas sus fuerzas ver cómo alguien tan enigmático como él podía decorar un sitio como ese, pero cuando me abrió la puerta y me invitó a pasar sentí lo último que hubiese creído poder sentir entrando en una caravana de Thiago Di Bianco.

Los muebles eran rústicos pero bonitos. A la derecha y en el relativamente escaso espacio interior, había una mesa con un sofá en tonos grises y con almohadones de cuadros escoceses azules. Estaba segura de que esos almohadones no los había comprado él y me moría por preguntarle de dónde los había sacado.

La pequeña cocina estaba nada más entrar y tenía dos pequeñas ventanitas con cortinas a juego con los cojines. En el suelo, un felpudo de Iron Man que al instante tuve claro que sí lo había puesto él. Platos y vasos acumulados de cualquier manera en el escurridor, pero eso sí, todos limpios, y a la izquierda una cama de matrimonio que no sabía ni cómo cabía en ese espacio. La cama estaba hecha, ¿cómo no? Por último, una pila de libros descansaba en una estantería que hacía las veces de mesilla de noche.

Había otra puerta que supuse que era la del cuarto de baño, y una tele un poco péqueña en la esquina del salón...

Di un paso hacia delante y miré con sorpresa el dibujo que le había hecho yo hacía unos meses y por el que se había cogido un rebote de locos.

La imagen de nosotros de niños junto con su hermana Lili consiguió que se me encogiera el corazón..., pero no de una manera triste o mala, sino emocionante.

Ese lugar era exactamente lo que Thiago representaba... Austeridad, cariño, añoranza, masculinidad y, lo más importante, simpleza, porque él era así. Un chico simple con sueños pequeños, una mente brillante y una caravana por hogar.

Así era él, y lo que más me sorprendió no fue ratificar lo que ya sabía, sino ver que me gustaba todo lo que veía, que me sentía identificada con las pequeñas cosas que formaban parte de él... y parte de mí.

Me sorprendió sentirme como en casa.

8

THIAGO

Verla allí..., en mi espacio, entre mis cosas... Joder. No estaba orgulloso de cómo se habían sucedido los acontecimientos para llegar a ese momento concreto, tampoco podía regodearme en las expectativas, que eran muchas, a pesar de saber con certeza que siempre estarían impregnadas de un sabor amargo, producido por saber que estaba haciendo algo que dañaba a una persona que quería más que a mí mismo, pero somos débiles y, como le había dicho a Kam hacía un rato, somos humanos.

No podía controlar lo que sucedía en mi cuerpo y en mi mente cada vez que mis ojos se encontraban con ese ser maravilloso. Nunca pude hacerlo: ni cuando era un niño y mi razón de ser —aparte de hacer el cafre— se centraba en enrabietarla, ni ahora, que al mirarla solo podía imaginarme besándola, acariciándola, viviendo con ella, siendo su amigo, su confidente, haciéndola mía, porque en mi mente siempre lo fue, desde el minuto uno en que mis labios se posaron sobre los suyos en aquella aventura que emprendimos siendo críos.

Pero el verdadero problema era justamente eso: la mente. En mi mente ella me pertenecía, y no como si fuese un objeto, para nada, tenía muy claro que las personas no son de nadie, sino de una manera que excedía mis propios principios o mis propios prejuicios. Mi alma la reclamaba, mi mente la necesitaba y mi cuerpo la anhelaba todos los días que pasaban.

Estaba enamorado.

Y no me preguntéis cómo lo sabía o cómo lo tenía tan claro, simplemente es así, uno lo sabe, si hay dudas, es que algo no va bien, y por eso mi incertidumbre, mis miedos a dar un paso en falso, porque Kam también sentía algo por mi hermano... Si no, ¿por qué lloraba por él? ¿Por qué lo echaba de menos? ¿Por qué no le bastaba conmigo?

¿Era cierto eso de que somos capaces de amar a más de una persona? En mi cabeza eso no tenía cabida, pero a lo mejor era porque yo, tan terco y cuadriculado, tan chapado a la antigua sentimentalmente hablando, no concebía poder querer a nadie que no fuese ella.

No podía juzgarla, la mente humana es complicada,

pero eso no quitaba que cada lágrima derramada por mi hermano me hundiera en lo más profundo de mi propia tristeza personal.

¿Estaba celoso?

No lo tenía del todo claro, pero lo que sentía cuando la veía con él o la imaginaba con él no era nada que quisiese cultivar o a lo que quisiese acostumbrarme.

Era difícil..., todo era difícil, porque entendía las razones por las que podía estar enamorada de Taylor. ¿Cómo no iba a hacerlo?

Lo que no entendía era por qué estaba enamorada de mí.

Eso sí que me resultaba difícil de comprender, pero me daba igual..., estaba allí, ¿no? Y la manera en la que su cuerpo reaccionaba cuando yo estaba cerca también tenía que significar algo fuerte..., algo importante, algo especial..., ¿verdad?

—¿Quién eligió esos cojines? —preguntó entonces.

Como siempre, sus salidas me pillaban totalmente fuera de juego. Parpadeé confuso un momento hasta que comprendí lo que me estaba preguntando.

«¿Los cojines? Yo qué sé.»

—Estaban aquí cuando me la vendieron —contesté fijándome detenidamente en su perfil.

Su nariz, diminuta y respingona, siempre me había hecho

gracia..., sobre todo porque era la parte de su cara que más utilizaba. Os preguntaréis cómo puede alguien usar la nariz para expresar nada..., pues Kamila Hamilton lo hacía. Era su manera de fruncirla cuando algo le daba asco, o su manera de ladearla cuando pensaba en algo con mucho detenimiento. Cuando se elevaba un poquito, cuando sonreía, o cuando respiraba profundamente cuando había perdido la paciencia. Luego estaban sus ojos... marrones, bonitos, expresivos y rodeados de preciosas pestañas. Siempre me había despertado mi curiosidad cómo una chica tan rubia y tan blanca podía tener las pestañas tan negras y espesas... Su mirada me transportaba, me calmaba, me enloquecía y me animaba a hacer lo que fuera con tal de ser su centro y captar su atención.

—Ya decía yo... —comentó entonces, adentrándose un poco más en la estancia.

Se detuvo demasiado cerca de mi cama..., no es que lo hiciese adrede, no había mucho más espacio que recorrer, pero mi mente voló, empezó a volar y ya no hubo manera de detenerla.

¿Cuántas veces me había imaginado desnudando a Kam? ¿Cuántas versiones de esa acción aún circulaban por mi pensamiento? Unas veces lo hacía con lentitud, colmándola de besos, saboreando hasta el último recoveco de su piel desnuda, pálida y suave como la porcelana..., otras actuaba de manera muy diferente. No había lugar para besos, ni para detenerme en nada que no fuera arrancarle todo y meterle mi polla hasta el fondo... Supongo que somos animales de instintos y, joder, a veces me costaba controlar esos pensamientos.

¿Sentiría ella lo mismo cuando me veía? ¿Le entrarían ganas de arrancarme la ropa y comerme a besos?

Tuve que darle la espalda y, con la excusa de encender la calefacción, le di un momento a mi cuerpo para relajarse.

—Me gusta esto —comentó entonces y no tuve más remedio que volver a girarme para encararla.

La imagen de ella sonriéndome... con sus ojos aún enrojecidos por haber llorado y su pelo rubio despeinado tras haberse quitado el casco, no tenía nombre ni posible descripción profunda.

Era preciosa..., era magnífica..., era la dulzura personificada... ¡Joder!, era la mujer de mi vida.

—A mí me gustas tú —no pude evitar contestar.

Se hizo el silencio y casi pude ver cómo ella tragaba saliva.

—Ni si quiera entiendo por qué —dijo.

Joder...

—Ojalá pudieras estar en mi mente ahora mismo —dije dando un paso hacia delante en su dirección—. Te aseguro que se te despejarían todas las dudas.

Sus ojos parecieron no poder seguir manteniendo mi mirada y se desviaron hacia la ventana de la caravana.

—Está nevando —comentó y seguí su mirada para corroborar lo que acababa de decir.

Era cierto.

Nevaba.

—Es peligroso llevarte a casa entonces —repliqué dando otro paso en su dirección.

—¿Por la nieve? —preguntó ahora mirándome otra vez.

—Las ruedas podrían patinar... y no queremos eso —añadí dando un paso más.

—Debería entonces llamar a mi madre y decirle que...

Su titubeo me enamoró aún más de ella.

—Deberías decirle que no dormirás en casa hoy.

La aceleración de los latidos de su corazón fue evidente porque fue justamente un eco de los míos.

—Aunque si deja de nevar podrías llevarme a casa, ¿no?

¿Estaba asustada?

—Cariño, te llevaré a donde me digas en el instante en el que me lo pidas —le dije para tranquilizarla.

Debía recordar que ella era más joven que yo... que tal vez pasar la noche conmigo no entraba en sus planes o no era una prioridad como lo era para mí desde que descubrí lo que era tener una erección.

Pareció relajarse cuando le dije eso y me amonesté mentalmente por ser tan imbécil.

«Relájate, Thiago. No puedes cagarla.»

—¿Te apetecen unos macarrones con queso? —le ofrecí separándome de ella y dirigiéndome a mi pequeña cocina.

—Vale —aceptó ella y observé con el rabillo del ojo cómo se sentaba en el sofá.

Le di un poco de espacio y empecé a sacar los ingredientes de la nevera.

—¿Tú sabes cocinar? —me preguntó.

La miré ofendido.

—Sé cocinar desde los trece años, cariño —respondí poniendo el agua en el fuego para poder hervirla.

—Si tú sabes cocinar entonces yo soy chef —replicó levantándose y remangándose—. Nunca has probado mis macarrones con queso.

Me giré hacia ella apoyando mi cadera en la encimera de la cocina.

—No subestimes mis habilidades culinarias.

—Ni tú las mías —contestó levantando la mirada para poder mirarme a los ojos.

Le sacaba casi una cabeza y en ese instante me hubiese gustado estirar la mano, enterrarla en su nuca y bajar mi cabeza para devorarle la boca.

Supe que lo vio en mis ojos, pero también vi que no era el momento.

Le sonreí y juntos nos pusimos a cocinar. Fue algo increíble, porque por fin estábamos solos y tranquilos, por fin podía sentir que nadie nos interrumpiría y que no hacíamos nada horrible... Al fin y al cabo, mi hermano ya sabía lo que había, al menos no estábamos mintiéndole..., ¿no?

Sabía que lo que me dijera era simplemente una excusa para no sentirme como una mierda, pero necesitaba eso, necesitaba ese momento de intimidad con Kam... Ya apechugaría con la culpa al día siguiente.

Puse música y cenamos en la mesa que, bordeada por el sofá, dominaba el diminuto salón de la caravana. No me avergonzaba por haberla llevado a un lugar como aquel, pero una parte de mí necesitaba ver qué le parecía, cómo se comportaba, ver si su vida y la mía eran de verdad tan incompatibles como siempre me había empecinado en creer.

Pero nada más lejos de la realidad. Kam parecía muy a gusto, hasta se quitó las botas y se sentó sobre sus rodillas en el sofá mientras que, dando buena cuenta del plato de macarrones con queso, me contaba que dentro de unos meses tendría la entrevista presencial en Yale.

Esa también era una espina que se me clavaba porque finalmente se iría..., se iría, joder, y yo me quedaría allí viviendo en una caravana de mala muerte con un trabajo que, por muy bien que se me diera, era complicado que se prolongara en el tiempo, pues era difícil que me hicieran un contrato fijo. Al menos tenía el consuelo de que las horas a la comunidad ya habían acabado y, de momento, mientras siguiera trabajando en el instituto, podría vivir allí; que no era mucho, pero al menos me permitía tener algo de intimidad.

La cosa es que aún no me había atrevido a contárselo a mi madre. Taylor tampoco sabía nada de ese sitio y una parte de mí sentía que por ahora debía mantenerlo en secreto.

—¿Y desde cuándo te gustan las caravanas? —me preguntó Kam terminándose los macarrones y dejando el plato sobre la mesa.

—Desde siempre —le expliqué levantándome y recogiendo la mesa. No había mucho que recoger, solo dos platos un vaso y una cerveza—. Hacía ya tiempo que planeaba comprarme algo, los pisos están carísimos y con lo que cobro en el instituto solo me daba para esto...

—¡Me encanta este lugar! —exclamó ella interrumpiéndome—. Me parece acogedor y especial...

—¿Te parece especial encontrarte con ratas en el váter cuando te levantas por la mañana y vas a hacer pis?

Kam se encogió abrazándose las piernas y miró hacia todos lados con horror.

Me reí.

—Tranquila, ya está controlado —le dije, y era cierto, aunque el susto que yo me llevé la primera noche que pasé en la caravana no se lo deseaba a nadie.

—¿Qué opina tu madre y...? —se calló cuando fue a mencionar a mi hermano.

—No lo saben —contesté volviendo a sentarme a su lado en el sofá. Me fijé en cómo se había hecho su propio hueco, apoyando la espalda contra la pared del espacio donde estaba incrustado el sofá, y deseé acercarme y besarla—. Como mi hermano se irá a la universidad el año que viene, me da un poco de cosa dejarla sola... Iré y vendré sin que se dé cuenta de que ya tengo algo propio...

Kam me miró con sorpresa.

—Es genial que hagas eso..., muchos no lo harían —afirmó y vi en sus ojos un brillo parecido al orgullo.

—Aunque por una parte estoy seguro de que irme de casa aliviaría bastante la tensión que hay ahora mismo entre Taylor y yo, y que sé que a mi madre le preocupa.

Kam bajó la mirada y supe que captó mi tal vez no tan sutil giro de conversación para hablar de lo que verdaderamente era necesario hablar.

—Tu hermano nunca me va a perdonar esto —dijo aún sin mirarme.

—¿A qué te refieres con «esto»?

Me miró a los ojos antes de contestar.

—A lo que siento por ti...

—Pues tendrá que aprender a vivir con ello, Kam. Yo vivo sabiendo que también lo quieres a él..., vivo sabiendo que te ha besado, que te ha tocado..., que te ha hecho el amor, joder.

Volvió a cerrar los ojos un momento y se abrazó a sí misma.

—¿Puedo confesarte una cosa? —preguntó abriéndolos de nuevo.

Asentí esperando a que hablara.

—Nunca llegué a sentirme del todo a gusto.

—A gusto ¿con qué? —pregunté poniéndome tenso sin poder evitarlo.

—Con el sexo... —respondió y pude ver cómo sus mejillas se teñían de un adorable color rosado—. Sentía como si... como si...

—¿Como si qué? —inquirí.

Kam me devolvió la mirada sabiendo perfectamente que lo que saldría de esa boca podría llegar a inclinar la balanza en un sentido contrario al de ahora. O tal vez no..., no lo sabía, pero quería creer que yo tenía algo que ver.

—Como si estuviese haciendo algo malo...

Me llevé un chasco con su respuesta, más que nada porque esperaba... que yo tuviese algo que ver.

—¿Ahora me vas a decir que creías que estabas pecando o algo parecido?

Esbozó una sonrisa que solo duró un instante.

—Sentía como si..., como si te estuviese engañando a ti.

Contuve el aliento.

—¡Lo sé! Es ridículo —exclamó tapándose la cara.

Me acerqué y tiré de sus manos hacia abajo.

—No lo es —respondí, sintiendo una repentina paz interior que no sentía desde hacía muchísimo tiempo—. No puede serlo cuando yo he sentido lo mismo... con cada una de las chicas con las que me he acostado, Kam. Dejaste huella en mí, y lo hiciste cuando aún no era lo suficientemente maduro como para entender que había encontrado a la mujer de mi vida.

—Pero, Thiago —dijo negando con la cabeza—. Eso es una locura..., eso es...

—Esa es mi realidad —la interrumpí, todavía sujetándole las manos con las mías. Me las llevé a los labios y besé sus nudillos—. ¿Quieres que también sea la tuya?

Los segundos que pasaron hasta que abrió la boca fueron los segundos más llenos de incertidumbre de mi vida.

9

KAMI

Ahí estábamos los dos, como nunca habíamos podido estar desde que él había regresado a Carsville: solos.

Solos de verdad.

¿Cómo explicar lo que sentía al estar compartiendo algo de cotidianidad con Thiago Di Bianco? ¿Os lo podéis imaginar? Simplemente verlo cocinar me provocaba contracciones en el útero, me aceleraba la respiración y hacía que sintiese que el corazón me iba a estallar.

Era tan guapo... Parecía tan grande, tan masculino, moviéndose por aquel espacio tan pequeño y a la vez tan acogedor. No podía evitar fijarme en todo lo que hacía, y en cómo lo hacía. Mis ojos seguían sus grandes manos allá donde iban, ya fuese sujetar el colador de la pasta o una cerveza... Todo él me ponía a cien, me despertaba de un letargo sexual en que no sabía que me encontraba hasta no pasar más de media hora con él a solas, y ahora iba y me decía que yo era la mujer de su vida, que comprendía lo que había sentido al acostarme con su hermano porque él llevaba sintiendo lo mismo desde siempre.

¿Me mentía?

No podía mentirme en algo así, pero me parecía tan absurdo, tan irreal que él desde tan pequeño sintiera esa conexión conmigo. Pero ¿por qué me sorprendía cuando yo había sentido y seguía sintiendo lo mismo? Era como una cuerda que tiraba de mí hacia donde él estuviese.

¿Habéis escuchado hablar de la leyenda del hilo rojo? ¿Esa leyenda que dice que nacemos predestinados a conocer a una persona en concreto, y que esa persona es el amor de nuestra vida? Suena absurdo, lo sé, pero lo que sentía por él superaba con creces cualquier cosa que hubiese podido sentir con Taylor, con Dani o con cualquier persona a la que ha querido. Con él era... diferente.

No estaba diciendo que ese hilo rojo existiera, pero tal vez... tal vez nosotros debíamos estar juntos..., ¿no?

—Lo curioso de todo esto es que justamente nada parece real... —comenté viendo cómo sus labios besaban mis nudillos.

—No elegimos a quién queremos —me dijo él mirándome como cualquier mujer debería ser mirada alguna vez en su vida.

—Pero ¿sí de quién nos enamoramos? —planteé.

Sonrió y mi mundo empezó a dar vueltas y más vueltas.

—¿Estás enamorada de mí? —me preguntó entonces el muy canalla.

—Solo sé que no sé nada —contesté sonriendo.

—¿Me citas a Sócrates?

—¿Quieres que te cite a otra persona? —contesté automáticamente y sin poder dejar de sonreír.

—¿Y si mejor dejas de hablar para que te pueda comer la boca?

Nos miramos y todo pareció detenerse.

No fue un beso pasional ni nada muy elaborado. Thiago simplemente se inclinó hacia mí, estiró la mano, me acarició la mejilla y, entrelazando sus dedos en mi pelo, tiró de mí hacia él y posó sus labios sobre los míos.

Al principio fue algo extraño, como si fuésemos ciegos y estuviésemos abriendo los ojos y viendo por primera vez, fue como si nuestras manos hubiesen estado cubiertas por guantes y, por fin, nos los hubiesen quitado para dejarnos sentir verdaderamente el tacto de la piel del otro sin barreras ni nada de por medio.

En el fondo me sentía culpable y sabía que esos guantes, esos obstáculos, por muy metafóricos que fueran solo podían resumirse en una sola palabra, en realidad en un nombre concreto: «Taylor».

Él había sido quien nos había mantenido separados, y no me refiero de una manera mala, tampoco negaba mi responsabilidad en el asunto, porque, al fin y al cabo, yo lo quería, yo lo había buscado y yo había aceptado tener una relación con él..., pero al igual que decía la leyenda... Me daba la sensación de que el hilo rojo que me unía a mi alma gemela no era muy largo, al menos no en ese momento en concreto.

—Ven aquí —susurró contra mis labios cogiéndome con sus enormes brazos y sentándome a horcajadas sobre él. Al principio apenas había espacio, pero sin parar de besarme apartó la mesa con el pie para así dejarme lugar y poder besarme como él quería hacerlo.

Sentir su lengua entrando en mi boca después de tanto tiempo fue incluso revelador. Su aroma me envolvía por todas partes y no solo porque existiese en ese instante dos centímetros de fino aire entre los dos, sino porque todo lo que me rodeaba olía a él, todo lo que había allí era suyo y todo estaba impregnado con su esencia.

Sus grandes manos subieron por mi espalda y me acariciaron mientras yo hacía lo mismo con su cara: mis manos no pudieron evitar acariciar su piel rasposa por la barba incipiente ni mis párpados abrirse para poder mirarlo.

Nuestras bocas se separaron y solo fueron nuestros ojos lo que se detuvieron un instante para poder decirse muchas cosas, cosas que no hacía falta verbalizar en voz alta, cosas que ni él ni yo entendíamos aún, pero que adquirirían mucho sentido en ese momento, después de tanto tiempo. Sin decir nada, me levantó y me llevó hasta su cama. Dejé que lo hiciera porque en ese instante eso era lo que ambos deseábamos.

Nos merecíamos ese momento para los dos, nos merecíamos ese instante de intimidad en esa burbuja temporal en la que parecíamos habernos encerrado y en la cual nada ni nadie podía entrar para interrumpirnos, porque nadie sabía dónde estábamos...

Cuando sentí su pesado cuerpo sobre el mío, solo pude pensar que estaba en casa.

Pertenecía a ese momento y a ese lugar... ¡Que les dieran a las consecuencias, a los remordimientos, a todo lo que estuviese por llegar!

Algo en mi interior me gritó que lo abrazara con fuerza y no lo dejara escapar, algo en mi interior me instó a aprovechar cada instante que pudiésemos dedicarle a ese encuentro íntimo, donde nuestros cuerpos solo ansiaban el contacto del otro sin mucho más que decir.

Su mano se coló por mi camiseta y sus dedos comenzaron a trazar todo tipo de dibujos inconclusos sobre mi piel desnuda.

Me reí y no pude evitar preguntar:

—¿Qué haces?

Thiago sonrió y mi corazón volvió a sufrir un colapso.

¿Qué tenía ese chico que su simple sonrisa ponía mi mundo patas arriba?

«Que casi nunca sonreía», me dijo mi voz interior.

Cuando tienes poco de una cosa, más la ansías y más la valoras...

—Tengo ciertas dudas —dijo mirándome fijamente como si quisiese encontrar la respuesta de sus dudas en mis ojos.

—¿Qué tipo de dudas?

—No quiero cagarla contigo... No quiero ir deprisa, no hay necesidad de hacer esto ahora, podemos esperar, podemos ver cómo van las cosas, cómo te encuentras tú con respecto a Taylor. —Le tapé la boca con mi mano antes de que el nombre de su hermano interrumpiera algo que debía pasar, que ansiaba que pasara—. Chist —le dije atrayéndolo hacia mí—, lo que sea que tengas que decirme, dímelo con besos.

Y eso hizo.

Me besó y, joder, qué manera de besarme.

Se tomó su tiempo, en eso me recordó a cuando éramos pequeños, me recordó a que siempre que conseguíamos chucherías, Taylor y yo éramos los primeros en acabárnoslas todas y él siempre tenía una en el bolsillo.

«Hay que administrarlas bien», decía y, cuando se comía la chocolatina, el chupa-chups o lo que fuera que tuviese en la mano lo hacía con calma, muy lentamente, e incluso, a veces, con el papel, volvía a envolver la golosina que se estuviera comiendo y la guardaba para más tarde. «Así se prolonga el placer», nos aseguraba.

Y eso hizo exactamente conmigo.

Me volvió loca.

Su boca jugó con mi cuerpo a la vez que sus manos me desnudaban con exasperante lentitud.

Las mías corrían con ganas de arrancarle la ropa y ver ese cuerpo escultural, *besar* ese cuerpo escultural, pero no me dejó: con una mano me sujetó las muñecas con fuerza mientras que con la otra iba quitándome capas a la vez que su boca lamía, mordía y besaba hasta el rincón más recóndito de mi anatomía.

Me revolví inquieta cuando vi hacia dónde dirigía su cabeza y, aunque una parte de mí deseaba con todas sus fuerzas que se detuviera por vergüenza, la otra agradeció que fuese más fuerte que yo y que me retuviera muy firmemente contra la cama para hacer lo que hizo a continuación.

Empezó despacio..., besándome lentamente alrededor y acerándose con una lentitud desquiciante y placentera a partes iguales. Cuando se detuvo por fin en el centro de mi cuerpo, lamiendo..., mordisqueando y besando el centro de mi placer, creí que moriría, que moriría literalmente de gusto. Me comió como si se tratara de un delicioso manjar.

—Podría quedarme aquí toda la noche —dijo y su aliento haciéndome cosquillas ahí, casi me lleva de un golpe al orgasmo, pero no..., no me dejó—. Aún no —susurró separándose de mí y anclándome firmemente contra el colchón.

Fuera, la nieve había pasado a convertirse en lluvia y el repiquetear de las gotas contra el techo de latón creaba un ambiente de lo más romántico en aquella caravana, de la cual deseaba no salir jamás.

—¿Aún no? —pregunté sin dar crédito.

¿Este chico era consciente de que lo que estaba haciendo con mi cuerpo era algo de otro universo? ¿Era consciente de que a mí normalmente me costaba llegar y que dejar pasar un orgasmo era casi como escupirle al cielo?

—Te correrás cuando yo lo diga —y lo curioso de esa frase fue que por alguna extraña razón me puso tan caliente que el siguiente roce de su lengua en mi clítoris me hizo explotar como si de una bomba se tratara. Ni él ni yo nos lo esperábamos y, cuando acabé de gritar, porque sí, fue el primer orgasmo en donde necesité gritar para de verdad sentir la liberación total que algo así podía producirme, Thiago pareció querer dejarse de tanta vuelta, dejar de jugar con el caramelo y centrarse por fin en lo que importaba de verdad.

—No puedo creer que te hayas corrido. —Madre mía, lo dijo enfadado, sí, estaba molesto, aunque no molesto en plan mal... No sé explicarlo, pero lo que sí sé explicar es que no tardó ni medio segundo en arrancarme todas las prendas y capas que llevaba puestas, y eran muchas, creedme.

—Eres como una cebolla —comentó cuando por fin me quitó la última camiseta interior térmica.

Me reí, pero me silenció con una mano en mi boca.

—Necesito follarte, Kam —confesó entonces mirándome directamente a los ojos.

Su frase consiguió que cualquier vestigio de broma desapareciese del ambiente.

—Y necesito hacerlo durante horas, no me vale una vez, ni dos...

—Eres ambicioso —dije mientras mi mano buscaba su miembro y lo encontraba para a continuación apretarlo con fuerza.

Joder..., la tenía tan dura...

Ahí fui yo la que pasó a tener el mando, aunque creo que más bien me lo cedió de buen grado cuando comprendió cuáles eran mis intenciones al verme bajar poco a poco hasta llegar a tener su miembro a escasos milímetros de mi cara y, por consiguiente, de mi boca.

Intenté hacer lo mismo que él..., jugar, lamer, besar, morder, pero a los cinco segundos de hacer eso se incorporó y me miró con fiereza.

—Métetela en la boca.

Y no tardé ni medio segundo en hacerle caso. ¿Por qué engañarme? A mí no me gustaba jugar con la comida.

La chupé durante todo el tiempo que me dejó hacerlo sin llegar él a correrse.

Si seguíamos así al final no llegaríamos a hacerlo, y yo necesitaba con urgencia sentir esa parte de su anatomía dentro de mí.

—No aguanto más —dijo estirando la mano y cogiendo algo de su improvisada mesilla de noche. Lo observé con detenimiento mientras se ponía el preservativo y, cuando me tumbé para esperar que se colocara encima, hizo algo que no me esperaba.

—Ponte a cuatro patas —me indicó, pero no esperó a que lo hiciera... Sus manos me colocaron en aquella postura en la que nunca nadie me había colocado y supe que todo con él sería nuevo y diferente... porque era mayor, porque tenía experiencia, porque conseguía despertar en mí algo que nadie había conseguido despertar jamás, y era querer disfrutar, saber que podía gozar y desear con todas mis fuerzas provocar eso mismo en la otra persona.

Cuando lo había hecho con Dani, todo había sido un desastre, y luego con Taylor fue bonito y especial, lento y romántico, pero tampoco me despertó nada que no pudiera simplemente definir como satisfactorio...

Thiago me volvió loca. Descubrió en mí a alguien que ni siquiera sabía que existía y, joder, qué liberador fue.

No lo hicimos ni una ni dos, sino muchas más veces, algunas lentas, susurrándonos cosas bonitas al oído, cosas profundas, empalagosas y llenas de purpurina que en otro instante me provocarían hasta risa, pero no en ese... Fue el momento de soltar la verdad y decirnos todo lo que habíamos guardado durante meses. Y otras fueron rápidas, guarras y llenas de cosas prohibidas susurradas también al oído. Podría pasarme muchas páginas describiendo cómo hicimos el amor, pero me quedaría corta, así que mejor simplemente os lo dejo a la imaginación...

No sé en qué momento me dormí, solo sé que cuando abrí los ojos a la mañana siguiente una luz brillante y blanca entraba por las ventanas apenas cubiertas por las cortinas de cuadros. Estiré la mano para apagar la alarma del móvil y sentí cómo alguien gruñía bajo mi cuerpo y se desperezaba haciendo que notara cada movimiento muscular. Miré hacia abajo y sus ojos me recibieron con una sonrisa, la mejor de las sonrisas, en realidad.

No sé cómo, pero había terminado durmiéndome encima de él... desnuda.

Sentí cómo el calor del bochorno se apoderaba de todo mi ser y, cuando fui a apartarme, sus brazos hicieron una especie de llave de karate para impedir que moviera un solo músculo.

—¿Adónde te crees que vas? —me preguntó enterrando su nariz en mi cuello y apretándome contra su cuerpo febril, febril y desnudo.

No le contesté y me acerqué a besar su cuello. ¿Podía seguir disfrutando de aquella maravillosa experiencia o la mañana traería consigo la realidad y los problemas?

El móvil sonó haciéndome ver que me habían llegado varios mensajes y una parte de mí supo que algunos serían de mi madre.

—Tengo que volver a casa —dije intentando alcanzar

el teléfono, que al estar prisionera en los brazos de Thiago, se había quedado fuera de mi alcance.

—*Esta* es tu casa —me dijo haciéndome girar y colocándose encima de mí con mi espalda contra el colchón.

—Bueno, llamar a esto «casa» es ser un poco ambicioso, ¿no crees? —lo piqué y me encantó su manera de encogerse de hombros.

Le daba igual... porque Thiago era así, se la sudaban las apariencias, lo que pudiese opinar la gente o lo que pensasen los demás.

—Tú haces que esto parezca un oasis —me dijo besando la punta de mi nariz.

Sonreí.

—Sabes que estaba bromeando, me encanta esto —afirmé levantando la mano y acariciándole el pelo como había deseado hacer en miles de ocasiones.

—¿Quién lo diría? —dijo en voz alta y me dio la impresión de que se lo preguntaba más a sí mismo que a mí.

—¿Por qué lo dices?

—Bueno..., esto comparado con tu casa...

Lo miré con condescendencia.

—Habló el que se crio en una chabola.

Se rio.

—Sabes que tu casa es la más grande del barrio, las demás solo procuran no desentonar.

—Y lo hacen bastante bien —afirmé a sabiendas que, por mucho que se quisiera hacer el moderno, él también se había criado en un ambiente privilegiado y con ciertos lujos—. ¿No te da miedo estar aquí solo? —le pregunté consciente de que yo no duraría durmiendo ahí sola en medio de la nada ni medio segundo de reloj.

—¿Miedo a que? —replicó—. ¿A los lobos?

—¿Aquí hay lobos? —dije mirando hacia la ventana con la intención de salir corriendo.

—Estamos al lado del bosque, las posibilidades de que un lobo se presente aquí existen, pero son muy remotas. Además, tengo una escopeta debajo de la cama... por si las moscas.

Lo miré sorprendida.

—¿Tienes una escopeta? —pregunté sin dar crédito—. ¿No hay que tener una licencia para eso o algo así?

—En Virginia no hace falta, solo hay que ser mayor de edad y no tener antecedentes penales.

—Tú los tienes, ¿no?

—Me dijeron que si hacía un cursillo del control de la ira borrarían mis antecedentes, y menos mal, porque encontrar trabajo con antecedentes en este país es algo prácticamente imposible, al menos un trabajo decente.

Su boca mordisqueó mi oreja mientras me explicaba lo de las armas.

—¿De verdad crees que un animal salvaje puede venir aquí a molestarte...?

Me miró a los ojos antes de contestar.

—Solo hay un animal que me preocupa y ¿sabes cuál es?

Negué con la cabeza.

—El ser humano —declaró incorporándose y dejándome repentinamente desnuda y desamparada.

Salió de la cama y se puso los pantalones de chándal.

—¿Usarías la escopeta contra una persona de carne y hueso?

—Usaría la escopeta si alguien intentara entrar en mi casa a robarme o hacerme daño. Tengo que tener cuidado. Como tú bien has dicho, esto está en medio de la nada, si no me protejo yo, no lo hará nadie; la policía pasa de venir aquí, esto está fuera de su jurisdicción.

—Me están entrando ganas de salir corriendo, lo sabes, ¿no?

Thiago sonrió de lado y sacó una sartén del pequeño mueblecito que había debajo del fregadero.

—Si estás conmigo no te pasará nada malo, puedes estar segura de eso. ¿Tortitas? —preguntó a continuación como si nada.

Asentí mientras empezaba a buscar mi ropa interior entre el amasijo de sábanas. Encontré mis bragas y mi sujetador, y no tardé ni medio minuto en ponérmelos para no parecer una neandertal en medio de la selva.

En cuanto me los puse, algo de tela aterrizó en mi cabeza y cuando lo cogí vi que era su camiseta.

—Póntela —me ordenó de manera cariñosa, y yo, cual fan idiota, me la pasé por la cabeza y sentí como si lo que acabase de hacer fuese lo más emocionante del universo. ¿Tan colada estaba por ese chico?—. Te queda bien —observó Thiago mirándome con ojos de querer comerme a besos.

—A ti te queda bien no llevarla —le dije admirando sus abdominales y su cuerpo fuerte y esbelto.

—¿Sí? —me contestó como quien no quiere la cosa mientras sacaba lo que necesitaba y se ponía a hacer la masa para hacer las tortitas.

—Te ayudo —me ofrecí colocándome a su lado y supervisando si los ingredientes que usaba eran los correctos... No podía evitarlo, la cocina y yo nos llevábamos bien y a veces se me hacía difícil ceder el control.

Cocinamos los dos en un silencio cómodo, y mientras pasaban los minutos no pude evitar recordar una tarde en la que Taylor y yo nos pusimos a hacer tortitas en su casa.

Él no tenía ni idea y lo único que hizo fue molestarme y desordenarlo todo. Empezó incluso una pelea de harina y masa que terminó con los dos tirados en el suelo y todo hecho un desastre. Su madre casi nos mata cuando vio cómo dejamos la cocina y ahí me di cuenta de lo diferentes que eran los hermanos. Mientras observaba lo meticuloso y perfeccionista que era Thiago, no podía evitar anhelar un poco esa chispa que Taylor llevaba a todas partes y que contagiaba a quien fuera que lo rodeara. Pero tenía que entender que no podía tenerlos a los dos, que no podía meter a Taylor y a Thiago en un vaso, mezclarlos y tener al chico ideal para mí, eso no existía y cuanto antes me hiciera a la idea de que había perdido a Taylor para siempre, mejor.

Thiago puso la mesa mientras yo preparaba unos cafés. Después nos sentamos juntos a desayunar.

—¿Cómo quieres hacerlo hoy en el instituto? —me planteó al rato.

—¿Hacer qué? —repliqué limpiándome la boca con una servilleta de papel.

—Tengo que llevarte y no es buena idea que lleguemos juntos... Creo que debemos esperar un poco de tiempo para que todo se asiente y mi hermano pueda hacerse a la idea de...

—¿Lo nuestro? —pregunté.

Thiago estiró la mano y me pellizcó el lóbulo de la oreja con cariño.

—Sabes que por ahora no puede saberlo nadie, ¿verdad? —me preguntó.

Asentí.

Sabía que en el instituto no lo verían nada bien; de hecho, era muy probable que nos expulsaran a los dos si alguien se enteraba.

—Nos veremos aquí cuando podamos, ¿vale? —me dijo con una sonrisa tan cariñosa que se me fueron todas las dudas que tenía.

No pudimos alargar más nuestra pequeña escapada y, a pesar de saber que debía ir a clase, deseé con todas mis fuerzas quedarme allí escondida.

Hoy aún sigo preguntándome qué hubiera pasado o cómo se hubiesen desencadenado las cosas si él y yo hubiésemos decidido faltar a clase y quedarnos allí.

Las cosas pasan por algo, estoy segura, y las vueltas que da la vida la convierten en una montaña rusa de la que no sabes cuándo vas a poder bajar. De hecho, ¿alguna vez nos bajamos?

Lo recogimos todo rápidamente, nos duchamos juntos en la ducha diminuta de la caravana, y compartimos besos robados y caricias que nos calentaron por dentro, pero no pudimos recrearnos todo lo que queríamos. Teníamos que irnos.

Fuera estaba todo nevado y costó un poco salir con la moto.

A las ocho y media Thiago estaba dejándome en mi casa y, al mirar hacia la suya, solo pude rezar para que Taylor no nos viera llegar juntos.

—Dame un beso —me pidió colocando la mano en mi nuca y atrayéndome hacia él.

Nos besamos y nos dijimos cosas bonitas.

Si hubiese sabido lo que nos esperaba aquel día, me hubiese detenido en decirle miles de cosas más... y hubiese alargado ese momento toda la vida.

10

TAYLOR

Los vi llegar. Los vi llegar y no fui tan tonto como para dejar que me vieran espiándolos.

Joder, cómo dolía... Cómo dolía y qué enfadado estaba. Pero era mejor la rabia que el dolor, prefería sentir eso mil veces antes que dejar que ese dolor profundo y terrible me rompiera por dentro.

La traición de Kami era algo que nunca jamás podría perdonar, pero la de mi hermano... Nuestra relación, para mí, había acabado para siempre.

No tenía ni la menor idea de dónde venían, si se habían ido a un hotel o a un parque, pero una cosa estaba clara: habían pasado la noche juntos.

No podía evitar preguntarme: ¿por qué él? ¿No veía Kami cómo éramos los dos cuando estábamos juntos? ¿No sentía esa misma conexión que yo sentía cuando estaba a su lado?

Me fijé en que entraba a su casa con rapidez y que se giraba justo antes de cruzar la puerta para poder sonreírle una vez más.

A él... Joder le sonreía a él.

Me alejé de la ventana y terminé de vestirme. Ir al instituto era lo último que me apetecía, y hasta me planteé quedarme en casa y fingir estar enfermo para no tener que enfrentarme a aquella situación tan incómoda y dolorosa, pero ya habían empezado los exámenes y justo ese día tenía el de matemáticas, cuya nota debía clavar si quería compensar todas mis faltas para poder entrar en la universidad.

Estaba pasándome la sudadera de los Knicks por la cabeza, cuando mi móvil vibró llamando mi atención.

Había ignorado todas las llamadas de Kami, pero cuando dejó de llamarme, deseé que lo hiciera para poder cogerle el teléfono y escuchar de su boca que se arrepentía, pero nada de eso ocurrió. Las llamadas y los mensajes dejaron de llegar, y yo me quedé mirando el techo intentando hacerme a la idea de que mi novia estaba enamorada de mi hermano.

Por eso cuando vi su número en la pantalla esa mañana, me sorprendí y volví a dudar.

No quería ni podía hablar con ella y menos después de ver cómo llegaba en la moto de mi hermano.

El mensaje que me envió entonces decía lo siguiente:

Sé que soy la última persona a la que quieres ver en este momento, pero, por favor, por favor, perdóname y no odies a Thiago. Te quiero y espero que cuando estés preparado me dejes hablar contigo y explicártelo

¿Explicarme el qué? ¿Que me había engañado durante todo este tiempo? No había nada que explicar... Y lo de que no odiara a mi hermano... Ella no era nadie para pedirme algo así. ¿Cómo se atrevía a inmiscuirse en eso?

Joder, qué cabreado estaba.

Cogí las llaves del coche y bajé las escaleras para subirme a él y desayunar por el camino, pues lo último que quería era cruzarme con Thiago, pero al bajar a la cocina no solo me encontré con él, sino que también estaba mi madre, que nada más verme aparecer por allí supo que algo no iba bien.

Mi mirada se clavó en la de Thiago y el ambiente se tensó hasta el punto de que se podía cortar con un cuchillo.

—Desayunaré fuera —comenté simplemente con la intención de salir de allí.

—¿Por qué? ¿Qué ha pasado ahora? —preguntó mi madre mirándonos a uno y a otro alternativamente.

—Taylor, tenemos que hablar —dijo entonces Thiago consiguiendo que me detuviera cuando ya me dirigía a la puerta.

Me giré.

—¿De qué? ¿De cómo te has follado a mi novia? —pregunté y a pesar de que mi madre abrió los ojos sorprendida y soltó una exclamación amonestándome por hablar de esa manera ante ella, no fue eso lo que consiguió que me quedara a cuadros, sino ver la verdad en los ojos de Thiago.

Se habían acostado.

No me hacía falta ninguna prueba ni que me lo admitiera en voz alta, solo me bastó ver su mirada para saber que era cierto, que lo había hecho.

—¡Serás hijo de puta...! —le espeté mirándolo como nunca en mi vida creí que miraría a mi hermano.

Me sentí tan traicionado, tanto, que en ese momento lo odié con todas mis fuerzas.

—¡Taylor! —me gritó mi madre cabreadísima y tensa al mismo tiempo.

—No puedes hablar así delante de mamá —me recriminó Thiago poniéndose en pie—. Pídele disculpas.

Solté una carcajada.

—¿Te crees con el derecho de decirme cómo tengo que hablar y lo que puedo decir después de lo que has hecho?

—Lo que tengas que decirme me lo dices en privado y no delante de ella.

Miré a mi madre.

—Lo siento, mamá —me disculpé sin sentirlo ni un poco. Mis puños estaban tan apretados a mis costados que me estaba haciendo daño en las palmas con las uñas—. Siento mucho que hayas criado a un hijo que es un mentiroso, un manipulador y un auténtico narcisista.

—¿Qué has hecho, Thiago? —preguntó mi madre mirándolo directamente, aunque él no apartó los ojos de mí en ningún momento.

—¿De verdad piensas eso de mí?

—Sí —afirmé de manera tajante—. Lo pienso porque lo eres, crees que todo y todos giramos a tu alrededor. Kami era mi novia... ¡No tenías ningún derecho a entrometerte!

—Mira, Taylor, te voy a dejar clara una cosa —dijo acercándose a mí y manteniendo la compostura como siempre hacía en ocasiones así, cosa que a mí conseguía sacarme de mis casillas—. Siento mucho lo que ha pasado con Kam, nunca fue mi intención que las cosas llegaran hasta este punto, intenté apartarme, pero de nada sirvió... No controlamos a quien amamos, joder. ¡Llevo colado por ella desde que tengo diez años!

—Era mía —afirmé apretando los dientes y al oírme su cara se trasformó. Sus manos volaron y me sujetaron con fuerza de la camiseta.

—Ella no es de nadie —me dijo. Yo lo aparté de un fuerte empujón.

—No vuelvas a ponerme las manos encima.

—¿O qué harás? —me preguntó.

—¡Basta! —intervino entonces mi madre, interrumpiéndonos—. ¡Sois hermanos! No podéis dejar que una chica se interponga entre vosotros, la familia es más importante que...

—Oh, por favor... —la corté—. No me vengas ahora con ese cuento chino sobre la familia.

—Mamá tiene razón —dijo Thiago respirando con profundidad—. No he hecho todos los sacrificios que he hecho para que ahora terminemos así —dijo pasándose las manos por la cara.

—Siempre hablas de sacrificios y sacrificios..., pero ¡no eres el único que tuvo que hacerlos!

—Todo lo que he hecho lo hice para que a ti y a mamá no os faltara de nada —expuso mirándome dolido, pero mi cabeza solo interpretaba hostilidad, mentiras y más mentiras: estaba ciego por la rabia y no quería ver nada de lo que sabía que era verdad—. Todo lo que hice te ha permitido a ti poder optar a una buena universidad, poder ser el capitán de un equipo que pasará a las finales, poder conseguir una beca decente...

—Que yo sepa, he tenido que deslomarme estudiando y entrenando para lograr todas esas cosas. Tú no has conseguido eso por mí, lo he hecho yo solito.

—Si no fuera por todo lo que mamá y yo hemos hecho, ni siquiera hubieses podido seguir estudiando...

—¿Vas a echarme eso en cara? —contrataqué poniéndome más y más furioso—. ¡Fuiste tú quien no quiso recibir ni un céntimo de papá! ¡Fuiste tú quien dijo que no lo necesitábamos!

—¿Querías el dinero manchado de un asesino?

—¡Thiago! —exclamó mi madre casi a la vez que yo.

—¡No es un asesino! —le grité—. Es un cabrón infiel y gilipollas, pero ¡él no la mató, joder! ¡Fue un accidente!

Mi hermano se transformó al oírme decir eso y tampoco fue de extrañar. Ese tema en mi casa era tabú. De eso no se hablaba, solo me había bastado mencionar a mi hermana un segundo para que mi madre se llevara las manos a la cara y se echara a llorar.

—Sus errores fueron los que la mataron, por lo tanto, sí, es un puto asesino, un asesino que me arruinó la vida y me quitó todas las oportunidades de las que tú disfrutas ahora.

—¡Tú no eres el único que perdió a un padre y a una hermana, Thiago! Hablas de mis oportunidades, ¡yo he luchado para tenerlas! ¡Tú elegiste el camino fácil y mira cómo te ha ido!

—¡¿El camino fácil?!

—¡Me tienes tanta envidia que ni siquiera has dudado

en arrebatarme a la chica que quiero! ¡Vive tu puta vida y deja en paz a los demás!

Mi hermano se calló entonces y se hizo el silencio.

Me miró durante lo que pudieron ser horas o segundos, después miró a mi madre que, calladamente, lloraba sentada en una silla, destrozada al ver a sus hijos discutir como jamás lo habían hecho.

¿Qué nos había pasado?

—Nunca fue mi intención robarte nada, Taylor —declaró Thiago en voz muy baja. De repente parecía cansado y mucho más mayor de lo que en realidad era, y una parte pequeña de mí, muy enterrada en el fondo de mi corazón, se sintió culpable—. Si de verdad piensas todo eso, será porque no he hecho las cosas tan bien como creía... Si me pides que no la vuelva a ver, lo haré. Eres mi hermano y te quiero... Ya perdí a una hermana, no voy a perderte a ti también. Pero yo... la quiero... Estoy enamorado de ella —confesó ahora levantando la mirada y fijándola en la mía para que leyera la sinceridad en sus ojos antes de preguntarme—: ¿De verdad quieres que me aleje de ella?

Tardé menos de un segundo en responder.

—Sí —contesté sin dudarlo ni un momento—. Quiero que te alejes de ella... y de mí. Para siempre.

11

KAMI

Mi madre nos llevó a mi hermano y a mí al instituto. Desde todo lo que había pasado con el Momo, con Julian y con sus compañeros de clase, Cameron no parecía ser el mismo. Sí, era mi hermanito pequeño, el mismo que corría por la casa disfrazado de oruga, de araña o de algún bicho raro mientras sujetaba a su iguana Juana en una mano y una pistola láser en la otra, pero algo en él había cambiado: se había vuelto mucho más asustadizo, mucho más dependiente, y muchísimo más inseguro desde que le habían hecho *bullying*.

Los niños podían ser muy crueles y no sería hasta ese momento cuando yo comprendería de verdad las consecuencias tan catastróficas que podía suponer el tratar a alguien como si fuese basura.

—¿Te recojo a la salida o te pasa a buscar Taylor? —me

preguntó mi madre en la puerta del instituto a la vez que le abrochaba el abrigo a mi hermano y le colocaba el gorro de lana en la cabeza.

—Taylor me dijo que este finde me llevaría a los cars —comentó mi hermano mirándome desde abajo, con la ilusión llenando sus ojos azules.

Que mi madre aceptase mi relación con el hijo de la mujer cuyo matrimonio había destrozado ya era un logro infinito, pero que además permitiese que, de vez en cuando, nos llevásemos por ahí con nosotros era la prueba más fehaciente de que mi madre había cambiado.

¿Cómo es explicaba yo ahora que había roto con Taylor y que lo más seguro era que dentro de un tiempo empezase a salir con Thiago?

Ni yo era capaz de afrontar aún esa realidad en mi cabeza; sabía que quedaba un largo camino por recorrer hasta que ambas familias aceptaran al menos la idea de que Thiago y yo nos queríamos.

Qué ilusa fui al creer que algo así podría llegar a ocurrir.

—Recógeme tú —le pedí sin cruzar la mirada con ella.

No quería que sospechase nada, no quería que se entrometiera, ni empezase a hacerme preguntas.

—Os veo luego, portaos bien —se despidió besando a mi hermano y lanzándome a mí una mirada interrogativa.

Cogí a Cameron de la mano y empecé a caminar hacia al instituto.

—Oye, Kami —me dijo el enano rascándose la frente y casi quitándose el gorro. Se lo volví a colocar bien sobre la cabeza—. ¿Es cierto que el Momo era tu amigo disfrazado?

Lo miré un segundo preguntándome a qué se debía ahora esa pregunta. Había hablado largo y tendido con él para explicarle que el Momo no existía y que nadie le haría daño.

—Ya no es mi amigo, Cameron —le contesté mirando inevitablemente a mi alrededor... Ver a Taylor o a Thiago me tenía con los nervios a flor de piel. Temía ver al primero porque no sabía qué me diría o cómo reaccionaría al verme después de lo ocurrido el día anterior, y al segundo, porque me moría de ganas de enterrarme entre sus brazos y sentir su fragancia invadiendo mis sentidos una vez más.

No había podido dejar de pensar en él, de rememorar lo que habíamos estado haciendo aquella noche. Sus manos, su boca, su cuerpo unido al mío de la manera más pasional, reconfortante y placentera que había podido sentir jamás...

¿Qué haría al verme?

Sabía que teníamos que guardar lo nuestro en secreto, al menos por un tiempo, pero lo que no esperaba era que pasara por mi lado sin tan siquiera dirigirme una simple mirada.

Cuando al cabo de un instante pasó por mi lado y mis ojos se clavaron en su nuca, pensé que era todo parte del plan. Pensé que era su manera de mantener lo nuestro en secreto, a salvo de las opiniones y del peligro que podría suponer que los demás profesores, alumnos o el mismo director supieran lo que había entre los dos.

En cambio, cuando fue Taylor quien pasó por mi lado, fue totalmente diferente. No me rehuyó la mirada, no me esquivó para que nuestras miradas no se cruzaran.

Contra todo pronóstico, se paró para saludar a mi hermanito.

—¿Qué pasa, campeón? —le dijo a Cam, que lo miró ilusionadísimo—. ¿Preparado para nuestra excursión de mañana?

Mis ojos buscaron su mirada y vi que, a pesar de fingir que nada pasaba, el dolor estaba ahí, comiéndolo por dentro.

¿Por qué hacía como si nada?

—Oye, Taylor —hablé, pero la exclamación de felicidad de mi hermano me interrumpió.

—¡¡¡Síí!!! —gritó entusiasmado.

—Nos vemos luego, enano —se despidió sacudiéndole el gorro y, justo cuando creía que se marcharía sin decirme nada, se detuvo delante de mí—. ¿Te tomas un café conmigo a la hora del almuerzo? —me preguntó.

—Claro —contesté, un poco aturdida, y más cuando se inclinó hacia delante y me besó dulcemente en la mejilla.

¿Qué demonios estaba pasando?

—Vamos, Cam —dije empujando suavemente a mi hermano para entrar.

Como todas las mañanas tuve que dejar mi teléfono móvil en una bolsa de plástico y entregársela en la entrada al jefe de estudios. Después de lo ocurrido con Julian, se tomaban las medidas *antibullying* muy en serio, y los teléfonos móviles quedaban completamente requisados en horario lectivo y dentro de las instalaciones del centro escolar.

Acompañé a mi hermano hasta la puerta de su aula, donde se quedaría esperando una hora más o menos a que comenzaran sus clases.

—Nos vemos luego, ¿vale, enano? —le dije besándolo en la mejilla y girándome para llegar a mi primera clase.

—¡Oye, Kami! —me gritó cuando ya casi había alcanzado el final del pasillo.

Me giré para mirarlo.

—¿Y si nos vamos a casa? —me propuso y automáticamente una sonrisa se dibujó en mi cara.

—¿Quieres hacer pellas? —repliqué.

Cam no me devolvió la sonrisa.

—No quiero estar aquí —afirmó y al oírlo tuve que acercarme a él.

—¿Por qué? —le pregunté arrodillándome a su lado—. Antes te encantaba el colegio.

Cam se encogió de hombros y fijó su mirada en la mía.

—Prefiero estar en casa... contigo y con mamá —confesó colocándose bien su mochila, que casi era más grande que él—. Podríamos llamar a papá..., preguntarle cómo está...

Ahí me di cuenta de la poca atención que le había prestado a mi hermano, del poco contacto que habíamos tenido las últimas semanas con nuestro padre y lo mal que debía de estar pasándolo después de las malditas mentiras de Julian y su perversa tendencia a hacerse pasar por seres escalofriantes que asustaban a los niños.

—Esta tarde, después de clase lo llamaremos. ¿Te parece?

Mi hermano terminó por asentir.

—Nos vemos luego —le dije abrazándolo, y luego me dirigí a la parte del centro perteneciente al instituto.

Cuando llegué a las taquillas, Ellie me esperaba apoyada en la mía.

La miré durante unos segundos sin saber muy bien qué decirle.

—Lo siento muchísimo —se disculpó y vi en su semblante que de verdad lo sentía.

Una parte de mí seguía muy molesta con ella, se había inmiscuido en mi relación y había conseguido que Taylor rompiera conmigo haciéndole muchísimo daño en el proceso, pero la otra parte sabía que en realidad todo eso había sido culpa mía. No podía culparla a ella por algo que me había buscado yo solita; al fin y al cabo, había sido yo quien había engañado a Taylor, había sido yo quien le había estado mintiendo y mi afán por no hacerle daño y mi egoísmo por no perderle nos habían llevado a todos a esa situación.

—Está bien, Ellie —le contesté acercándome a ella—. Ahora mismo, con todo lo que tengo encima, lo último que necesito es perder a mi mejor amiga por un chico —añadí abriendo mi taquilla, cogiendo mis libros para la clase de física y cerrándola otra vez.

Ellie sonrió y vi que sus ojos se humedecían.

—Oye, tranquila —le dije sorprendiéndome de verla así.

—Es que la he liado tanto, Kami... —comentó limpiándose una pequeña lágrima—. No sé qué me pasó... Es que sé que tú no eres así, y ver que mi mejor amiga le hacía eso a...

—Al chico que te gusta —terminé por ella.

Ellie me miró abriendo mucho los ojos y negando con la cabeza.

—Yo...

—No pasa nada, de verdad —la tranquilicé y justo en ese instante pude ver con el rabillo del ojo cómo Taylor se acercaba a su taquilla al final del pasillo. No estaba solo; me sorprendió ver que era Kate quien en ese instante hablaba con él.

Ellie siguió mi mirada y también puso cara de sorpresa.

—¿Qué se traerá entre manos?

—Ni idea —contesté observando cómo Taylor negaba con la cabeza y miraba a la que había sido muy amiga mía con cara de no entender absolutamente nada.

Cuando se separaron, Taylor tuvo que pasar por nuestro lado inevitablemente para irse a su clase de literatura, clase que compartía con Ellie, y a pesar de todo lo que había pasado, a pesar de lo que había vivido la noche anterior con Thiago, sentí un pinchacito de celos cuando, al pasar por nuestro lado, llamó a mi amiga con una sonrisa.

—¿Te vienes, Webber? —le preguntó de aquella manera que conseguía que a las tías nos temblasen las rodillas.

A Ellie se le iluminaron un poco los ojos, pero me miró a mí antes de tomar ninguna decisión.

—Nos vemos luego —les dije a los dos.

¿O es que Taylor se había olvidado de que me había dicho que quería hablar conmigo a la hora del almuerzo?

—Suerte en tu examen de física —me deseó Taylor, con lo que a mí se me aceleró el pulso casi provocándome un infarto.

—¿Cómo has dicho? —le pregunté sintiendo que mi boca se me secaba de repente.

—Tu examen —respondió mirándome un segundo preocupado—. Me ha dicho Kate que ahora tenéis el final de física, ¿no?

—¡Mierda! —solté en voz alta mirando de un lado a otro.

—¿Se te había olvidado? —me preguntó Ellie sin dar crédito.

¡Joder!

—Y yo que creía que te habías pasado toda la noche estudiando —comentó Taylor mirándome a los ojos.

¿Era eso una pullita? ¿Lo decía porque sabía que había pasado la noche con Thiago? ¿Le había dicho Thiago algo al respecto?

¿Y por qué ahora de repente se le veía otra vez distante, seco y malhumorado? ¿Por qué hacía solo un rato se me había acercado como siempre para decirme que quería hablar conmigo?

—Joder, voy a suspender... Mierda, mierda, mierda —exclamé para mí intentando olvidarme de todo lo demás, de Thiago, de Taylor, de mi hermano, de mi mejor amiga... ¡Joder, tenía un puto examen!

—Tienes diez minutos para repasar antes de que empiece el examen —intentó animarme Ellie, sin éxito.

—Nos vemos luego —dije alejándome casi a la carrera en dirección a la clase de física con la intención de, al menos, repasarme las fórmulas...

Mierda, las putas fórmulas, si no me las sabía, ¿cómo demonios iba a hacer los problemas?

Me senté en mi pupitre, y comencé a repasar aquellas letras y números colocados de manera estratégica, los cuales en ese instante se convirtieron en lo más importante de mi vida. «Memorízalas, memorízalas», me decía mi cerebro, como si me fuese la vida en ello.

Daría lo que fuera por regresar justo a ese momento. Ese instante en donde mis preocupaciones eran las de cualquier adolescente: exámenes, peleas con amigas, exnovios, amores nuevos, padres separados...

Es increíble cómo magnificamos los problemas hasta dejar que gobiernen nuestras vidas. Es muy típico oír decir a alguien quien te escucha eso de «No te agobies por eso, piensa que hay gente que no tiene para comer», y es cierto, joder. Las desgracias afectan a miles de personas y nos hablan de ellas en los telediarios, en los periódicos... Sabemos de ellas cada día. Aun así, somos incapaces de ver y comparar para ser conscientes de la suerte que tenemos.

No somos capaces de verlo hasta que nos pasa a nosotros mismos, hasta que es a nosotros a quienes esas desgracias acuden para robárnoslo absolutamente todo y golpearnos con la fuerza de la realidad, la pura y única realidad de que somos un mísero grano de arena en una playa infinita, un mísero grano que sobrevive a las desgracias porque simplemente tiene suerte, porque, si de verdad nos detenemos a analizar nuestras flaquezas, hace tiempo que ya deberíamos estar extinguidos en un universo que es una amenaza constante y peligrosa...

Daría lo que fuera por volver atrás. Hubiese hecho las cosas de forma muy diferente.

Pero ¿de qué sirve mirar hacia atrás cuando la vida te tira, te empuja, te golpea y te arrastra hacia delante?

12

KAMI

Nadie hubiese imaginado que eso ocurriría. Si me dejasen echar la vista atrás, a lo mejor hubiese podido ver las señales, las pistas que de alguna manera me había ido autoconvenciendo de no saber interpretar. No quería verlo... ¿Por miedo?

No lo sabía, pero sí sé que sentí algo extraño aquella mañana al entrar al instituto. No me preguntéis exactamente qué fue, pero podía olerse algo en el aire... Podéis llamarlo intuición, premonición..., no lo sé, pero cuando ocurrió, mi mente sintió alivio, no un alivio real, claro, pero sí la sensación de haberse quitado un peso de encima, de haber comprendido por fin ese extraño presentimiento que desde hacía semanas recorría mi cuerpo y mis pensamientos, alertándome de que algo iba a ocurrir, de que algo se estaba gestando en esos pasillos abarrotados de adolescentes, en esas clases donde las mentes funcionaban para alcanzar lo que la sociedad nos imponía desde que éramos capaces de hablar: «Estudia, aprueba los exámenes, entra en una buena universidad, pide una beca, estudia, endéudate hasta las cejas, estudia, trabaja, paga los préstamos, trabaja, cómprate una casa, un piso, o vive de alquiler, búscate a alguien que te soporte y que te quiera, ten hijos, ahorra para tus estudios, trabaja...».

Y así hasta el infinito.

Levanté la cabeza del examen final de física, igual que hicieron todos mis compañeros, y un escalofrío me recorrió de la cabeza a los pies.

Inmediatamente después del primer estruendo, vino el segundo y luego un tercero.

Se hizo el silencio durante unos segundos infinitos y acto seguido oímos los gritos.

El profesor Dibet se puso lentamente de pie y yo tuve el impulso de hacer lo mismo. De levantarme y correr, pero ningún músculo de mi cuerpo reaccionó, así como tampoco lo hicieron los de mis compañeros.

—Que alguien llame al 911 —dijo con parsimonia acercándose a la puerta de la clase.

Todos permanecimos inmóviles.

—¿A qué estáis esperando? —nos apremió y por fin a mi alrededor los alumnos empezaron a moverse.

Abrí la boca con voz temblorosa y contesté:

—Nadie tiene los teléfonos, profesor...

La mirada del profesor Dibet se clavó en la mía y vi el miedo cruzar sus facciones.

Solté un grito cuando se oyó el estruendo del siguiente disparo, esta vez mucho más cerca.

—¡Todos debajo de los pupitres! —ordenó el profesor—. ¡Ahora!

Obedecimos sin rechistar, aunque los llantos no tardaron en hacer acto de presencia.

Miré hacia mi izquierda.

Kate parecía totalmente aterrorizada, su cuerpo temblaba y se abrazaba a sí misma con fuerza.

Me hubiese gustado poder decirle algo, poder acercarme y rodearla con mis brazos, sentir el cariño de quien fue mi amiga desde la infancia... Aunque ya no nos hablábamos, todo lo que había pasado entre nosotras no tenía importancia en ese momento.

Cuando escuché el susurro que salía de sus labios, no fui capaz de encontrarle una explicación lógica:

—Esto es culpa mía, es culpa mía.

Cerré los ojos con fuerza cuando el siguiente disparo llegó a oídos de todos. Me tapé automáticamente las orejas con las manos y empecé a rezar en silencio.

Thiago.

Taylor.

Oh, Dios mío... Cameron...

Así dio inicio la pesadilla...

El ruido de la alarma de incendios resonó por todo el instituto y ahogó el de los disparos, dejándolo momentáneamente en segundo plano.

«¡Todos los alumnos diríjanse a las aulas de aislamiento!», «¡Todos los alumnos diríjanse a las aulas de aislamiento!», empezó a decir una voz por los altavoces.

Era todo un caos, el ruido de las alarmas, el de la voz artificial, el ruido de los disparos... ¿Cuántas veces habían disparado ya? ¿Cuántas vidas se habían cobrado en tan poco tiempo?

¿Era real?

—Poneos todos de pie —ordenó el profesor Dibet—. Saldremos de uno en uno lo más rápido posible. A unos pocos metros de aquí hay un aula de aislamiento, allí podremos encerrarnos y esperar a que venga la policía. ¡Vamos!

Todos nos dirigimos a la puerta de clase con prisas y, cuando la abrimos, lo de fuera era una completa locura.

La gente corría despavorida, se empujaban unos a otros para alcanzar la salida más cercana, nadie hacía caso a los altavoces que nos indicaban que fuésemos a las aulas de aislamiento, y eso mismo pasó con mi grupo. En cuanto se abrió la puerta todos empezaron a correr.

Me vi empujada por los alumnos que había a mis espaldas y caí de bruces contra el suelo.

—¡Kami! —oí que Kate gritaba justo cuando un pie golpeaba mi pómulo con fuerza.

Por un instante cerré los ojos aturdida por el intenso dolor.

A la gente no le importaba que yo estuviese en el suelo, pasaban a centímetros de mi cuerpo, corrían sin querer ver que, al igual que yo, otros habían tropezado y estaban siendo pisoteados por quienes se movían con furioso pánico hacia la salida.

Una mano tiró de mi sudadera hacia arriba y me encontré con los ojos de Kate, que me miraban con horror.

—¿Estás bien? —me preguntó mirando mi herida.

Me toqué el pómulo y asentí a pesar de que el dolor seguía siendo muy intenso.

Miré a mi alrededor y el pánico de los demás se adueñó de mí. Cogí su mano con fuerza y tiré de ella.

—¡Vamos, Kate! ¡Hay que salir de aquí! —le grité intentando correr hacia el lugar al que parecían dirigirse todos. Los disparos se escucharon más cerca y sentí cómo el miedo le causaba un cortocircuito a mis latidos, tan acelerados que solo pedían volver a su estado de reposo natural.

—¡No! —gritó ella tirando de mí en dirección contraria—. ¡No lo entiendes, Kami! —Me miraba con los ojos muy abiertos—. ¡No se puede salir!

—Pero ¡¡¿qué dices?! —le pregunté ansiando seguir al resto.

—Las salidas están cerradas, ¡no se puede salir!

—¿Cómo lo sabes? —dije, sin dar crédito.

—Kami, es mi hermano, ¿vale? —me dijo entonces dejándome sin aliento, sin fuerzas y con la misma sensación que si me hubiesen desinflado de golpe—. ¡Es Julian! ¡Julian está haciendo todo esto!

Negué con la cabeza.

No... no podía ser.

—Ha cerrado todas las salidas con candados...

Un fuerte disparo seguido de muchos gritos llegó a nuestros oídos y las dos nos agachamos de manera instintiva.

Vi sangre al final del pasillo y eso bastó para impulsarme a reaccionar.

Tiré de Kate con fuerza y empezamos a correr en dirección contraria a la salida.

Dios mío... Dios mío...

Julian... Julian estaba haciendo esto...

Era difícil correr en dirección contraria al resto de los alumnos y ambas intentamos decirle a la gente que se dirigía despavorida hacia la salida principal que no se podía salir por ahí.

Subimos las escaleras que daban a la planta superior, donde estaban los laboratorios y frené en seco cuando vi el pasillo lleno de sangre. Había cuerpos..., cuerpos de estudiantes por todo el pasillo.

Mis ojos no querían ver, pero mi mirada se fijaba en cada uno de los detalles.

Los habían masacrado... Llegué a ver más de cinco disparos en el pecho de una niña de no más de trece años...

—Oh, Dios mío —exclamó Kate deteniéndose horrorizada—. Oh, Dios mío...

—No mires —le ordené, a pesar de que mis ojos seguían recorriendo cada uno de los cuerpos; todos ellos con cara de pánico, caídos al suelo de cualquier manera en su desesperado intento de encontrar una salida.

En mi cabeza se solapaban muchos pensamientos, todos alarmantes, y no sabía muy bien cómo determinar cuál era el más importante. Necesitaba pensar, necesitaba un lugar donde poder aclararme las ideas.

Empujé la puerta que había a mi derecha y entré tirando de Kate al mismo tiempo.

La clase estaba prácticamente vacía, si no contábamos con los cadáveres, claro.

Me quedé en shock cuando vi a la profesora Denell, muerta, en el suelo. Sus ojos miraban hacia arriba, inexpresivos, y en su cuerpo había tres heridas de bala: una en el estómago, una en el pecho y otra en la cabeza. A su lado, un enorme charco de sangre se iba extendiendo poco a poco hasta casi alcanzar la puerta.

Miré mis zapatos y horrorizada vi que habían pisado esa misma sangre.

—¡Vámonos de aquí! —bramó Kate y, justo en ese instante, la alarma de incendios dejó de sonar. En la planta en la que estábamos, los gritos cada vez eran menos audibles, pero lo que no dejaba de resonar eran los silbidos de las balas.

—Chis —le dije para que se callara tirando de ella hacia mí y cruzando el aula hasta alcanzar los armarios del final.

—Kami...

—Nos meteremos aquí dentro, ¿vale? —le indiqué y, con cuidado y como si fuese una especie de autómata, empecé a sacar las cosas que había allí guardadas para poder hacernos un hueco. No fue tarea fácil pasar las cosas de un armario a otro sin hacer ruido, pero los tiros se oían lejos, en la planta inferior.

—¡Escóndete ahí! —le susurré y nos metimos dentro cerrando la puerta, apretujándonos como podíamos en ese pequeño espacio reducido donde apenas cabíamos de cuclillas.

Miré a Kate... Su cara parecía otra, nunca había visto tanto miedo reflejado en unas facciones, y algo me dijo cuando nuestras miradas se encontraron que ella pensaba lo mismo de mí.

—Kami... —empezó a decir con cuidado, en voz muy baja—, no solo es Julian —reveló abrazándose a sí misma con fuerza.

—¿Qué... qué quieres decir? —le pregunté horrorizada.

Kate tardó unos segundos en contestar:

—No solo es él... Son más...

Eso no podía estar pasando.

—¿Cómo que más? ¿Cuántos más? —le pregunté intentando mantener mi voz en un tono bajo—. ¿Cuántos, Kate?

—Dos —contestó muy segura—. No son del instituto, los conoció a través de su página web...

«Su página web...» La misma que Thiago me había dicho que tenía contenido homófobo, racista...

—¿Cómo puede estar pasando esto? —me pregunté a mí misma sin podérmelo creer.

—Julian es un psicópata, Kami..., y está obsesionado contigo.

—Por favor, no me digas eso... No insinúes que todo esto lo hace por mí...

No me hacía falta que ella me lo confirmara porque en el fondo de mi corazón sabía que yo era la causante, no significaba que fuese mi culpa, pero sí que había sido la que había hecho detonar todo aquello. Julian se había obsesionado conmigo y eso había derivado en cosas muy feas... Lo ocurrido hacía unas semanas en el instituto, la paliza que le dieron...

—Acabará con todos mientras pueda hacerlo —declaró Kate—. Lo hará hasta dar contigo, Kami... Está loco... No sabes las cosas que ha hecho, las cosas que me ha hecho a mí...

Todo lo que había pasado con Kate parecía tener algo de sentido cuando por fin la vi dispuesta a sincerarse conmigo.

—De verdad que intenté alejarme, intenté que me dejara tranquila, hasta hablé con mis padres, pero tiene una manera de engatusar a la gente... No me creyeron...

—Está bien, Kate, tranquila —traté calmarla, pero me interrumpió.

—¡Tú no lo entiendes, Kami! —me gritó entonces, sin tener cuidado alguno y sin controlar su tono de voz en absoluto. Si era cierto que había dos más aparte de Julian, no era difícil que pudiesen estar cerca del aula de biología. Podrían oírnos y entonces...

No..., joder, no; no podía morir, no podía morir tan joven.

—Por favor, baja la voz —le supliqué.

—Sabrá que estamos aquí, Kami —me aseguró, y en sus ojos vi la verdad, y también noté el horror y la sinceridad en cada una de las palabras que pronunció.

—No —negué sabiendo que nuestro escondite era bueno: ese instituto era inmenso, no podía saber dónde estábamos, al menos no tan rápido... Solo teníamos que mantenernos calladas... Solo teníamos que...

—Le he mandado un mensaje, sabe que estás conmigo —confesó a la vez que, con una lentitud infinita, sacó el teléfono móvil de su bolsillo trasero.

—¿De... de dónde lo has sacado? —empecé a decir casi sin aliento—. ¡¿Qué has hecho, Kate?!

—¡Tienes que entenderme! ¡Si no le digo dónde estás, me matará!

—¡No puedes decírselo! —grité en voz baja sujetándole la muñeca con fuerza, la misma muñeca que sostenía su puto teléfono móvil.

—Me prometió que no me pasaría nada, me juró que si...

—¡Es mentira, Kate! ¿No lo ves? ¡No le importa nadie!

—¡Lo siento, pero tengo que hacerlo!

Ni siquiera dejé que terminara la frase. Abrí la puerta del armario donde estaba metida y salí de allí corriendo.

—¡Kami!

No miré hacia atrás.

Salí disparada por el pasillo y corrí hasta las siguientes escaleras.

Mi cerebro iba registrando sin que yo me diera cuenta los cadáveres que se acumulaban por los pasillos, por las escaleras... Todos ellos pillados a traición, por la espalda, en su intento de salir huyendo... Habían querido huir como estaba haciendo yo en ese mismo instante.

Vi el hueco que había debajo de las escaleras y me metí dentro. Tenía que pensar... Tenía que pensar y no perder los nervios.

Me llevé las manos a la cabeza y pensé en mi hermano.

Joder... Tenía que ir a buscarlo: estaba solo, los alumnos de primero no entraban hasta las nueve...

Recordé entonces su insistencia en irnos a casa aquella mañana.

¿Sabría algo? ¿Habría el hijo de puta de Julian hecho algo para volver a amenazarlo? ¿Habría conseguido llegar a él de nuevo, sin que nos diésemos cuenta?

En mi mente pude ver a Cameron aterrorizado, solo, sin saber qué hacer ni adónde ir; en mi mente me imaginé a Julian o alguno de los otros dos apuntándolo con la pistola y disparando; imaginé que la sangre que había por el suelo era la de mi hermanito de siete años; me imaginé llegando tarde, contándole a mis padres que no había podido hacer nada para salvarlo...

Abrí los ojos y me juré a mí misma que no dejaría que nada malo le pasara.

Me fijé en el pasillo, los gritos de la gente aún se escuchaban desde donde yo estaba, pero me ponía los pelos de punta notar que cada vez se oían menos. O los que gritaban habían decidido esconderse y aguantar a ser rescatados, o habían muerto y no había nada más aterrador que eso.

¿Dónde estaría Taylor? ¿Y Thiago?

Recordé entonces haber visto a Kate hablando antes con Taylor... ¿Qué le habría dicho? ¿Estaría también tramando algo raro con él? ¿Seguiría órdenes de Julian para

ayudarlo a encontrarlo y matarlo como quería hacer conmigo...?

Nunca en toda mi vida noté tanto la ausencia de mi
teléfono móvil como en aquel instante. ¿Sabría Julian de
aquella nueva normativa?

Obviamente lo sabía. Kate era su espía, ella le habría
estado informando de todo lo que estaba ocurriendo en el
instituto... ¿Lo había utilizado a su favor a propósito?

No sabía qué hacer, ni adónde ir.

Y justo cuando creía que me volvería loca escuchando
tantos gritos, lo vi.

Un chico... y otro. Eran dos, e iban cargados hasta las
cejas de todo tipo de armamento. Escopetas, rifles, metralletas, que colgaban de sus espaldas como si se trataran de
simples mochilas inofensivas mientras admiraban la pistola que uno de ellos llevaba en su mano derecha.

—La compré en Waltmart. Setenta y ocho dólares
—dijo el chico moreno, no muy alto y vestido completamente de negro.

—¡Joder! A mí me cobraron ciento cincuenta por esta,
tío —le contestó el otro, un pelirrojo gordo, mal vestido,
que levantó la pistola y cerró un ojo a la vez que apuntaba
hacia el final del pasillo.

—¿Me dejas probarla? —le pidió el moreno colocándose su propia pistola en la parte de atrás de su vaquero. Cogió la del pelirrojo y la levantó.

—Joder, ¿no pasa nadie? —preguntó y el pelirrojo se rio.

—¿Hacemos lo de antes?

—¡Dale caña!

Los observé casi sin respirar. Horrorizada, petrificada de miedo... Me temblaban tanto las piernas y las manos que apenas podía controlarme... Los latidos eran tan fuertes que temía que pudiesen oírlos desde donde ellos estaban.

—¡Por aquí! ¡Aquí hay una salida! ¡Por aquí! —gritó el gordo cambiando la voz y haciéndola más aguda—. No tengáis miedo, hemos conseguido abrir la puerta, ¡vamos!

Lo hizo tan bien..., sonaba tan seguro, tan real...

Yo me lo hubiese creído.

Miré horrorizada cómo a los pocos minutos de él seguir gritando, un grupo de chavales salieron de la clase que había al final del pasillo.

Me tapé la boca cuando el arma del moreno empezó a disparar sin tregua.

Cuatro de los cinco adolescentes de no más de catorce años cayeron al suelo ensangrentados y gritando de dolor mientras que una de las chicas, rubia y con trenzas, salía corriendo en dirección contraria sin que ninguna de las balas consiguiera alcanzarla.

—Esa se la dejamos a Jules —decidió el pelirrojo caminando hacia donde los chicos habían caído abatidos por los disparos del otro.

Cerré los ojos cuando las balas impactaron en las cabezas de los ensangrentados y heridos, rematándolos y acabando así con sus vidas sin dejarles opción ninguna de poder recuperarse, de poder salir vivos de aquella pesadilla.

Cuando abrí los ojos, una de las chicas que había caído al suelo encontró mi mirada y la fijó en mí. Algo pareció iluminarse en sus ojos cuando me vio, pero solo le dio tiempo a decir «Ayud...» antes de que el pelirrojo le disparara directamente en la cabeza.

Ahogué un grito mordiéndome fuerte el brazo y recé en silencio para que aquella pesadilla se acabase.

«Por favor, Dios, no dejes que muera. Por favor, Dios, protege a mi hermano, protege a mis amigos, protege a Taylor y a Thiago... Por favor, no dejes que les hagan daño...»

¿Dónde estaba Dios cuando pasaban cosas así? ¿Dónde estaba cuando de verdad lo necesitábamos?

—¿Dónde crees que estará? —le preguntó el de negro apartando la mirada de los chicos muertos, como si se tratara simplemente de basura que hubiese encontrado en el suelo.

—No lo sé..., pero tengo ganas de ver lo que hace con ella —respondió el pelirrojo.

—Solo espero que la comparta con nosotros —le contestó su compañero y algo en mi interior supo con certeza que hablaban de mí.

Tenía que largarme de allí.

13

TAYLOR

Física avanzada era pan comido. Nosotros no teníamos examen hasta la siguiente semana y ver a la profesora Dowley repasar los mismos problemas una y otra vez, y lo que es peor, detenerse miles de veces porque aún había gente que no se había enterado de nada me sacaba de quicio.

Apenas había prestado atención. Sentado en la mesa del fondo, con Ellie a mi lado, nos habíamos dedicado a hablar a través de notas. Habíamos elegido mi cuaderno para la tarea, y nos lo habíamos ido pasando y contestando teniendo cuidado de que la profesora no se diese cuenta.

Para ella no era nada nuevo que apenas prestase atención; al principio me había vuelto loco llamándome la atención a cada rato e incluso llegando a castigarme, pero cuando empezó a ver que sacaba sobresalientes, decidió dejarme tranquilo. La diferencia de aquel día es que había reclutado a alguien para que siguiera mis malos pasos, y las miradas en nuestra dirección se habían repetido en más ocasiones de las que me hubiese gustado.

¿Ellie sacaba buenas notas?

Ni puta idea, pero me estaba haciendo más amena la clase, todo había que decirlo.

«¿Qué tal tú día, Webber?», le había empezado preguntando yo.

A pesar de que el día anterior había sido una mierda, una mierda porque había descubierto que mi novia estaba enamorada de mi hermano y encima me había vuelto a encontrar con el loco obsesionado con ella en el aparcamiento del instituto. Saber que le gustaba a Ellie, en vez de provocarme dolor de cabeza, me había hecho sentir muy halagado.

No os voy a mentir, no me había fijado en ella de esa manera y tampoco es que tuviese intención de conquistarla, ni mucho menos, pero me caía bien... y había demostrado que le importaba... de alguna manera extraña, ya que apenas podíamos llamarnos amigos, yo siempre la había visto como la mejor amiga de mi novia, había sido la única sincera conmigo en mucho tiempo.

«Son las ocho y veinte de la mañana», me había respondido sacándome sin querer una sonrisa inesperada.

Levanté la mirada y la fijé en ella. Nos habíamos sentado juntos porque yo se lo había sugerido. ¿Estaba mal que su compañía me aliviara un poco el dolor tan intenso que intentaba con todas mis fuerzas esconder delante de los que más me querían?

La pelea con mi hermano aún conseguía provocarme escalofríos, pero había sido completamente sincero al decirle que se alejara de Kami y de mí.

Se había acabado eso de fingir ser amigos, buenos hermanos, confidentes y colegas...; eso había dejado de ser así hacía ya mucho tiempo.

«Suficiente para que hayas entendido de una vez los fenómenos ondulatorios», le contesté echándome hacia atrás en la silla.

Su mirada asesina me hizo gracia y más gracia me hizo aún cuando empezó a escribir la teoría de memoria.

Le arranqué la libreta y contesté: «Vale, vale; eres más lista de lo que pensaba».

«Más que tú, seguro.»

—Di Bianco y Webber, ¿podéis prestar atención por favor?

Ambos desviamos la mirada de nuestros ojos y la clavamos en la profesora Dowley asintiendo en silencio.

La conversación vía libreta siguió su curso, hasta llegar

a preguntarnos cosas más personales. No os voy a mentir: de nuevo, fui yo quien desvió la conversación hacia algo más personal... No sé por qué, pero quería saber más de ella... Preguntarle sobre su vida, sus aficiones, sus intereses.

Me sorprendió averiguar que no era como yo la había dibujado en mi cabeza —animadora, guapa y simple—, sino que tenía muchas otras virtudes que me hicieron entender por qué había sido la mejor amiga de Kami durante tanto tiempo.

Puedo decir con certeza que hablar con ella y reírme con ella fue lo mejor de aquella mañana..., aunque tampoco era muy difícil superar lo que pasaría a los veinte minutos de que la profesora nos volviese a echar la bronca por no dejar de hablar y no hacer ni puto caso de sus explicaciones aburridas.

Estábamos en nuestro mundo... hasta que lo oímos.

Lo sentimos muy cerca.

Demasiado.

El estruendo del disparo nos hizo pegar un salto a todos y quedarnos callados durante lo que duró un segundo que se me antojó eterno.

Los gritos vinieron después.

Y otros muchos más disparos también.

Provenían del aula de al lado. Estábamos petrificados,

pero el shock real vino cuando vimos la puerta que compartíamos con esa aula temblar y los gritos acercarse. Fue entonces cuando en la ventana de la puerta, la redonda típica de los laboratorios, aparecieron las caras de varios alumnos que se acercaron gritando con intención de escapar... en vano, porque alguien les disparó por detrás, salpicando de sangre el cristal y provocando una reacción casi inmediata en mi propio cuerpo.

No lo dudé.

Me levanté de mi asiento, cogí la mano de Ellie y tiré de ella hacia la puerta trasera que comunicaba con la siguiente aula.

Noté cómo los demás alumnos de mi clase hacían lo mismo, pero con unos segundos de retraso.

Segundos que serían cruciales.

Los gritos eran atronadores..., desgarradores: o te congelaban en el sitio o te impulsaban a correr como nunca jamás lo habías llegado a hacer en tu vida.

—¡Dios mío!

—¡Socorro!

—¡Corred!

—¡Todos fuera!

Fue lo que más se escuchó durante esos primeros minutos.

Después ya no sé ni describiros lo que comenzó a salir de las gargantas aterrorizadas del centenar de alumnos que empezaron a caer como moscas ante los disparos de la AK-47 portada por un chico alto, desgarbado pero fuerte, con el pelo oscuro —rapado a saber por qué razón— al igual que sus ojos: Julian.

Cuando lo vi supe que aquello sería el fin.

El fin para muchos..., pero sobre todo el fin para ella.

Bajamos las escaleras a toda velocidad al igual que hicieron todos los alumnos que tuvieron tiempo de salir huyendo de aquella matanza.

En mi cabeza solo podía ver la puerta de salida...Si conseguíamos salir, aquella pesadilla acabaría aunque una parte de mí se estremecía ante la simple idea de pensar que Kami o mi hermano estuviesen dentro y necesitasen ayuda.

Fue terrible... lo que mis ojos vieron nada más bajar y llegar al pasillo que daba a la salida... Creo que jamás lo olvidaré.

Había dos chicos más, armados hasta los dientes, disparando sin miramientos, riéndose mientras lo hacían y generando la peor masacre que jamás verían mis ojos. Los alumnos caían como moscas, las puertas no se abrían y los gritos eran desgarradores.

—¡Dios mío! —escuché a Ellie decir a mis espaldas.

No lo dudé.

Giré en la dirección contraria y tirando de ella empezamos a correr. No solo era Julian... Había más... Por lo menos dos más.

¿Cómo podía estar pasando eso?

¿En qué momento Julian se había convertido en la pesadilla de todos nosotros?

Algo fue naciendo dentro de mí poco a poco, unas ganas intensas de vomitar, una sensación rara, de culpabilidad, de responsabilidad... No sé cómo explicaros lo que sentí, pero en mi mente se reproducía una y otra vez lo ocurrido el último día que todos vimos a Julian... La paliza que le dieron y en la que yo mismo participé.

No quise darle vueltas en ese instante, porque en mi cabeza prevalecía lo que ese hijo de puta nos había hecho a todos desde el minuto en el que llegó: había mentido, había robado información, había violado la intimidad de todos y había abusado de Kami.

Me daba igual lo mal que se pudiese haber sentido entonces... nada justificaba sus actos, nada en absoluto.

—¡¿Dónde vamos?! —me preguntó Ellie, pero yo solo

pensaba en la siguiente salida que había por detrás. Recé a Dios para que no nos encontrásemos con ningún otro loco desquiciado y asesino, y me tranquilicé al ver que nos alejábamos del ruido de los disparos, concentrados en ese instante en la puerta principal del instituto.

Pero al llegar a la puerta de atrás, me llevé el mismo chasco que muchos otros estudiantes.

—¡Está cerrada!

—¡Las del gimnasio también!

—¡Estamos atrapados!

—¡Vamos a morir!

Hice un barrido visual por todos los alumnos desesperados que había allí, pero no vi ni a Kami ni a mi hermano.

—¡Joder! —grité y algunos de los que había allí me oyeron y se giraron hacia mí.

—¿Dónde podemos ir?

—Por favor, Taylor, ¡ayúdanos! ¡Por favor!

No tenía ni la menor idea de quiénes eran, pero me miraban como si yo fuese un posible salvador.

No podía encargarme de más gente, ya tenía a Ellie conmigo, y cuantos más fuéramos, menos probabilidades tendríamos de salir vivos del instituto.

—No lo sé... Yo no...

—Por favor, iremos contigo...

—Taylor, deja que vengan... —me pidió Ellie de manera que solo yo pude escucharla.

«Piensa, piensa... Joder, Taylor, piensa, ¡maldita sea!»

—La biblioteca —indiqué entonces en voz alta—. Vamos a la biblioteca.

No me detuve en fijarme quién me seguía, no podía tener esa responsabilidad, pero sí que lideré el camino hacia allí. No estaba cerca, pero por donde giramos no se oían disparos...

De repente las alarmas de incendios se detuvieron y la calma fue atemorizadora. Algunos pegaron grititos de asombro, repentinamente más asustados por eso que por lo que estaba ocurriendo a pocos metros de distancia.

—¡Chisss! —ordené mirando hacia atrás.

Joder...

Nos habían seguido casi diez personas.

Los conté mentalmente en medio segundo...

Uno, dos, tres, cuatro... Eran siete... Vale, y contando a Ellie y a mí, éramos nueve en total... ¿Dónde demonios podía esconder a nueve personas?

Conseguimos llegar a la biblioteca y, para mi sorpresa, no parecía haber nadie por allí.

—Coged algo con lo que bloquear la puerta, ¡vamos! —los alenté y todos empezamos a buscar.

—¿Esto sirve? —preguntó una chavala de no más de catorce años portando un palo de escoba en su mano derecha.

—Sí, ¡dámelo! —le dije y atranqué la puerta con él—. Ahora debemos colocar algo para terminar de bloquearla. ¡Tú! —ordené señalando a un chico del último curso cuyo nombre no recordaba, pero que tenía pinta de estar en forma—. Ayúdame a empujar esta estantería.

Con la ayuda de ese chico y un poco también del resto, conseguimos colocar la estantería y el escritorio de la bibliotecaria delante de la puerta.

—Esto los detendrá, ¿verdad? —me preguntó una niña que aparentaba poco más de doce años. Era afroamericana y me llegaba un poco más arriba de la cadera.

—Sí, los detendrá —le mentí y luego les ordené a todos que se colocaran bajo las ventanas.

Entonces corrí hacia el teléfono fijo que sabía que había allí. En contadas ocasiones me había frustrado al ver que la bibliotecaria charlaba amigablemente y de manera eterna con su novio sin prestar atención a los que estábamos allí estudiando. Por eso había ido hacia allí. Necesitábamos ponernos en contacto con el exterior.

¡Maldita norma que prohibía los teléfonos móviles dentro del instituto!

Marqué deprisa el 911, pero las líneas estaban saturadas.

—¡Mierda!

—¿Qué pasa? —me preguntó Ellie.

—Imposible contactar, las líneas están hasta arriba.

—Pero eso es bueno, ¿no? —dijo ella—. Significa que la policía viene hacia aquí...

No quería ser alarmante, pero si todas las puertas estaban cerradas... ¿Cómo demonios iban a entrar sin delatar sus posiciones...?

Esto iba a ir para largo..., y más sabiendo que había alumnos dentro.

Me acerqué a la ventana y me asomé.

Se escuchaban sirenas y pude ver las luces de los coches de policía que con total seguridad ya estarían aparcados delante de las puertas.

No quería ni pensar en lo que aún nos esperaba... Sacar a los vivos primero, si es que alguno conseguíamos salvarnos, y luego los muertos..., que eran demasiados.

No pude evitar pensar en todas las vidas que habían quedado arruinadas en tan pocos segundos, padres que quedarían destrozados para siempre al ver que habían arrebatado las vidas de sus hijos...

La imagen de mi madre y mi padre cuando mi hermana

murió se materializó delante de mis ojos como si se tratase de una película, y solo pude pensar en que no le deseaba eso a nadie... No quería volver a vivir aquello jamás en mi vida. No podía volver a causarle ese dolor a mi madre... No podría soportarlo otra vez.

Tenía que encontrar a Thiago... Tenía que sacar a esos chicos de allí, tenía que salvarlos.

No me preguntéis por qué en mi interior sentí que era mi deber..., por qué pensé que alguien me había puesto allí aquel día y a aquella hora para sacar a esos niños sanos y salvos de ese infierno, pero simplemente acepté que esa era mi obligación.

Necesitaba conseguir que los policías supieran dónde estábamos para que pudieran rescatarnos. Pero ¿cómo les hacía llegar el mensaje si las ventanas de la biblioteca quedaban al otro lado de las puertas principales del instituto, que era donde, por lo que podía ver, estaban las patrullas?

Las luces se apagaron.

Y entonces supe que había cometido un error garrafal.

Fue como si pudiésemos sentir la energía del ambiente desaparecer por completo en un ínfimo segundo.

—¿Qué ha pasado? —preguntó un chico gordito.

Ellie miró hacia arriba.

—Han cortado la luz.

No...

En el mismo instante en el que eso ocurrió me di cuenta de mi error, de lo idiota que había sido.

Corrí al teléfono y supe que estaba muerto... No se oía nada al otro lado, nos habían cortado la luz para dejarnos sin manera alguna de comunicarnos con el exterior.

Ellos sabían que había teléfonos fijos en el instituto... En la biblioteca, en los despachos de los profesores... y en la cocina...

Y yo acababa de desperdiciar la única oportunidad de llamar a quien fuera para que diera el mensaje de que estábamos encerrados en la biblioteca. Podría haber llamado a cualquiera y pedirle que transmitiera el mensaje a la policía... A mi madre, a algún amigo de Nueva York...

—¡MIERDA! —solté tirando el teléfono con fuerza contra la mesa y llevándome las manos a la cabeza.

Y justo entonces oímos un ruido.

Nos miramos unos a otros y aguantamos la respiración.

¿Sabían que estábamos allí?

14

THIAGO

Lo primero que se me pasó por la cabeza al oír los disparos fue ella. Ella y nadie más.

No os voy a mentir, después vino la preocupación infinita por mi hermano, por mis alumnos, por los profesores y amigos que había ido haciendo a lo largo de esos meses, pero al principio en mi mente solo podía verla a ella.

Con su pelo rubio dibujando una estela en el suelo y la sangre rodeándola y otorgándole esa aura de persona sin vida... Esa misma aura que había rodeado a mi hermana cuando la vida le fue arrebatada por error.

Esa imagen sería la misma que me haría mover cielo y tierra para encontrarla... Necesitaba verla con vida para que la otra imagen desapareciera de mi cabeza y me dejase volver a respirar tranquilo.

Me dolía en lo más profundo de mi ser que la última

vez que habíamos intercambiado miradas, la última vez que nos habíamos visto, yo hubiese pasado de ella de aquella manera tan fría. Y más después de la noche que habíamos compartido.

Tener que alejarme de ella para preservar la relación con mi hermano era de las decisiones más difíciles que había podido tomar. Me había visto entre la espada y la pared, había tenido que elegir entre mi familia o la chica a la que amaba, con la que apenas había comenzado algo y con respecto a la cual había miles de razones por las que las cosas podían salir mal.

No me juzguéis, os lo pido por favor, mi papel de hermano mayor me había obligado desde muy pequeño a tomar decisiones que nunca hubiese tomado de no ser por las circunstancias.

Ver la manera en la Taylor me había devuelto la mirada... No se trataba de una simple pelea, de un simple encontronazo de hermanos: ahí había odio, había rencor..., y no podía permitir eso... No podía dejar que mis decisiones rompieran todavía más a mi familia...

Pero una cosa es hablar de la mente y otra cosa muy distinta hablar del corazón.

Éramos cuatro los docentes que estábamos en la sala de profesores cuando empezaron los tiroteos. Dos maestras de infantil, entre ellas Maggie, y un profesor de los mayores que se había acercado para decirnos que su hijo, de cuatro años, no iba a ir ese día a la escuela.

Los pequeños estaban a punto de llegar, entraban a las nueve de la mañana, una hora más tarde que los mayores, que entraban a las ocho. Me enteré después que lo único bueno de toda aquella locura era que los hijos de puta responsables de la mayor matanza del estado de Virginia no habían podido masacrar a niños de entre tres y doce años.

—¿Habéis oído eso?

Me había puesto de pie automáticamente, al igual que Maggie, con quien había tenido una relación sexual, que no había ido a más, pero que hasta la fecha se había acabado convirtiendo en algo más tenso que otra cosa.

Nos acercamos hasta la puerta y entonces pudimos oír claramente cómo empezaban los disparos. Disparos que tardarían mucho tiempo en terminar.

—Llama al 911 —le dije a Maggie, que se había quedado paralizada por el miedo.

Pero ella no se movió. Su cara había perdido todo el color y sus ojos estaban vacíos. Al ver que no reaccionaba, cogí el teléfono y mientras me lo colocaba en la oreja señalé la puerta.

—Corred hasta la puerta de salida. ¡Vamos! Os alcanzo en cuanto pueda comunicarme...

Ellos fueron saliendo de uno a uno.

Mientras sentía mi latido en el oído, rezaba para que me cogiesen el teléfono.

—Emergencias, dígame.

—Se está produciendo un tiroteo en el Instituto de Carsville.

—Dígame su nombre, señor.

—Soy Thiago Di Bianco, entrenador del instituto. Estamos en la parte este del centro, en el ala infantil. ¡Debe evitar que ningún niño entre en las instalaciones! —Miré el reloj y vi que eran las nueve menos cuarto... ¿Habría entrado alguno?

—Las patrullas van de camino, señor. ¿Está usted herido?

—No, pero...

Y entonces ocurrió.

Oí los gritos... Los gritos de ellos, de los profesores, de mis amigos..., de Maggie.

—¿Señor?

Solté el teléfono de cualquier manera y barrí con los ojos la habitación lo más rápido que pude.

Al final de la sala de profesores había una puerta que comunicaba con un pasillo que daba a la parte trasera de las aulas infantiles, un pasillo con lavabos, en el que los niños colgaban los dibujos y las manualidades que hacían en los talleres.

Apenas pude salir de la sala de profesores, cuando una voz hizo que me detuviese en el acto.

Me escondí tras la puerta al mismo tiempo que el miedo a morir a manos de un loco me atravesó sin apenas dejarme tiempo a razonar.

—Venga... Sé que estas ahí —dijo una voz desconocida.

Tenía que salir de allí. Si abría la puerta me vería y me mataría.

El miedo que sentí cuando escuché que se acercaba se intensificó casi un trecientos por cien cuando vi que una de las puertas que daba al pasillo se abría a unos metros de mí.

Mi miedo a morir desapareció cuando unos ojos azules me devolvieron la mirada.

—¿Thiago?

No lo dudé.

No me importaba que me dispararan por la espalda..., no me importaba lo que pudiese pasar.

Él no.

Corrí como nunca llegué a correr en mi vida y en el mismo instante en que llegué hasta él, la puerta de la sala de profesores se abrió, dejando un blanco fácil y certero.

Oí el disparo casi al mismo instante en que me tiré de lado contra la puerta por donde Cameron Hamilton acababa de salir. Sentí el silbido de la bala cruzarme la oreja izquierda y su impacto contra la ventana que había al final del pasillo.

Cerré la puerta lo más rápido que pude colocando un escritorio y sin dudarlo ni un segundo cogí al niño en brazos y salí al pasillo corriendo como alma que lleva al diablo.

Él apenas habló y, si no hubiese sido por lo fuerte que me rodeaba el cuello con sus brazos, habría pensado que estaba herido... o algo peor.

Tuve que pasar por delante de los cuerpos de quienes habían sido mis compañeros..., por delante de quien había sido mi amiga y amante.

Les habían disparado en la cabeza... y sus cuerpos habían caído de cualquier manera sobre el suelo, que había empezado ya a mancharse de un escalofriante color rojo.

—No mires —le ordené a Cam mientras lo apretaba fuertemente contra mí y salía al vestíbulo principal del colegio, donde se oían todo tipo de disparos. Me agaché intentando proteger a Cameron con mi cuerpo, y una mirada me bastó para que el miedo que ya recorría mi cuerpo se intensificara hasta producirme ganas de vomitar.

Cuerpos apilados junto a puertas que no se abrían.

Sangre por todas partes.

Gritos.

Miedo.

Era el infierno en la tierra... y no tenía ni la menor idea de qué hacer.

Me dejé llevar por el puro instinto de supervivencia que supongo que nos sale a todos en ocasiones como esta, instinto que ya me había guiado en el pasado y que me volvía a sorprender, esta vez en algo que no solo me tenía aterrorizado, sino que sabía que era mucho más grande que cualquier cosa que me hubiese sucedido en el pasado... Independientemente de lo doloroso y traumático que fue para mí y mi familia, en esto estaban involucradas demasiadas personas... Demasiada gente pasaría hoy por lo mismo que había pasado yo hacía ocho largos años.

Apreté a Cameron fuertemente contra mi cuerpo jurándome que haría lo que estuviese en mi mano y más para sacar a ese niño de siete años con vida.

No me pasaría lo mismo que entonces.

No volvería a ver los ojos sin vida de un niño al que le quedaba toda la vida por delante, un niño que no se merecía ver lo malo que podía ser el ser humano.

Mi mente iba a toda velocidad, intentando pensar, intentando recordar las puertas que había en el instituto.

Corrí a toda velocidad hacia la cafetería. En mi cabeza se repetía una y otra vez que necesitaba armarme de alguna forma, que necesitaba tener algo en mi bolsillo, algo que no fuesen bolis y lápices para que, si llegaba el momento de tener que enfrentarme a esos asesinos, no me pillaran con la guardia baja.

Me alejé de los disparos y mi corazón pudo relajarse, al menos un poco.

—¿Dónde vamos, Thiago? —me preguntó Cameron al oído.

Estaba tan asustado que su voz era un fino hilo que apenas pude escuchar.

—Nos esconderemos en la cafetería. Todo va a salir bien.

Le dije corriendo por aquellos pasillos, pasillos desiertos, pasillos donde aún la muerte no había dejado su huella, cosa que era buena y mala a la vez.

Ahora lo pienso y me arrepiento, ahora lo pienso y entiendo que es mejor esconderse donde ya hay sangre, donde ya hay muerte..., porque un lienzo en blanco es para tres locos macabros como Disneylandia para un niño de seis años.

Cuando llegué a la cafetería me sorprendió no encontrar a nadie. Entendía que parte de la gente habría corrido a la puerta principal sin tener tiempo de poder salir, ya que ahí los esperaban los asesinos..., pero ¿dónde estaba el resto?

Cruzamos la cafetería hasta llegar a la cocina. Las grandes mesas de acero inoxidable no tenían ningún alimento sobre ellas, al contrario de las pocas veces que me había acercado para pedir más pastel de chocolate... Una de las cocineras, alta, fuerte y más mayor que mi madre había sido mi compinche durante todos aquellos meses. La señora Puck me había dado pastel extra siempre que se lo había pedido y al entrar en la cocina deseé que no estuviese en el instituto cuando todo aquello empezó, deseé con todas mis fuerzas que al ser primera hora estuviese aún en su casa.

Bajé a Cameron al suelo y le ordené que se quedara junto a la puerta mientras yo corría hacia la parte de atrás, donde estaba el almacén y por donde abrían a los camiones que traían los alimentos para alimentar a más de dos mil alumnos.

Cuando vi la puerta el alivio me recorrió de pies a cabeza. Esa era la salida de la pesadilla. Solo quería que Cameron se fuera de allí..., después podría buscar a Kam y a mi hermano, asegurarme de que estaban bien y llevarlos hasta allí para que también se fueran.

Fui directo a la puerta para abrirla, pero por mucho que empujé... no logré moverla ni un centímetro.

—Están todas cerradas —afirmó una vocecita por detrás.

Al girarme vi que Cameron tenía los ojos llenos de lágrimas.

—¿Cómo lo sabes?

Cam miró a derecha e izquierda, parecía no saber qué decir. Apretaba con fuerza un muñeco en forma de dinosaurio que no me había fijado que llevaba en la mano y me miraba como si necesitase que le dijera que él no tenía la culpa de nada.

—Me obligó... —confesó y me acerqué hasta él—. Me obligó a ayudarlo...

—¿Quién te obligó, Cameron?

—El Momo... —contestó y vi el terror en sus ojos.

—El Momo no existe.

—¡Sí existe! Y me obligó... Me obligó a poner candados en todas las puertas...

Sé que de mi cara desapareció el poco color que me quedaba.

Todas las puertas...

—Él empezó por la derecha y yo por la izquierda, y nos encontramos delante de la clase de la señorita Maggie. Me ordenó que me quedara allí.

—¿Lo pudiste ver, Cam?

Negó con la cabeza.

—Me dejó una carta... y una caja con los candados.

—¿Por qué no le dijiste nada a tu madre... o a Kami?

—¡Porque dijo que si se lo decía a alguien le haría daño a Juana!

Juana era su iguana... Joder, maldito hijo de puta.

—Está bien —dije abrazándolo con fuerza y tranquilizándolo—. Está bien, pequeño...

Me separé de él y lo miré a los ojos.

—Ahora escúchame atentamente —le pedí obligándolo a prestarme toda su atención—. ¿Qué puertas cerraste?

Cameron se quedó unos segundos en silencio... pensando.

—La del gimnasio, la de la cafetería, la que da el patiecito de la sala de profesores...

En mi mente empezó a dibujarse el mapa del instituto, intentando averiguar si había alguna puerta que se le hubiese escapado...

No había tantas puertas.

Me incorporé procurando con todas mis fuerzas ignorar el miedo y el horror de saber que era el hijo de puta de Julian quien había empezado esta masacre.

Ahora debía ignorar la culpabilidad que sentía por no haber tomado medidas más serias, por no haber tratado de convencer a la policía de que Julian no solo era un adolescente que había huido de su casa... La culpabilidad por no haber acabado yo mismo con él...

«Céntrate, joder.»

Ambos, Cameron y yo, miramos hacia arriba cuando el ruido de los helicópteros empezó a resonar sobre nuestras cabezas. Y entonces fue cuando lo vi: la ventilación.

Los conductos de la ventilación eran lo suficientemente grandes para que cupiéramos los dos perfectamente, solo teníamos que escalar con cuidado y llegar hasta la azotea.

—¡Por aquí, Cam! —le indiqué corriendo hacia donde se veía la rejilla de la ventilación.

Para llegar hasta arriba y poder romperla, iba a necesitar una escalera... ¿De dónde cojones sacaba yo una puta escalera?

—Está muy alto... —dijo el niño haciéndose eco de mis pensamientos.

—¡Mierda!

Miré desesperado hacia todos lados... Todas las ventanas del instituto tenían rejas, no había manera de salir... No si la policía no se ponía a romper los candados, cosa que estaba seguro de que no harían hasta que no creyesen que fuese seguro.

Cam y yo nos miramos cuando una voz espeluznante

empezó a hablar por la megafonía del colegio: «Estáis encerrados, queridos compañeros».

Un escalofrío me recorrió todo el cuerpo. Pude reconocer su voz... Pude reconocerla de inmediato a pesar de estar distorsionada.

Mis puños se cerraron inevitablemente con fuerza.

«Todas las puertas están cerradas con candados de acero que, por si no lo sabíais, son prácticamente irrompibles», siguió diciendo a la vez que confirmaba lo que ya había descubierto gracias a Cam.

«Al contrario de lo que pensaréis de mí ahora mismo..., no es mi intención acabar con todos vosotros. Os dejaré marchar, uno a uno, si me ayudáis con mi cometido de hoy, un cometido que llevo meses planeando, un cometido que nos librará a todos de una lista de indeseados que es mejor fulminar de una vez por todas.»

Cam me miraba con horror. El niño estaba aterrorizado y comprendí que esa misma voz, distorsionada por algún tipo de aparato, había sido la misma que lo había estado amenazando y obligándolo a hacer cosas que él jamás hubiese hecho.

—Tranquilo —le dije en voz baja y los dos volvimos a mirar hacia arriba, prestando atención a lo que ese demente decía.

«Esto es muy fácil... Solo tenéis que traer ante mí a las personas que tengo en mi preciada lista, una lista que os leeré a continuación, luego os podréis marchar. Repito, si me traéis a esta gentuza, os iréis de aquí, uno a uno, sin un rasguño.

»La lista es la siguiente...»

Y entonces empezó a nombrar a todo tipo de gente, pero no eran gente cualquiera, casi todos pertenecían al equipo de baloncesto, al grupo de las animadoras... No fue fácil escuchar uno a uno los nombres de mis jugadores, los nombres de muchas de sus novias... En esa lista se concentraba la élite de la escuela y otros chicos populares.

«Dani Walker, Harry Lionel, Ellie Webber, Chloe Harrison, Aron Martin, Victoria Tribecky, Amanda Church, Victor di Viani, Marissa Digeronimo, Chloe Harrison...»

Los nombres siguieron sumándose hasta alcanzar la veintena.

Se me tensó todo el cuerpo cuando hizo una pausa y volvió a hablar:

«Y ahora los tres más importantes, queridos compañeros. Todos los conocéis, todos habéis querido ser ellos, todos hemos caído rendidos a sus pies. Porque cómo resistirse a dos hermanos que parecen sacados de una puta película de Hollywood, ¿verdad? ¿Cómo no ibais a babear como perras en celo? ¿Verdad, chicas? Os poníais cachondas cuando veíais entrar por la puerta a los hermanos Di Bianco».

Cam me miró abriendo mucho los ojos.

«Pero nada aliviará mejor mi rabia que si traéis ante mis ojos a quien de verdad ha jodido mi vida desde el instante en que la vi.»

Ni os puedo explicar lo que sentí... El miedo me poseyó cuando adiviné el nombre que diría a continuación.

«Esa chica a la que todos amáis y odiáis por igual, esa chica que solo con existir roba toda la luz que puede albergar una simple habitación... Esa misma chica que jugó con mis sentimientos, que me cautivó con su mirada y su sonrisa para después despacharme como si fuese un maldito objeto defectuoso.»

—Hijo de puta —solté en voz alta con el corazón encogido.

«Vosotros lo veis como una peligrosa amenaza, pero para mí es un chico patético que necesitó engañarme y engañarse a sí mismo para conseguir amigos. Es un indeseable, un mentiroso y un patético gilipollas que se quedará solo el resto de su vida» dijo Julian, repitiendo las mismas palabras que había dicho Kam el día que había ido andando al instituto..., el mismo día que Taylor y yo dis-

213

cutimos con ella por exponerse así cuando el paradero de Julian aún era desconocido.

Me chocó muchísimo descubrir que él había estado escuchando..., que él había estado siguiéndola...

«Eso es lo que ella dijo. Pero ¿sabes quién se quedará sola muy pronto?», preguntó Julian soltando una risita. «Tú, Kamila Harrison, porque te mataré. Pero antes mataré a todos tus seres queridos delante de tus ojos, uno a uno, porque no mereces seguir viviendo después de lo que me hiciste. Si no vas a estar conmigo, ten por seguro que no estarás con nadie.»

Cam se abrazó con fuerza a mi pierna y yo no pude ni abrir la boca para intentar tranquilizarlo.

«Si queréis que esto pare, traedme a todos y cada uno de los de la lista, pero si queréis que esto termine..., traedme a Kamila.»

El pitido del megáfono resonando fuertemente por todo el instituto fue lo último que escuché antes de que la puerta del comedor se abriera con un fuerte golpe.

15

KAMI

Temblaba.

Temblaba y no podía hacer nada para poder tranquilizarme.

Había visto cómo mataban a mis compañeros, cómo los asesinaban a sangre fría. Había visto cómo intentaban huir y se veían encerrados dentro de un infierno... Un infierno que acababa de descubrir que había sucedido por mi culpa.

«¿Sabes quién se quedará sola muy pronto? Tú, Kamila Harrison, porque te mataré, pero antes mataré a todos tus seres queridos delante de tus ojos, uno a uno, porque no mereces seguir viviendo después de lo que me hiciste. Si no vas a estar conmigo, ten por seguro que no estarás con nadie.»

«Mataré a todos tus seres queridos.»

«Mataré a todos tus seres queridos.»

«Mataré a todos tus seres queridos.»

No podía dejar de oír esa frase repitiéndose una y otra vez en mi cabeza, repitiéndose y consiguiendo que me faltase el aire, que se me revolviera el estómago, que me entrasen ganas de vomitar.

Apoyé ambas palmas en el suelo y procuré respirar.

Estaba sola.

Ahora sí que no podía intentar pedir ayuda.

¿Me entregarían mis compañeros?

¿Me entregarían sabiendo que eso significaría mi muerte?

¿Cómo no iban a hacerlo? ¿Cómo no iban a hacerlo sabiendo que estábamos pasando por esa pesadilla por mi culpa?

«¡No es culpa TUYA!». Me gritó otra voz dentro de mi cabeza.

«¡Fuiste buena con él! ¡Fuiste su amiga! ¡Él fue quien traicionó tu confianza! ¡Él fue quien violo tu intimidad! ¡Él fue quien utilizó a tu hermanito para conseguir cosas tuyas!»

Respiré hondo otra vez y a continuación fijé la vista al final del pasillo.

Los dos asesinos habían doblado la esquina y se habían ido en dirección a la cafetería. Julian debía de estar en el despacho del director, que era donde se encontraba el equipo de megafonía, lo que lo situaba muy lejos...

¿Era mi oportunidad?

Ir en busca de mi hermano era casi una hazaña imposible, lo era mientras esos dos estuviesen cerca.

Solo podía rezar para que Cameron hubiese podido escapar o para que al menos hubiese encontrado un buen escondite donde refugiarse. Se le daba muy bien esconderse en lugares insólitos, y en el fondo de mi alma creía y esperaba que hubiese podido dar con un sitio seguro... al menos hasta que pudiese ir en su busca.

No tenía ni la menor idea de adónde ir, pero necesitaba un lugar en el que pudiese ocultarme, un lugar donde no estuviese tan expuesta como lo estaba allí, debajo de las escaleras.

Con mucho miedo e intentando hacer poco ruido, emprendí el camino hacia la biblioteca.

Intenté no pensar, no mirar los cuerpos muertos de mis compañeros a mi paso, pero una parte de mí necesitaba comprobar si allí estaba alguno de mis amigos, necesitaba asegurarme de que ninguno de esos cuerpos era de Taylor, de Thiago, de Kate, ni de ninguna de mis amigas...

El camino desde las escaleras hasta la biblioteca era largo, tenía que atravesar todo un bloque de aulas y mi corazón latió enloquecido durante todo el trayecto. Ni siquiera sabía cómo conseguía caminar, cómo conseguía moverme hacia delante, ya que el miedo estaba impregnando todo mi metabolismo, era un miedo absorbente, denso e increíblemente abrumador, pero supongo que el ser humano en ocasiones así tira de adrenalina. Y en esos momentos la adrenalina corría por mis venas de forma paralela al miedo y funcionaba como combustible para hacer que mis pies siguieran dando un paso tras otro.

Finalmente conseguí llegar a la biblioteca, pero al intentar empujar la puerta vi que estaba bloqueada.

Escuché un grito ahogado dentro de la sala y supe que allí había más alumnos escondidos.

—¡Dejadme entrar! ¡Por favor! —dije todo lo alto que me permitía aquella situación.

Se produjo un revuelo y entonces sentí alivio por primera vez desde que hacía ya casi dos horas había comenzado esa pesadilla.

—¡¿Kami?!

—¡¿Taylor?!

—¡Ayudadme! —dijo Taylor, y a continuación oí el ruido de algo arrastrándose.

La puerta se abrió y allí estaba él.

No lo dudé.

Y él tampoco.

Sus brazos me rodearon con fuerza y mi cabeza se enterró en su pecho.

Noté que daba dos pasos hacia atrás metiéndome con él en la biblioteca y que los que estaban allí colocaban otra vez lo que fuera que habían puesto en la puerta para que nadie pudiese entrar.

—¿Estás bien? ¿Estás herida? —me preguntó mi exnovio sujetándome la cabeza y mirando cada rincón de mi piel para ver si tenía algún rasguño—. ¿Qué es esto? ¿Qué te ha pasado? —preguntó de nuevo tocando con suavidad mi pómulo derecho.

Hice una mueca de dolor y empecé a llorar.

Empecé a llorar desconsoladamente y sentí como si la tensión que había estado acumulando por fin abandonase mi cuerpo dejándome rota.

Rota porque aún no podía creer lo que estaba pasando, rota porque, a pesar de todo, ver que Taylor estaba allí, a salvo...

—Tranquila..., tranquila, nena —me dijo abrazándome otra vez.

Sentía como si miles de ojos estuviesen puestos en nosotros y aunque una parte de mí se moría de ganas de ver quiénes estaban allí, la otra sabía que las otras dos personas a las que quería ver estaban muy lejos de ese lugar.

Taylor me llevó con él hasta el final de la biblioteca para poder tener algo de intimidad y volvió a fijar sus ojos en los míos.

—¿Estás bien?

Asentí en silencio e hice una ligera mueca de dolor cuando sus dedos rozaron con suavidad mi pómulo derecho.

—¿Y esto? —me preguntó angustiado, examinando el hematoma que seguramente empezaba ya a cambiar de color.

—Me caí al suelo y alguien me dio una patada... Taylor... Taylor, ¿qué está pasando? ¿Cómo puede estar sucediendo esto...?

—Tenemos que sacarte de aquí, tenemos que salir de aquí todos... —dijo abrazándome de nuevo. Estaba tan asustado...—. Dios mío, no puedo creer que estés aquí... Pensé..., pensé...

Levanté los ojos para buscarlo y trasmitirle mi mismo miedo.

—Taylor..., las puertas están todas cerradas —le expliqué—. Él las ha cerrado todas, me lo ha explicado Kate... Taylor, Kate lo sabía todo... Sabía lo que ocurriría e intentó decirle a Julian dónde estaba para que pudiera venir a por mí...

El semblante de Taylor cambió y algo en su cabeza pareció iluminarse.

—Esta mañana... —empezó—. Esta mañana Kate me dijo que quería verme a segunda hora, que tenía que decirme algo importante y que la esperara en la entrada del instituto...

—Julian le pidió que nos entregara... Si lo hacía, la dejaría marcharse con vida. Está loco, Taylor..., está loco y os matará a todos para... —dije y entonces alguien apareció por detrás y nos interrumpió.

Cuando me giré para ver de quién se trataba, vi que era Ellie.

—¡Ellie! —grité llenándome de alivio y alegría a partes iguales. Me lancé sobre ella y nos dimos un abrazo que nos reconfortó a ambas por igual—. ¡No puedo creer que estés aquí!

Me fijé en las lágrimas que se deslizaron por sus mejillas y me asusté.

—Kami..., antes vi..., antes vi a Chloe en el suelo... Estaba rodeada de sangre...

Sentí como si me arrancaran una parte de mi corazón.

Chloe había sido nuestra amiga desde la infancia. No habíamos compartido la misma amistad que yo había llegado a tener con Kate y Ellie, pero siempre había estado con nosotras, siempre había sido la cabra loca que nos metía en líos...

Nos abrazamos otra vez y solo pude volver a pedirle a Dios que nos protegiera a todos, y que por favor hiciese algo para que la pesadilla que estábamos viviendo llegase a su fin.

Ellie se apartó y miró por encima de mi hombro.

—Deberías volver..., no os va a gustar lo que algunos empiezan a decir —nos aconsejó preocupada.

Miré a Taylor, que estaba muy serio, y los tres regresamos a la sala principal de la biblioteca.

No eran muchos los que había allí... Reconocí a una chica gordita de mi clase de matemáticas y el resto me sonaba de vista. Todos parecían muy asustados, sobre todo los más pequeños, que no tendrían más de trece años.

Fue un chico gordo, alto, el que dio un paso al frente y nos miró con el ceño fruncido.

—¿Qué es lo que ocurre? —preguntó Taylor mirándolo fijamente.

El chico miró a sus compañeros y avanzó de nuevo.

—Ya lo habéis oído, ¿no? —respondió mirándonos fijamente—. Los tres estáis en la lista.

Taylor se movió y se colocó delante de nosotras en una postura claramente defensiva.

—Espero que no estés insinuando lo que creo que estás insinuando —dijo con una seriedad que no le había escuchado en la vida.

Los otros dos chicos que había junto a él dieron también un paso adelante y se pusieron al lado del chico gordo.

—No tenemos por qué pagar todos por esto —declaró uno de ellos, el que se había colocado a la derecha y el que era él más alto de los tres.

—Aquí hay críos —añadió el otro señalando al grupo de cinco niños de primero, que seguían lo que ocurría como si se tratara de un partido de tenis, un partido en donde no parecían querer intervenir—. ¿De verdad vais a ser tan egoístas como para permitir que todos muramos por vuestra culpa?

Lo que había temido cuando escuché a Julian hablar con voz distorsionada por los altavoces estaba ocurriendo ante mis ojos.

Taylor dio un paso al frente.

—¿Qué vas a hacer? —lo retó—. ¿Llevarnos a rastras y ver cómo nos matan?

El chico no pareció dudarlo ni un instante y dio otro paso al frente encarándose con quien era prácticamente de su misma altura y masa muscular.

En mi cabeza se reproducían miles de situaciones posibles y todas acababan mal.

Ellos eran más que nosotros..., sin tener en cuenta que eran tres tíos, contra Taylor, que, vale, era fuerte, pero ¿qué opciones teníamos Ellie y yo si se producía un enfrentamiento cuerpo a cuerpo?

—No pienso morir, tío —afirmó muy serio—. Esta puta locura tiene que acabar.

El ruido de los helicópteros volviendo a sobrevolar el instituto nos hizo levantar a todos la vista hacia arriba.

Y lo mejor que pudo pasar entonces fue la voz de un policía dirigiéndose al colegio por primera vez desde que había empezado esa locura: «Habla el jefe de policía de Carsville y me dirijo expresamente a los asaltantes: deponed las armas y salid del instituto con las manos en alto. Repito. Deponed las armas y salid del instituto con las manos en alto».

Todos contuvimos el aliento.

El ruido de los helicópteros seguía resonando por encima de nuestras cabezas...

Si pudiésemos llegar a la azotea...

—¿De verdad se creen que estos hijos de perra van a salir con las manos en alto sin más? —preguntó Ellie intentando mantener la atención en lo que acabábamos de oír.

El chico que había dejado claro que quería entregarnos para no morir volvió a pronunciarse.

—No van a rendirse hasta no acabar con lo que se han propuesto hacer —aseveró mirando a Taylor fijamente.

—Mira, pedazo de imbécil —le dijo entonces dirigiéndose a él de la peor manera posible en una situación en donde parecíamos estar en clara desventaja—, vuelve a amenazarme con entregarme a esos asesinos y te juro por Dios que los próximos minutos van a ser los últimos que respires.

La cosa se estaba descontrolando.

Los tres dieron un paso hacia delante y supe que teníamos que salir de allí.

Debíamos alejarnos de la biblioteca lo antes posible y lo más rápido que pudiésemos, antes de que Taylor y esos chicos se pusieran a pelear o a gritar y delataran nuestra presencia allí.

Me acerqué a Ellie de manera intuitiva y nos cogimos de la mano con fuerza.

—¡Parad ya! —gritó entonces una de las chicas que hasta ahora no había abierto la boca—. ¿No veis lo que estáis diciendo? ¡¿Quién nos dice que nos dejarán marchar después de entregarlos?! ¡Lo mejor que podemos hacer es quedarnos aquí y esperar a que la policía haga su trabajo!

Todos la escuchamos y todos parecimos tomarnos unos segundos para reflexionar.

—La policía no hará nada mientras tenga constancia de que hay niños vivos dentro del instituto.

—¡Eso no lo sabes! ¡No sabes nada! —dijo la chica, encarándose a él, mirándolo entre asustada y furiosa—. Hace una hora estabas diciendo que menos mal que habíamos seguido a Taylor hasta aquí, que menos mal que habíamos podido encontrar un refugio, y ¿ahora quieres entregarlo a él y a sus amigas para que mueran?

—¡Cállate!

—¡Déjala en paz! —le ordenó Taylor, y entonces sucedió lo que estaba claro que terminaría sucediendo.

Taylor no fue el primero en dar el primer golpe, cosa sorprendente, pero sí fue el primero en esquivarlo.

Su puño dio de lleno en el pómulo del gilipollas ese y luego el gordo se sumó. En menos de un segundo eran tres contra uno, y los demás no sabíamos qué hacer.

Pero entonces ocurrió lo peor.

Los disparos regresaron.

Y todos nos detuvimos y aguantamos la respiración, expectantes.

Oímos gritos, más disparos...

Todos nos alejamos de la puerta y nos escondimos donde pudimos y no se me escapó el detalle de que nos siguieron con la mirada en cuanto nos alejamos de la puerta.

¿De verdad iban a entregarnos?

Taylor me cogió por la muñeca, y lo mismo hizo con Ellie, y nos arrastró hacia las largas filas de estanterías.

Corrimos atravesando las filas y filas de estanterías con libros que ocupaban una de las zonas más grandes del instituto. Aún podía recordar el año en el que reformaron la biblioteca, haciéndola más grande, incluyendo salas de estudio, sala de visionado y un ala de informática.

Cuando conseguimos llegar casi al final nos pusimos de cuclillas en el suelo.

—Tenemos que salir de aquí —comentó Taylor muy serio, mirándonos a ambas.

—No podemos, estaremos expuestos...—dijo Ellie aterrorizada.

—Nos van a entregar —aseguró Taylor entonces—. No lo dudarán. Están acojonados, harán lo que sea para salir de aquí...

Era increíble lo que ocurría cuando se sometía al ser humano a una situación de vida o muerte.

Los que habían sido compañeros nuestros, los que habían compartido apuntes y partidos con nosotros, ahora nos amenazaban con entregarnos a unos asesinos que habían dejado claro que nos matarían sin dudarlo.

—Pero ¿cómo salimos de aquí? ¿Adónde vamos?

Taylor me miró antes de responder y se hizo eco de mis pensamientos.

—Tenemos que subir a la azotea. Si llegamos arriba, los

helicópteros harán su trabajo; de hecho, no descarto que sea por ahí por donde estén planificando entrar...

—¿Alguien sabe cómo se llega a la azotea?

Los tres nos miramos y negamos con la cabeza.

—Lo primero es salir de aquí y encontrar otro lugar donde escondernos.

—Taylor, yo no puedo irme de aquí sin mi hermano, tengo que encontrarlo... No sé si ha podido salir, si está escondido en alguna parte o si...

No pude terminar la frase. Se me entrecortó lo que iba a decir y tuve que volver a controlar mis ganas de echarme a llorar.

—Thiago sabe que Cam entra antes al colegio... Él está siempre en la sala de profesores de los pequeños, seguro que ha intentado buscarlo...

No había pensado en eso y Taylor tenía razón: Thiago siempre estaba allí...

¿Habría podido encontrarlo? ¿Se habría acordado de que Cam esperaba siempre solo en el pasillo de su clase a que los demás niños y profesores llegasen a las nueve?

—¿Y qué plan se te ocurre para salir de aquí? —planteó entonces Ellie.

Taylor se asomó al pasillo.

—Será imposible razonar con ellos... La única opción

que queda es salir por la misma puerta que hemos bloqueado con los muebles.

—Pero ¿y si los asesinos están fuera?

Taylor nos miró y vi el miedo en sus ojos.

—Vendrán aquí tarde o temprano... —dijo y casi pude ver cómo su cerebro iba a toda velocidad intentando idear un plan para poder salir de allí y huir no solo de los asesinos, sino también de nuestros compañeros—. Solo es cuestión de tiempo que nos busquen en la biblioteca... Y cuando vengan, aprovecharemos para salir de aquí como alma que lleva al diablo.

16

THIAGO

Tiré de Cameron con fuerza y ambos nos escondimos detrás de la puerta de la cocina. Le indiqué con un gesto de la mano que se mantuviera callado y busqué desesperado con los ojos un lugar donde poder escondernos.

—Te dije que aquí no había nadie —comentó uno, y supe que era el mismo que hacía un rato nos había perseguido por las aulas de infantil.

—He oído algo —dijo otro. Era una voz nueva para mí.

¿Cuántos había?

—Deberíamos ir a la biblioteca, ahí seguro que hay unos cuantos —insistió el primero.

—Jules nos ha dicho que lo revisemos todo..., y eso es lo que pienso hacer.

Me asomé por el pequeño hueco que había entre la bisagra de la puerta y los vi por fin con claridad.

Uno era más gordo que el otro. Iban vestidos de negro, llevaban armas colgadas del hombro y sendas pistolas en la mano.

Miré al niño que tenía aterrorizado a mi lado y supe que debía sacarlo de allí como fuese. Pero ¿cómo? La única manera de escapar era por la azotea y, para subir allí, necesitábamos una escalera. Sabía que en mantenimiento tenían una, pero la sala estaba en la otra punta del instituto... ¿Cómo demonios iba a llegar hasta allí y volver con ella sin que me vieran?

«Creando una distracción», me dijo una voz en mi cabeza. «Claro, como si fuese tan fácil crear una distracción con la ayuda de un niño de siete años».

—Mira en las cocinas —ordenó entonces uno de ellos.

Tuve que pensar rápido..., muy rápido..., tan rápido como nunca en mi vida lo había hecho.

Cogí a Cameron de la mano y me alejé de la puerta hasta alcanzar la alacena. Nos vimos rodeados de todo tipo de comida, incluidas latas de conserva, salsas, bolsas de patatas, cartones de leche y cientos de bebidas en lata.

«Piensa, piensa.»

Mis ojos se desviaron hacia arriba.

El falso techo estaba hecho de paneles y no era tan alto como los de las cocinas.

Me ayudé de las estanterías y con poco esfuerzo conseguí llegar hasta arriba, donde con alivio pude ver que los paneles se desplazaban simplemente empujando hacia arriba. Al asomarme vi que la maquinaria de los extractores estaba suspendida sobre una plataforma que colgaba del techo.

Había hueco para los dos.

—¡Ven, Cam! —le pedí entre susurros.

El niño pilló al vuelo lo que pretendía hacer y alzándolo con mis manos pude conseguir que las suyas llegaran a sujetarse a la plataforma con fuerza.

—Sube con cuidado —le indiqué y me callé automáticamente cuando oí a los asesinos a no mucha distancia de allí. Por suerte la cocina era grande y habían empezado a mirar por la otra punta.

—Joder, menos mal, algo de comer —escuché que decía uno.

—Dame un poco de eso —dijo el otro y, agradeciendo a todos los espíritus, santos o lo que fuese que había ahí arriba, pude conseguir que Cameron terminase de escalar y desplazase uno de los paneles. No estaba seguro de si aguantaría mi peso, pero no teníamos otra opción.

Por suerte pasarían por allí tan solo unos segundos y se marcharían.

Subí por las estanterías enfrentadas hasta colar mi cabeza por el agujero del falso techo que había quedado libre tras quitar uno de los paneles. Tenía que subirme con mucho cuidado, puesto que los paneles que lo constituían apenas podrían aguantar mi peso, pero ayudándome con los pies y estirando las manos conseguí cogerme directamente a la plataforma que, en el interior de ese falso techo, sostenía la maquinaria de los extractores y subí a pulso con los brazos. Ya solo quedaba colocar el panel de nuevo y rezar para que esos dos asesinos se marcharan lo antes posible de la cocina.

Cuando el techo volvió a estar cubierto, pude respirar con algo de tranquilidad.

—¿Estás bien? —le pregunté a Cam viendo que se había hecho un ovillo y temblaba asustado entre lágrimas que le caían de forma silenciosa.

—Van a matar a mi hermana, ¿verdad? —me dijo de forma entrecortada.

Miré al niño fijamente antes de hablar.

—No permitiré que le toquen ni un pelo, Cam, te lo prometo.

Me moví para pasarle mi brazo por encima y reconfortarlo de alguna manera y se produjo un crujido que hizo que nos tambaleáramos.

—Mierda —exclamé en silencio asomándome para ver los agarres del techo.

Joder..., no iba a aguantar.

—¿Qué pasa? —preguntó el niño asustado siguiendo mi mirada.

—Cam..., no te muevas —le pedí en un susurro.

Casi no respirábamos, pero, aun así, la estructura volvió a crujir.

«Joder, ¡venga ya!», grité en mi interior, deseando que pasaran ya por la alacena para poder bajarme. Una cosa eran los veinte kilos de Cam y otra los setenta kilos míos.

Finalmente dejaron de comer y siguieron registrando la cocina. Pudimos escuchar perfectamente cuándo entraron a la alacena y temí que la estructura donde nos habíamos subido crujiese otra vez delatando nuestra posición.

—Aquí no hay nadie —comentó uno de ellos.

—Vámonos, anda —le contestó el otro—. Aún quedan unos cuantos de la lista...

Al oírlos supe que ya habían conseguido matar a algunos..., pero ¿a cuántos? ¿Cómo podía saber si mi hermano o Kam seguían con vida? ¿Cómo podía saber si no los habían asesinado a sangre fría?

Cuando estuve seguro de que se habían marchado, me bajé de allí lo más rápido que pude. El falso techo volvió a crujir y di las gracias a que apenas había tenido que aguantar unos cinco minutos.

Apoyándome con los pies en las estanterías, me asomé para mirar a Cameron, que estiró los brazos en mi dirección para que lo ayudara también a él a bajar de allí.

Negué con la cabeza.

—Debes quedarte aquí, colega —le dije después de asegurarme, al menos a simple vista, de que la estructura volvía a parecer estable.

—¿Qué? ¡No! ¡Llévame contigo!

—No puedo, Cam, es peligroso... Ya has visto lo que son capaces de hacer. —El niño empezó a llorar y a negar con la cabeza—. Escúchame, te quedarás aquí, yo iré a buscar una escalera para poder salir por los conductos de ventilación. Ahí estarás a salvo... No volverán a buscar por aquí y nadie mirará en el techo, créeme —insistí.

Finalmente vi que asentía, aunque las lágrimas seguían cayendo, silenciosas.

—¿Tienes miedo, Thiago? —me preguntó entonces.

Sentí que se me encogía el corazón.

—Muchísimo, pequeño —le respondí—, pero todo va a salir bien. Te sacaré de aquí...

—¿Y a Kami... y a Taylor?

—Los buscaré y todos saldremos por la azotea, ¿vale?

El niño asintió y le dediqué una sonrisa, la mejor que pude conseguir en una situación como esa.

—Espera aquí un segundo —le dije cuando se me ocurrió algo importante.

Salí de la alacena, asegurándome antes de que no había nadie por allí, y revolví en los cajones de la cocina hasta encontrar lo que buscaba.

Cuando volví a asomar la cabeza por el falso techo, vi que Cam parecía más calmado.

—Ten. —Le tendí un cuchillo—. Úsalo si es necesario. Y Cam... —dije haciendo una pequeña pausa, ya que no sabía muy bien cómo decir lo que quería sin causarle un trauma—, se lo clavas en el ojo, ¿vale? Justo aquí. —Le señalé el lugar exacto.

El niño me miró asustado, pero no dudó en asentir, serio.

—Vendré a por ti..., te lo prometo.

Tapé el techo con el panel y me guardé el otro cuchillo que había cogido en la parte trasera del pantalón.

Ahora la cosa se complicaba.

17

KAMI

No tardaron en llegar.

Tal como había dicho Taylor, los dos que yo había visto antes cerca de las escaleras llegaron a la puerta de la biblioteca y empezaron a empujar... Y como también había previsto Taylor, los cabrones de nuestros compañeros nos delataron en cuanto se vieron ante un peligro inminente.

—¡Abrid la puerta! —bramaron mientras empujaban y empezaban a disparar contra la madera, provocando gritos y llantos entre los que estábamos allí.

Nadie intentó detenerlos y, cuando consiguieron abrirse paso a empujones, los que nos habían amenazado con delatarnos empezaron a gritar.

—¡Están allí! ¡Están allí! —decía uno de ellos.

—¡Los de la lista! ¡Kamila Harrison, Ellie Webber y Taylor Di Bianco!

¿Cómo podían hacernos eso?

Cogí la mano de Ellie y las dos miramos a Taylor con horror.

—Salid corriendo, yo los distraeré —nos indicó él. Ambas negamos automáticamente con la cabeza.

—No —dije reforzando mi negativa.

—¡Que os marchéis! —nos ordenó con fiereza.

No nos dio tiempo de volver a responder porque Taylor ya se había levantado del suelo y se dirigía al lado contrario de la puerta.

Miré a Ellie sin saber qué hacer o decir y ella me miró a su vez asustada y nerviosa.

—Ve por allí —oímos que le decía uno al otro detrás de la puerta.

Mierda, se iban a separar.

Taylor no lo dudó.

Salió corriendo en dirección contraria a la puerta... y ellos lo vieron.

—¡Allí! —gritaron al mismo tiempo que yo gritaba «¡Taylor!», desesperada y aterrorizada ante la idea de que le pasara algo.

—¡Vamos! —me dijo Ellie tirando de mí.

Corrimos todo lo rápido que pudimos, desesperadas por alcanzar la puerta, la única posible salida de aquel horror.

Una mirada me bastó para saber que los mismos tres chicos que nos habían amenazado no nos dejarían escapar.

Y entonces ocurrió lo último que hubiese creído que pasaría.

Los demás..., los otros cinco chicos y chicas que quedaban allí, se abalanzaron sobre ellos, cogiéndolos desprevenidos y permitiéndonos llegar a la puerta y escapar.

—¡Corred! —chilló una de las niñas, sin saber que al hacer eso acababa de condenarse a sí misma.

No miré hacia atrás. Ellie no me lo permitió. Salimos corriendo pasillo abajo como alma que lleva el diablo, huyendo para salvar nuestras vidas, huyendo para poder escapar y entonces..., entonces ocurrió lo peor.

Casi habíamos llegado al final del pasillo, casi habíamos conseguido girar a la derecha y alejarnos de allí corriendo todo lo que nuestras piernas nos permitían, cuando, justo antes de doblar la esquina, el estruendo de varios disparos me obligaron a tirarme al suelo y taparme la cabeza de manera instintiva.

—¡No! —gritó alguien a mis espaldas.

Esperé a que llegara el dolor, esperé a sentir lo que debieron de sentir todos los alumnos que ya habían muerto a manos de esos desalmados, esperé a notar la humedad de la sangre manchar mi ropa y a que mis ojos se cerraran debido a la debilidad provocada por la pérdida de sangre, pero nada de eso llegó a producirse.

Todo pasó a cámara lenta... Esa maldita cámara lenta de la que siempre se habla en las películas, de la que siempre nos hablan las personas que han sufrido una experiencia traumática o cercana a la muerte, esa manera en que describen cómo todo pareció ralentizarse, cómo fueron capaces de ver varias cosas a la vez, de sentir varias cosas al mismo tiempo y de registrar en sus cabezas todos los detalles de cuanto pasaba frente a sus ojos.

Esa cámara lenta me permitió ser consciente tanto de mi propia caída como de la caída de mi mejor amiga.

No fue mi sangre la que manchó el suelo; no fue mi cuerpo el que sufrió el impacto de algo que lo destrozaría por dentro; no fue mi cerebro el que vio su vida pasar ante sus ojos, ni mi mente la que con tristeza tuvo que decir adiós a todas esas cosas con las que había soñado de pequeña; no fueron mis ojos los que con cansancio desearon cerrarse y mantenerse abiertos casi con la misma intensidad, ni mi cuerpo el que se debatió entre la vida y la muerte durante largos segundos.

Fue el de ella..., el de mi mejor amiga.

El de Ellie.

—No... —sentí que el susurro se escapaba de mis labios.

Sus ojos siguieron el sonido de mi voz.

Sus últimas fuerzas se concentraron en doblar ligeramente la cabeza hasta poder mirarme.

Intentó hablar, intentó decirme algo, y esas últimas palabras no pronunciadas serían las que me perseguirían el resto de mi vida.

La sangre empezó a salir de su boca, su mirada pasó de estar asustada a ser la de una persona sin vida en cuestión de segundos.

Murió prácticamente en el acto.

Sin poder despedirse, sin poder abrazarme ni a mí ni a su familia... Su muerte fue casi instantánea, una muerte que de no haber sido por Julian se habría producido dentro de muchísimos años... Una muerte que habría visitado a una Ellie mayor..., con sueños cumplidos, con un marido, hijos, viajes, estudios, risas, cumpleaños, peleas, besos, encuentros, recuerdos y todas esas cosas que todos merecemos vivir.

Pero que a ella le acababan de arrebatar.

Su vida.

Al completo.

Con solo diecisiete años.

—¡Corre, Kami! —el grito de Taylor bastó para despertarme del letargo en el que me sumí en unos segundos que parecieron una eternidad.

La cámara recuperó su velocidad normal y todo lo que hasta ese instante había quedado atenuado regresó para atormentarme, más aún si cabe, hasta conseguir que mi cuerpo reaccionase.

Me levanté del suelo como pude y utilicé mi rabia, mi dolor, mi profundo dolor, para alejarme de allí corriendo, para doblar la esquina y dejar de ser un blanco...

Y cuando giré por el pasillo lo vi.

Ahí estaba.

Thiago.

—Kam...

Sus labios pronunciaron mi nombre y el impacto de verlo vivo casi consiguió paralizarme.

No sé ni cómo llegué a él, no sé ni siquiera si llegué a moverme, solo sé que sus brazos me alcanzaron, que su cuerpo me envolvió con fuerza y que de repente pasé de estar en un pasillo donde los disparos se producían a apenas unos metros de mí a encontrarme en un lugar cerrado, pequeño y lleno de polvo, pero en sus brazos... Joder, en los brazos de Thiago.

—Kamila... —dijo sujetándome por las mejillas, sus ojos casi fotografiando mentalmente mis rasgos. Sus dedos me acariciaron con cuidado y sentí que mis ojos, que apenas habían podido pestañear, como si la imagen de Ellie se resistiese a abandonar mi mirada, volvieron a enfocar... Pudieron enfocarlo a él..., a él..., al amor de mi vida, a la única persona que podía llegar a recomponerme tras sufrir toda aquella violencia, desesperación, sangre y muerte.

—Ha muerto... —conseguí decir después de no sé cuánto tiempo en silencio.

Ahora que echo la vista atrás, sé que estaba en estado de shock, sé que estuve así mucho rato y que él me susurró palabras tranquilizadoras al oído, me acarició la piel con dulzura y ternura hasta conseguir traerme de vuelta... De vuelta de un lugar oscuro y feo, un lugar que llegaría a conocer a la perfección, un lugar que llegaría a convertir en mi refugio, un refugio de tristeza; tristeza, muerte y desesperación.

—¿Quién ha muerto, mi vida? —me preguntó con la voz en calma, pero el miedo en la mirada.

—Ellie... —contesté en un susurro muy bajo, casi inaudible—. La ha matado... Julian la ha matado.

Porque había sido él. Lo había visto, al mirar hacia atrás, al sentir que nos disparaban por la espalda... No habían sido los otros, los otros se habían entretenido matando a los chicos y chicas que nos habían ayudado y también a los que nos habían delatado.

Julian había salido de donde fuera que se hubiera escondido y había matado a mi amiga sin pensárselo dos veces.

Yo seguía con vida... porque no era su intención matarme... Su intención, como bien había dicho, era acabar con todos mis seres queridos.

—Chist —me dijo abrazándome y entonces fui consciente de quién lo hacía.

Sentí su olor llegarme a todas partes, su fragancia y su calor.

Abrí los ojos, me separé de él y lo miré.

Thiago estaba vivo.

—¿Thiago? —pregunté sin llegar a creérmelo.

—Sí, cariño..., soy yo —me dijo con los ojos brillantes, llenos de emoción—. Tenía tanto miedo, tanto miedo de encontrarte mu...

—No lo estoy —lo interrumpí intentando recomponerme, intentando recomponer mis sentimientos, intentando borrar de mi mente la imagen de mi amiga y de todas aquellas personas muertas para poder concentrarme plenamente en él... Joder... Joder, si hubiese sabido todo lo que se nos venía encima..., si hubiese sabido el tiempo que iba a tener que esperar hasta volver a tener una oportunidad como esa...

—Thiago, hay que salir de aquí... Nos van a matar a todos... —lo insté con el miedo en la voz y la tristeza en el corazón.

Pensé en Taylor... ¿Habría podido escapar? ¿Habría conseguido huir de esos dos asesinos antes de que Julian lo viese?

—Taylor... —dije y sentí cómo Thiago dejaba de respirar—. Taylor nos ayudó a escapar... Estábamos en la biblioteca y algunos de los chicos que estaban con nosotros quisieron delatarnos, quisieron entregarnos para que los liberaran... Ha sido horrible, Thiago... No sé... No sé si él está bien, solo me dijo que corriera y luego..., luego Ellie...

—¿Taylor está vivo? —me preguntó Thiago para poder asegurarse.

—Lo estaba... Lo estaba hace un momento, pero...

Y entonces me callé. Dejé de hablar no solo porque Thiago me tapó la boca con su enorme mano, sino porque me callé al oír que había alguien ahí afuera.

Miré con los ojos muy abiertos a Thiago hasta que apartó su mano de mi boca y me indicó con un gesto de sus dedos que me mantuviera callada.

—Quiero que me los traigáis vivos, ¿me habéis oído? Con los demás haced lo que os dé la gana, pero con esos tres... A esos tres los quiero bien despiertos —ordenó Julian.

Se me estremeció todo el cuerpo al volver a oír su voz.

La última vez que habíamos hablado fue antes de que descubriese que me había estado engañando, con nuestra amistad, con su homosexualidad, con todo.

Ese chico estaba trastornado, estaba loco y lo que dijo a continuación casi consiguió que me terminara de derrumbar del todo.

—No hemos podido encontrar al niño, Jules —anunció entonces uno de ellos.

Todo mi cuerpo se tensó en el acto.

—Tiene que estar por alguna parte... ¡Encontradlo, joder, solo tiene siete años, no puede haber ido muy lejos!

Thiago me sujetó con fuerza, esta vez tuvo que retenerme contra la pared y apretar fuertemente su mano contra mi boca para que no se me escapara ningún sonido.

«¡Hijo de puta!», me hubiese gustado gritarle a la cara.

Mi hermano..., mi hermanito..., Cam...

En cuanto se alejaron de donde estábamos escondidos, Thiago me soltó y me forzó a prestarle atención.

—Escúchame —me dijo entonces obligándome a centrar mis ojos en los suyos—. Tu hermano está bien... Está a salvo.

—¡¿Has visto a Cam?! —exclamé con la voz temblorosa y las lágrimas queriendo salir, queriendo empapar mi rostro de nuevo, pero no podía permitirme eso, no en ese momento tan crítico, era como si mi cuerpo lo supiera, como si una coraza me hubiese obligado a mantenerme serena o todo lo serena que se puede estar en una situación como aquella.

Debía aguantar..., ya habría momentos para llorar o para derrumbarse y lamentarse por todo aquello.

—Sí, está escondido.

Abrí los ojos con horror.

—¿Escondido? ¿Dónde? —Dios mío... Dios mío, mi hermano..., mi hermano estaba allí, en el lugar más peligroso para cualquiera que fuese amigo o familiar mío—. Llévame con él... necesito verlo, necesito... —le rogué mientras me abalanzaba hacia la puerta, intentando salir, pero Thiago me retuvo, tiró de mi brazo y me obligó a prestarle atención.

—Está a salvo, Kam, te lo prometo —me aseguró muy serio—. Ahora necesito que te centres y que me ayudes a sacaros de aquí.

—No hay manera de salir, todas las puertas están...

—Cerradas, lo sé—terminó por mí—, pero saldremos por el techo, ¿vale? Si conseguimos llegar a la azotea, los helicópteros os verán y os rescatarán...

Eso mismo era lo que se le había ocurrido a Taylor... Eso mismo nos había dicho a Ellie y a mí, que debíamos llegar a la azotea..., pero ¿cómo?

—¿Cómo piensas llegar allí arriba?

—Por la ventilación —me contestó muy seguro—. En las cocinas están los conductos de ventilación y dan a la azotea, son lo suficientemente grandes como para que podamos escalar con cuidado apoyándonos con la espalda y los pies... Es allí donde he dejado a tu hermano, lo escondí en un falso techo.

—Vayamos con él —le dije deseando salir de allí, deseando ver con mis propios ojos que mi hermanito estaba vivo, que estaba bien.

—Antes necesitamos conseguir una escalera —comentó apretándose el puente de la nariz, cerca de los ojos.

Se lo veía cansado..., cansado y muy muy preocupado.

—¿Estás bien? —le pregunté.

Él asintió de inmediato.

—Hay una escalera en la sala de mantenimiento. Si conseguimos llegar allí y llevarla a la cocina...

—¿Podremos salir? —terminé por él.

—Podremos salir —me confirmó.

Nos miramos un segundo... y el segundo se convirtió en minutos. Me hubiese quedado horas admirando esos ojos verdes, esa mirada que me hacía temblar, que me hacía sentir a salvo a pesar de encontrarme en ese infierno, que me provocaba de todo por dentro...

—Thiago... —dije, y el mero hecho de pronunciar su nombre consiguió que me temblara el cuerpo.

Sus ojos brillaron con algo que no sé explicar, una mezcla de miedo, amor y promesas que no se podían verbalizar..., y entonces pasó.

Su boca se encontró con la mía y el beso fue distinto a todos los besos que ya nos habíamos dado, que habían sido pocos para disgusto mío. Fue como si supiera lo que iba a pasar, como si supiera que ese beso podía llegar a ser el último. Mi espalda dio contra la pared y sus manos bajaron por todo mi cuerpo en una desesperada necesidad de sentirme cerca, de calentar su cuerpo con el mío, de volver a sentirme suya.

Por unos minutos solo estuvimos él y yo; todo el horror que se producía a escasos metros de nosotros pareció dejar de existir.

Sus manos sujetaron mi rostro como queriendo memorizar cada uno de mis rasgos, su boca limpió los restos de lágrimas que aún humedecían mis mejillas y, cuando de verdad nos fundimos en un beso que nos dejó a ambos sin respiración, supe que era él..., que no había nadie más, que no existía nadie más.

—Te amo —me dijo mirándome a los ojos—. Nunca lo olvides, ¿vale?

Pestañeé para poder verlo con claridad.

—Prométeme que saldremos de esta con vida... Prométeme que cuando esto acabe estaremos juntos..., que me llevarás contigo a donde vayas o me seguirás a donde vaya yo... Prométeme que no habrá un día en donde no nos digamos «te quiero», que no existirá distancia entre los dos... Prométeme que antepondrás todo a nosotros dos, porque yo lo voy a hacer... Si de algo me ha servido todo este infierno, es para saber con certeza que la vida es corta y que quiero pasarla contigo.

Sus ojos decían de todo al mismo tiempo que no decían nada. ¿Por qué se contenía? ¿Por qué dudaba?

Y entonces abrió la boca y pronunció las palabras mágicas, las únicas palabras que yo necesitaba oír para armarme de valor y salir ahí a enfrentarme con todo.

—Te lo prometo.

Y solo entonces sentí la fuerza necesaria para poder seguir.

Me acarició el pelo, me colocó un mechón suelto detrás de la oreja y besó la punta de mi nariz.

—¿Estás lista para salir de aquí?

Asentí, abrimos la puerta y volvimos al infierno.

18

TAYLOR

Todo pasó demasiado deprisa, tan rápido que no estaba seguro de cómo se habían producido los acontecimientos. Solo sabía que había tenido que distraer a esos hijos de puta para que Ellie y Kami pudiesen salir corriendo de allí.

Fui rápido, tiré cosas para llamar la atención y después corrí hacia la puerta para intentar escapar.

Me sorprendió descubrir que los demás los habían ayudado a salir sin que los tres alumnos imbéciles pudiesen hacer nada para evitarlo... Eso fue clave para que yo también consiguiese escapar, ya que salí casi un minuto después que Kami y Ellie.

Una vez fuera, mi cerebro registró lo que ocurría a una velocidad increíble, llegando hasta ver varias cosas a la vez. Por un lado, estaban ellas, que casi llegaban al final del pasillo, donde doblarían la esquina para desaparecer y buscar otro refugio y, por otro, estaba la imagen de Julian, de pie, al final de ese pasillo, levantando la pistola y apuntando con increíble sangre fría a una de ellas dos.

Grité «¡NO!» casi desgarrándome la garganta, pero es que ver muerta... a cualquiera de las dos era una idea simplemente insoportable. Debía salvarlas..., debía protegerlas..., y no lo estaba haciendo bien.

Al principio al ver que ambas se caían al suelo pensé lo peor.

Dos disparos... Uno a cada una.

¿Habrían dado en el blanco?

Me hubiese gustado correr hacia ellas, tirarme encima para protegerlas, pero sobre todo para asegurarme de que estaban bien.

Pero mi instinto de supervivencia actuó por mí, se adueñó de mi cuerpo y me obligó a correr para esconderme. Para esconderme de ese psicópata. Ese psicópata que ni me vio o más bien no me quiso ni ver, cuando tuvo delante a la razón de todos sus problemas. A su obsesión desde hacía tantos meses, a la chica con la que había soñado desde que la vio.

Kami era lo único que él en realidad quería... Entonces, ¿por qué perder el tiempo y detenerse conmigo cuando la tenía a ella a apenas unos metros de distancia?

Podríamos decir que su obsesión consiguió salvarme.

Y mi subconsciente supo aprovecharse mejor que mi consciencia.

Me escondí.

Pero no me fui muy lejos, no.

Me escondí en la clase de enfrente.

Pude ver por la ventanita que había en la puerta cómo algunos de los chicos que habían estado con nosotros en la clase corrían al empezar los disparos dentro de la biblioteca. Pude ver cómo Julian iba detrás de Kami que se había levantado y recé para que pudiese encontrar refugio.

Después vi cómo los otros dos asesinos desaparecían pasillo abajo.

Y cuando el pasillo se sumió en un silencio insoportable, salí y corrí hasta donde estaba ella... Corrí rezando en silencio y pidiéndole a Dios que no estuviese muerta.

Caí al suelo a su lado... Su melena castaña rodeaba su rostro y la sangre seguía marchándolo todo a su alrededor.

—Por favor, Webber..., no me hagas esto —le rogué apartándole un mechón de pelo de la cara.

La esperanza me recorrió por entero cuando vi que pestañeaba levemente hasta conseguir abrir los ojos y mirarme.

—Dios mío, Ellie... —exclamé tirando de ella hasta poder acunarla entre mis brazos—. Te vas a poner bien, te vas a poner bien, te lo prometo —le aseguré sin ser consciente de que mi voz se me quebraba tantas veces que probablemente ni había podido entenderme. Las lágrimas caían por mi rostro de una manera inverosímil... inverosímil cuando se trataba de una chica con la que apenas había tenido relación...

—Ta-Taylor... —dijo entrecortadamente.

—Chis... —la silencié acunándola despacio—. No hables...

—M-me gu-ustas, Tay-lor —dijo despacio. La sangre salía por su boca y por los orificios donde las dos balas habían atravesado su cuerpo.

—Lo sé..., lo sé, pequeña... —le contesté sintiendo un dolor en el pecho que no llegaba a comprender.

—Me hu-bie-se gu-ustado salir con-tigo —confesó y su sonrisa consiguió que me temblara todo el cuerpo.

—Y a mí me hubiese encantado —le respondí mirándola de otra manera, mirándola y borrando las heridas y la sangre de su cuerpo. La miré y en mis ojos aparecieron miles de imágenes de Ellie..., miles de imágenes que mi cerebro había ido guardando en mi cabeza sin ser consciente de que lo hacía. Su sonrisa..., su manera de buscarme cuando entrenábamos en la cancha de baloncesto y ella practicaba las coreografías de animadora..., sus piques continuos en el comedor, y su forma de fruncir el ceño cuando yo aparecía y decía alguna tontería.

Su manía de morderse las uñas o su peculiar manera de recogerse el pelo con cualquier cosa que encontrara, ya fuera un boli, un lápiz, un palillo chino o un tenedor.

Su sonrisa era preciosa y pocas veces me la había dedicado, aunque siempre se riera de mis bromas, aun sin darme cuenta de que me estaba escuchando.

¿La había picado a conciencia? ¿Había disfrutado haciéndola rabiar?

—Siempre fuiste una tocapelotas —le dije y la dificultad que le supuso sonreírme me rompió definitivamente por dentro.

—Y tú siem-pre fu-fuiste un creí-ído —contratacó.

Sonreí.

—Deberías habérmelo dicho —le dije sin poder dejar de acariciar su pelo, sus mejillas...

—Es-tabas en-enamorado de la per-so-na equi-vo...
—Empezó a toser y tuve que incorporarla para que pudiese volver a respirar.

—Tranquila... Chisss, no hables, por favor —le pedí desesperado al ver que su vida se me escurría entre las manos sin que yo pudiese hacer nada para salvarla.

—Dis-fru-ta por... por... mí, ¿va-ale? —me pidió.

Asentí con la cabeza y me fijé en sus bonitos ojos claros.

¿Por qué sentía que estaba perdiendo a alguien importante? ¿Por qué me dolía tanto aquello? ¿Por qué?

Sin pensarlo, dejándome llevar por mis instintos más básicos, me agaché sobre ella y posé mis labios sobre los suyos. Su mano apretada contra la mía sintiendo mis latidos enloquecidos se movió en un intento de retenerme contra ella.

Y cuando me aparté..., cuando por fin me aparté, supe que ya no estaba.

No sabía adónde ir, ni qué hacer.

La desesperanza empezaba a adueñarse de mí y también la tristeza y el miedo. Me aterrorizaba pensar que podía encontrarme a Kami o a mi hermano en el suelo igual que a Ellie.

No podía dejar de recordar las últimas palabras que le había dicho a mi hermano mayor, no podía dejar de pensar en los pocos momentos que habíamos compartido lo que llevábamos de curso y el daño que nos habíamos hecho el uno al otro.

¿Cómo habíamos llegado a eso?

Me juré a mí mismo que, si llegábamos a salir vivos de

aquello, mi forma de ver el mundo cambiaría. No volvería a sufrir por una chica, ni dejaría que pasase un solo día sin decirle a la gente que me rodeaba que los quería.

Vería series con mi madre, me daba igual que fueran esos truños romanticones que ella insistía en poner en Netflix, me tumbaría con ella en el sofá y la abrazaría hasta quedarme dormido. Con mi hermano planificaría viajes y excursiones, jugaría un uno contra uno todas las tardes si hacía falta, como habíamos hecho desde que éramos pequeños, y con Kami..., con Kami lo intentaría todo, pero si no era posible, la dejaría marchar... Y si dejarla marchar significaba que se enamorase de mi hermano, lo aceptaría y seguiría con mi vida.

Le había prometido a Ellie que lo haría, y pensaba cumplir con mi promesa.

Vagué desesperado por los pasillos, sin saber qué hacer, intenté buscar una salida, encontrar una puerta abierta. Me crucé con estudiantes que me pararon y me preguntaron qué debían hacer, pero los ignoré y seguí mi camino.

De vez en cuando se oían disparos, gritos... No debía de quedar mucha gente con vida y, sin embargo, nadie parecía hacer nada para salvar a los pocos que seguíamos luchando por sobrevivir.

La policía estaba fuera, las ambulancias esperaban a que

nos rescataran, pero nadie entraba a salvarnos... Nadie hacía nada, estábamos solos.

¿Por qué?

¡¿Por qué, joder?!

No me extraña que al final me encontrasen.

No me extraña tampoco que la paliza que me dieron me dejara inconsciente durante lo que pudieron ser horas... Tres contra uno..., y uno especialmente cabreado y lleno de odio hacia mí, ya os podéis imaginar en lo que podía derivar.

Ahora que echo la vista atrás, me pregunto qué hubiese pasado si Thiago, en vez de escuchar por los altavoces del colegio que estaba vivo, hubiese escuchado que estaba muerto.

Seguramente hoy todo sería diferente.

Porque él se hubiese salvado...

Él hubiese escapado con Kami y con Cameron y el que estaría lejos, muy muy lejos, sería yo en vez de él.

Pero las cosas no pasan según uno tiene pensado..., sino que la vida te sorprende dándote una bofetada en toda la cara y encima espera que sonrías y sigas adelante.

Pues que le den a la vida y a su filosofía.

Pero, sobre todo, que les den a esos hijos de puta.

19

THIAGO

Conseguimos llegar hasta la sala de mantenimiento y aunque parezca una locura, de verdad os puedo asegurar que fue como si un ángel nos guiara en todo momento. No nos cruzamos con nadie, los disparos que se oían en la lejanía nos alentaban a seguir adelante, a hacer todo lo posible para poder huir de aquel infierno.

Cruzamos pasillos y subimos escaleras hasta llegar a la sala donde encontraríamos la escalera. Una escalera que era grande y aparatosa. Aunque iba a hacer todo lo posible para llegar hasta las cocinas sin ser vistos, sabía que era algo prácticamente imposible. Me vi tentado de encerrar a Kam en alguna parte y hacer aquello sin ella, pero yo solo no podía con esa escalera, la necesitaba... y joder esto también lo hacíamos por Cameron. Había que sacarlo de allí como fuera, me negaba a que la muerte de un niño pequeño volviera a recaer sobre mi conciencia.

Eso me hizo pensar en mi hermana y en cómo, sin saberlo ni entenderlo, la sentía más presente que nunca, por todas partes, a mi alrededor, conmigo, guiándome para conseguir nuestro objetivo.

Cuando cogimos la escalera sabía que las cosas se complicarían. Una cosa es dos personas atravesando el instituto teniendo muchísimo cuidado de no ser vistos y otra muy distinta cargar algo grande y pesado y pasar desapercibidos.

La acerqué hacia mí antes de abrir la puerta y salir de allí.

—Te amo —le dije besando sus labios una última vez—, no lo olvides nunca, por favor.

Kam me miró y me bastó eso como respuesta. El amor, el cariño, el deseo estaban tan claros en esos ojos marrones, que nada evitaría que luchara por ella en el futuro. Uno no podía dejar escapar algo así...

Salimos con cuidado, cargando con la escalera, yo delante y ella detrás. Como os he dicho antes, fue como si nos guiara un ángel de la guarda.

No vimos a nadie, no nos cruzamos con nadie; el silencio, el miedo y la incertidumbre fueron nuestros compañeros durante el tiempo que tardamos en llegar a la cafetería y después a las cocinas.

—Por aquí —le indiqué a Kam cuando conseguimos apoyar la escalera.

Me siguió hasta llegar a la alacena y, con el corazón en un puño, escalé por las estanterías y conseguí abrir el falso techo.

Unos ojos enormes y azules, asustados y llorosos me devolvieron la mirada.

—Te prometí que volvería, ¿no? —le dije sonriendo.

Su sonrisa me llenó de alegría y no dudé cuando estiró sus brazos hacia mí.

—¿Cam? —preguntó Kami, que esperaba junto a la puerta llena de ansiedad y nerviosismo.

Cuando bajé al niño pude presenciar algo mágico.

Dos hermanos que se reunían, dos vidas que se salvarían, dos personas que se querían con locura.

—¿Estás bien? ¿Te has hecho daño? —le preguntaba Kam mientras repasaba su cuerpo con ojos críticos.

—Estoy bien —aseguraba Cameron abrazando a su hermana como si fuese su salvación más grande.

Que lo era.

—Ahora toca la mejor parte..., escalar —les dije a ambos intentando transmitir seguridad.

—Esto es como si fuera una misión, ¿verdad? —nos preguntó Cam a ambos.

No pude evitar sonreír.

—Exacto, una misión de espías secretos —le aseguré y me puse manos a la obra.

Apoyamos la escalera en la pared, justo debajo de una rejilla de ventilación que esperaba que se pudiese sacar con facilidad; si no era así, en previsión había cogido dos destornilladores de la sala de mantenimiento.

Subí con cuidado, aunque antes de hacerlo atrancamos la puerta de la cocina con un palo de escoba, que no iba a ser de mucha ayuda, pero algo de tiempo nos daría en caso de que consiguieran descubrirnos.

Como temía, necesité la ayuda de uno de los destornilladores para poder sacar la rejilla y, cuando me asomé por el hueco que había dejado, me fijé en que el espacio estaba justo como para que cupieran.

También vi que el conducto de ventilación en un momento dado doblaba hacia la derecha, de manera que Kam y Cameron solo tendrían que gatear hasta allí para después seguir y llegar a una trampilla que daba acceso a la azotea, o eso esperaba. Si no, podrían esconderse allí hasta que toda esta pesadilla acabara.

—Cam, sube —le ordené quedándome en el último

peldaño y sabiendo que iba a tener que pegarle un empujón para conseguir que llegara a colarse por el hueco que había dejado la rejilla.

—Vamos —lo alentó Kam y el niño subió con cuidado hasta llegar a donde yo estaba.

—Dame la mano —le pedí y lo levanté a pulso hasta que consiguió meterse por el agujero—. Ayúdate con los pies... así —lo insté fijándome en que se colocara bien y no hubiese peligro de que se cayera. El niño no tardó ni medio segundo en pillarle el truco a subir apoyándose con la espalda y los pies y, cuando subió un poco, me miró entusiasmado.

—¡Es fácil! —exclamó sonriente.

—En nada estaréis lejos de aquí, os lo prometo —le dije sintiendo cómo un peso de mi pecho empezaba a atenuarse.

Necesitaba saber que estaban a salvo, necesitaba asegurarme de que no les pasaría nada.

Miré a Kam, que me miró a su vez de forma extraña. Subió hasta llegar hasta donde yo estaba.

—Tú no vienes con nosotros, ¿verdad? —me preguntó y me quedé callado como toda respuesta—. Thiago..., por favor —me rogó con los ojos llenos de lágrimas.

—Tengo que encontrarlo, Kam —le dije sabiendo que

lo entendería, sabiendo perfectamente que ella haría justo lo mismo en mi lugar.

—Prométeme que saldréis los dos con vida... Por favor, prométemelo.

—Haré todo lo que pueda —le aseguré besándola una vez más.

Me hubiese gustado entretenerme horas, pero debía darme prisa... Si los otros venían y veían la escalera, sería el fin.

Ayudé a Kam a subir hasta el conducto de la ventilación y, cuando los dos estuvieron ya dentro, puse la rejilla nuevamente, así nadie sospecharía que habían salido por ahí.

—Ahora solo tenéis que seguir el conducto... Puede que para salir necesites esto... —le indiqué tendiéndole uno de los destornilladores—. Cuando estéis arriba os verán y os rescatarán.

Kam asintió y nos miramos nuevamente, en esa mirada se podían concentrar miles de cosas, miles de palabras nunca dichas, miles de besos imposibles, pero sobre todo pude ver en sus ojos el recuerdo de la noche anterior... El recuerdo de los dos siendo felices, amándonos de verdad, compartiendo risas, secretos y confesándonos todo lo que nos queríamos, a pesar de los problemas y a pesar de todo lo que habíamos tenido que vivir y aguantar hasta llegar hasta allí.

Y pensar que esa mañana había decidido dejarla marchar...

Cómo cambia todo cuando te encuentras al filo de la muerte... Es cuando de verdad sabes lo que merece la pena y lo que no, lo único que te importa y lo único que de verdad quieres.

Y entonces, interrumpiendo la mirada más bonita y más significativa de mi vida, una voz sonó por los altavoces.

Esa voz..., la peor voz.

—Este mensaje va para vosotros... —empezó diciendo Julian—. Sí, vosotros, sabéis perfectamente a quién me estoy dirigiendo —añadió y la mirada de Kam se transformó en cuestión de segundos—. Tengo en mi poder al pobre hermanito que nadie quiere —dijo Julian captando toda mi atención—. Tengo aquí conmigo al capitán del equipo de baloncesto..., al guaperas que se cree mejor que el resto, al gilipollas que pensó que podría tocar a mi chica y no pagar las consecuencias.

Me tensé cuando se escuchó claramente el ruido de un golpe y después un lamento de dolor.

—Taylor Di Bianco... —Kam me miró horrorizada—. ¿Quieres decir unas últimas palabras?

—Sá-ca-la de a-quí, herma-no. —Su voz... rota por el dolor y por los golpes encendió algo dentro de mí.

Otra vez no..., otra vez no pasaría.

—Kami —dijo dirigiéndose a ella en particular por primera vez desde que había empezado esta locura—, si no vienes y te presentas ante mí..., mataré a este... y luego al otro..., y después encontraré a tu hermanito y haré exactamente lo mismo con él...

Mi cuerpo actuó deprisa cuando vi que la intención de Kami era desatornillar la rejilla y bajar del conducto de ventilación.

—¡No! —exclamé mirándola muy serio—. Sal de aquí, Kamila, yo sacaré a mi hermano de esta.

—¡Os van a matar! ¡Me quiere a mí, Thiago! ¡No lo permitiré! —dijo sacando el primer tornillo.

—¡Mierda, Kam, no!

Bajé de las escaleras y las aparté de su alcance.

La miré desde abajo.

—Saca a tu hermano de aquí... Esa es tu obligación... Yo haré lo mismo con el mío —y no la miré, no me quedé a escuchar sus quejas ni sus intenciones, me fui porque sabía..., joder, sabía que, si no me iba de allí, ella conseguiría bajar y se pondría en peligro, y sobre mi cadáver dejaría que ese enfermo volviese siquiera a cruzar una mirada con ella.

—¡Thiago, no lo hagas! —gritó antes de que yo saliera por la puerta.

Ya estaba hecho... Ahora me quedaba lo peor.

Lo único que tenía para defenderme era un destornillador y un cuchillo que había podido coger de la cocina. Hasta yo me daba cuenta de que lo que estaba a punto de hacer era un suicidio, pero no había otra... No iba a dejar a Taylor allí, no iba a abandonarlo. Estaría con él... hasta el final, porque eso es lo que se supone que hacemos los hermanos.

Por un instante pensé en mi madre, en lo doloroso que sería para ella perder a sus dos hijos, perdernos a todos en realidad... Por un momento me planteé darme la vuelta y regresar, escapar con Kam y salir de allí, pero ¿cómo iba a hacerlo? El dolor de mi madre, saber que eso la mataría, fue lo que me hizo dudar, pero ¿a quién quería engañar? Si algo le sucedía a Taylor, mi madre moriría igual que si nos pasaba algo a los dos. ¿Cómo se sobrevivía a la muerte no solo de un hijo sino de dos...?

Tenía que intentarlo... Era la única opción que quedaba, la única opción que nos ofrecía alguna posibilidad de que los tres pudiéramos seguir adelante.

Otra vez pasó lo mismo que cuando cruzamos el instituto con Kam llevando la escalera. No había nadie... No me crucé con nadie, sin contar con los cadáveres, claro.

¿Cuánta gente había muerto ese día? ¿Cuántas familias quedarían destrozadas después de aquello?

Una rabia brutal se apoderó de mí. Un odio racional, puro, abrazador; un odio que me llenó de adrenalina, que me llenó de energía y que me obligó a tomar una decisión muy importante.

Moriría aquel día..., pero me llevaría conmigo a todos los que pudiera.

20

KAMI

No me quedó más remedio que huir. No me quedó más remedio que dejar a dos personas que amaba con locura para salvar a mi hermano, salvarme yo.

Pensé en dejarme caer... Pensé muy seriamente quitar la rejilla y saltar sin importarme las consecuencias si así conseguía detenerlo, pero una mirada al niño de grandes ojos azules me bastó para saber que Thiago tenía razón. Mi obligación era sacarlo de allí, ponerlo a salvo y rezar para que ese momento no fuese el último en compañía de un hermano Di Bianco.

Nos costó un poco desplazarnos gateando por el conducto. Fue muy extraño ir por el techo viendo a través de las rejillas las aulas donde había dado clase, algunas con alumnos muertos y sangre y otras vacías, como si estuvieran esperando el inicio de la siguiente clase.

En un momento dado el timbre que anunciaba el inicio del recreo resonó por todo el colegio consiguiendo que todos los pelos de mi cuerpo se erizaran.

Muchos ya nunca volverían a oír ese sonido y pensarían contentos que por fin tocaba un descanso. Muchos ya nunca irían sonrientes en busca de sus compañeros y amigos, ni abrirían sus taquillas con pereza intercambiando libros pesados por otros.

Me dolía..., me dolía tanto que no sabía cómo iba a superarlo.

—¡Mira, Kami! —exclamó entonces mi hermano señalando hacia arriba.

Ahí estaba... la trampilla que daba a la azotea. Podría mentiros y decir que sentí alivio, podría mentir y decir que la alegría me embargó, pero no fue así. Sentí como si me quitaran un peso de encima, eso sí, porque mi hermano se salvaría, pero una parte de mí necesitaba regresar..., necesitaba volver a donde estaban los hermanos, necesitaba salvarlos, hacer lo que fuera para sacarlos de allí con vida, pero ¿quién me garantizaba que ese hijo de perra los dejaría marchar cuando me tuviese a mí?

Los odiaba..., nunca dejaría que se marchasen de allí vivos.

Abrí la trampilla y con cuidado salimos afuera. La luz

nos cegó momentáneamente, pero después la sombra del helicóptero nos permitió ver que, en efecto, habían estado esperando que algún alumno saliera por allí.

—¡Estamos aquí! —gritó mi hermano—. ¡Estamos aquí!

Cam me abrazó con fuerza, su corazoncito aún iba a mil por hora y su alegría casi fue contagiosa.

Me fijé en que el helicóptero descendía hasta conseguir posarse en la azotea cuyas dimensiones permitían que lo hiciese sin problema. Un policía bajó y vino corriendo hacia nosotros.

—¿Estáis bien? —nos preguntó echándonos un vistazo y mirando hacia atrás—. ¡¿Hay alguien más con vosotros?! —gritó para hacerse oír por encima del ruido de las aspas.

Negué con la cabeza y su decepción me terminó de romper el corazón.

Cogió a mi hermano en brazos y me indicó que lo siguiera.

Corrimos hacia el helicóptero y nos subimos. Cam flipaba con todo lo que veía, parecía ajeno a lo que pasaba a pocos metros de distancia.

Nos pusieron unos cascos y el helicóptero se elevó alejándose del instituto, alejándose de aquel infierno.

Miré al policía que me observaba con atención.

—Han tardado demasiado... —le dije y la rabia acudió para borrar de mi ser cualquier vestigio de pena, tristeza o culpabilidad—. ¡¿Por qué no han hecho algo?!

El policía no dijo nada.

Él también parecía enfadado.

Cuando aterrizamos en una explanada lo suficiente-mente grande para acoger el helicóptero, me di cuenta de que no estábamos lejos del instituto, sino muy cerca.

—Necesito que vengas conmigo —me pidió el poli-cía—, necesito que hables con el jefe.

Su manera de mirarme, su forma de no contradecirme en el helicóptero consiguió que lo escuchara atentamente.

—Todo lo que les puedas decir será de gran ayuda... —dijo, y entonces, cuando nos acercamos a la calle que daba al aparcamiento del colegio, vimos... las furgonetas, la gran aglomeración de periodistas y familiares que lloraban desesperados, se abrazaban y pedían que se hiciera algo.

Había ambulancias y carpas... policías por todas partes, furgones inmensos con hombres armados con metralletas...

¿Todo eso y no habían conseguido detener a tres ado-lescentes armados?

—Por aquí —me indicó el policía.

Tenía la mano de mi hermano bien sujeta, no pensaba perderlo de vista.

Cuando la gente nos vio muchos se abalanzaron sobre nosotros, incluida la prensa.

—¿Hay supervivientes?

—¿Está Emily viva? ¡¿Emily Davinson?! ¿Está viva?

—¿Has visto a mi hijo? ¡Has visto a Harry?

—¡¿Cómo habéis escapado?

—¿Dónde está el resto?

Mi hermano se abrazó a mí, asustado y la policía nos escoltó hasta la carpa.

Todo había pasado tan rápido que cuando me vi rodeada de policías y no de familiares ni periodistas sentí la necesidad de salir ahí fuera y dar una explicación, pero ¿qué iba a decirles? ¿Que prácticamente todos estaban muertos?

—¿Cómo te llamas? —me preguntó una mujer vestida de traje, una mujer elegante que se acercó a nosotros con calma y una sonrisa en la cara—. ¿Estáis heridos?

Fue mi hermano el que contestó por mí.

—Yo soy Cameron y ella mi hermana Kami...

La señora le sonrió y luego me miró a mí sin poder ocultar su preocupación.

—Cameron, ¿te parece que tu hermana y yo charlemos un rato mientras mi amigo te lleva a la ambulancia para que se aseguren de que estás bien?

—Estoy bien... —afirmó mi hermano sin soltarme.

—Lo sé... Has sido muy valiente, ¿lo sabes?

Él asintió despacio.

—Cam, espérame en la ambulancia..., yo iré en un momento —le indiqué.

—Quiero ir con mi mamá —dijo entonces con sus ojos llenándose de lágrimas.

El policía que nos había llevado hasta allí dio un paso hacia delante y se agachó para poder hablar con él.

—Ven conmigo y llamaremos a tu mamá, ¿te parece?

Mi hermano me miró y yo asentí.

Vi cómo el policía le cogía la mano y lo llevaba fuera. Tuve la urgente necesidad de correr hacia él, de no perderlo de vista, pero sabía que me necesitaban allí, sabía que debía contarles lo que estaba pasando.

—Tiene que entrar —dije desviando la mirada de mi hermano y centrándola en esa mujer—. Ya —añadí muy seria.

La mujer me indicó que me sentara, pero me negué.

—¿A qué están esperando? —pregunté a todos los que había allí reunidos, los cuales me miraban queriendo saber más.

—Tenemos constancia de que el asaltante tiene varios rehenes... No podemos entrar y poner la vida de los niños en riesgo, el protocolo...

—¡Me importa una mierda el protocolo, los están matando a todos!

La mujer calló y me escuchó.

—Apenas queda nadie con vida... Niños..., mis compañeros, mi amiga... —La voz se me quebró y tuve que sentarme al sentir que de repente las piernas no me sostenían.

—Tranquila —me intentó calmar la mujer.

—¡Usted no lo entiende! —grité desesperada—. No les importa nadie, matarán a todos si no hacen algo ya.

—¿Cuántos son?

—Tres —contesté de inmediato.

Su mirada de asombro me confirmó que no tenían ni puñetera idea de lo que estaba pasando en el interior.

Se giró hacia atrás y se dirigió a uno de los que estaban allí.

—Díselo a Montgomery —le dijo muy seria, y después volvió a centrarse en mí—. Ahora necesito que me lo cuentes todo... Quiero que me expliques todo lo que has visto, todo lo que sabes.

Y eso fue lo que hice.

Le conté todo, le conté que se trataba de Julian, le conté la implicación de su hermana Kate, que Jules tenía una página web llena de tarados como él, como los dos que lo acompañaban... Le expliqué lo que había ocurrido hacía unas semanas con él, cómo habíamos descubierto que era una persona totalmente diferente a lo que nos había estado dejando ver, que se había obsesionado conmigo, que habían encontrado su habitación llena de recortes y de cosas mías —fotos, objetos, dibujos, vídeos...— y que nadie había hecho nada al respecto. Le conté que había desaparecido y que lo habíamos vuelto a ver la noche anterior durante el partido de baloncesto... Le conté cómo se había dirigido a todos los alumnos por megafonía desde el despacho del director para decir que tenía una lista de gente que quería matar... Le expliqué con detalles todo lo que habían visto mis ojos, todos los chicos y chicas que había visto morir a manos de esos desalmados... Le expliqué que Thiago nos había llevado hasta los conductos de ventilación y le conté también que habían usado a mi hermanito para cerrar todas las puertas y que nadie pudiese salir. Le expliqué cómo habían matado a mi mejor amiga y cómo Julian había dejado claro que era a mí a quien querían.

La policía escuchó atentamente toda mi declaración, sin interrumpirme.

—Si no entran ya, no quedará nadie a quien rescatar.

La mujer me miró durante unos segundos y después se giró para dirigirse a todos los que había allí.

—A la mierda los procedimientos, vamos a entrar.

Y entonces explotó la locura.

Todos se pusieron en marcha, todos se movieron mientras que la mujer se ponía a discutir con un hombre de prominente barriga y vestido con traje de chaqueta. Agucé el oído para intentar escuchar lo que decían.

—No puede...

—Claro que puedo... y lo haré.

Le dio la espalda y regresó hacia mí.

—¿Dónde exactamente me has dicho que estaban tus amigos?

La miré con el último vestigio de esperanza.

—En el despacho del director... Estoy casi segura de que Julian está allí... con Taylor, esperando a que yo aparezca.

Ella asintió y entonces escuché un revuelo fuera de la carpa donde nos encontrábamos.

Cuando me giré para ver de quién se trataba, vi que mi madre y la señora Di Bianco exigían que las dejaran entrar.

—¡Mamá! —grité cuando la vi.

Corrí hacia ella como cuando era niña, como cuando me esperaba fuera de la guardería y verla me llenaba de alegría porque sabía que por fin me marchaba a casa a merendar.

Me abrazó con fuerza, enterré mi cabeza en su hombro y empecé a llorar desconsolada.

—¿Dónde está tu hermano, Kamila? ¿Dónde está Cameron?

Me aparté un poco.

—Está bien... Está fuera con los médicos, pero no tiene un rasguño...

El alivio en la cara de mi madre fue tan evidente que cuando me abrazó supe de verdad que el mayor miedo de su vida acababa de pasarle delante de sus ojos, pero por suerte, tan rápido como había llegado, se había desvanecido.

—Mi niña... ya está...

—Kamila, ¿dónde están mis hijos...? ¿Dónde están mis niños? —me preguntó entonces la madre de Thiago y Taylor.

La miré con los ojos llenos de lágrimas.

—Están dentro... Thiago nos sacó a mi hermano y a mí de allí, pero se quedó para ir a buscar a Taylor...

—Dios mío... —exclamó la madre de Thiago llevándose las manos a la boca para mitigar el llanto.

Mis ojos se desviaron a la inspectora, que había sido testigo de ese encuentro y se había mantenido en segundo plano. Cuando las tres nos giramos para mirarla, sus ojos se centraron en los de la señora Di Bianco.

—Te prometo que haré todo lo que esté en mis manos para sacarlos de ahí con vida.

Y por muy inverosímil que pudiera parecer..., me la creí.

Tuve que hacerlo.

Mi madre me abrazó con fuerza y, justo cuando me acababa de decir que fuéramos a buscar a mi hermano, un policía entró en la carpa y corrió hacia donde estábamos nosotras.

—Alguien más ha salido por la ventilación, teniente —anunció mirando a la mujer que acababa de prometerme algo imposible.

Miré al policía esperanzada.

—¿Sabe quién es? —preguntó la madre de Taylor, desesperada.

Quise correr hacia allí, quise correr para descubrir que Thiago finalmente había decidido seguirnos, que estaba a salvo...

—No, pero lo sabremos en pocos minutos.

Miré hacia la puerta de la carpa y recé en silencio.

Por favor, Dios, que sea él.

Por favor.

21

TAYLOR

Apenas podía respirar. Me habían golpeado, me habían dejado inconsciente y, cuando había conseguido volver a abrir los ojos..., habían vuelto a comenzar.

Julian miraba... apoyado en la mesa del despacho del director, observando con satisfacción cómo sus dos perros jugaban a intentar matarme, pero sin llegar a conseguirlo.

¿Por qué no me metía una bala en la cabeza y acababa de una vez?

Al pensar en eso no pude evitar mirar hacia el cuerpo del director Harrison, cuyos ojos abiertos, sin vida, presenciaban todo lo que ocurría en el que hacía unas horas había sido su lugar de trabajo.

—Cuando te sumaste a la paliza que me dieron delante de todo el instituto, juré que te mataría... —dijo Julian entonces, interrumpiendo mis pensamientos, pensamientos desesperados que cada vez eran más reducidos debido al dolor intenso que sufría en prácticamente todo el cuerpo—. Vosotros, los «populares» os creéis con derecho a decir y hacer lo que os viene en gana... Los profesores os suben las notas, no vaya a ser que no podáis jugar un partido; el director os pasa por alto todas vuestras gamberradas; los demás alumnos os miran como si fueseis dioses... ¿Y por qué? ¿Por que sabéis encestar una pelotita en un aro?

»Desde que tengo uso de razón he sido el mejor de mi clase: todo sobresalientes. Creí que con eso me ganaría el respeto y la admiración de la gente que me rodeaba, pero ¿sabes lo que me hacían? —me preguntó acercándose a mí, poniéndose de rodillas a mi lado y sujetándome del pelo para obligarme a clavar mis ojos en los suyos—. ¿Sabes lo que me hicieron cuando tenía diez años, sacaba dieces y levantaba la mano en clase para dar las respuestas correctas?

No dije nada... Lo escuché simplemente porque no me quedaba más remedio.

—Me cogían y me metían la cabeza donde acababan de cagar —dijo con asco—. ¿Alguna vez has sentido lo que es que la mierda se meta por tu boca..., por tu nariz..., no poder respirar por el olor y que te entren arcadas y vomites... vomites en la mierda y luego te metan la cabeza otra vez allí?

Cerré los ojos y me pregunté por qué de repente la rabia, el odio y todo lo que sentía hacia él también incluía la pena.

—No es agradable —afirmó zarandeándome para que volviera a mirarlo—. No tardé en aprender la lección. Me cambié de colegio, en vez de dieces empecé a sacar sietes, seises y medio... Descubrí que si de vez en cuando tenía un suspenso la gente te miraba con mejor cara, te quería en sus grupitos, se reían por las notas pésimas que sacaban... ¿Sabes lo complicado que es suspender un examen aposta?

»Descubrí que si trabajaba mi cuerpo, si practicaba algún deporte, las chicas se fijaban en mí... Descubrí que medir uno ochenta y tener los músculos marcados conseguía sonrisas, guiños, invitaciones a fiestas. Porque ¿quién quiere a una mente brillante al lado cuando se puede tener a un gilipollas afeitado y con musculitos?

Me soltó y siguió caminando por la habitación, pronunciando su monólogo, monólogo que no tenía interés en oír, porque vale, sí, lo que le habían hecho estaba mal, pero eso no justificaba la muerte de cientos de personas.

—Siempre me ha gustado observar a la gente..., analizar sus actos, sus intenciones, sus sueños y de dónde vienen estos... Descubrí que entendiendo a la gente consigues abrirte paso casi por donde quieras..., descubrí que así podía llegar a conseguir lo que quisiera... No te creas que fue un proceso rápido, para nada... Tuve que pasar por muchos colegios hasta llegar a entender cómo y qué debía hacer para encajar, y entonces llegué aquí y vosotros cambiasteis todos mis esquemas... Tú, por ejemplo, sin ir más lejos, eres el capitán del equipo, sales con la chica más guapa de este colegio y, mira por dónde..., no veo que nadie meta tu cabecita en el retrete por sacar dieces y querer estudiar en Harvard.

Se levantó y soltó una carcajada.

—Cambiaste todos mis esquemas..., conseguiste que te mirara de una manera diferente, *conseguiste*... que quisiera ser como tú —confesó negando como si lo que dijera fuese inaudito—. Y de repente me convertí en un idiota más que quiere ser como el chico popular... ¿En qué cabeza cabe que yo en cualquier realidad, mundo, planeta o universo, quiera parecerme en los más mínimo a alguien como tú? —planteó y, sin previo aviso, me pegó una patada que me dejó sin respiración—. Lo siento. ¿Te ha dolido? —me preguntó; yo simplemente opté por quedarme en silencio—. Supongo que uno recibe lo que da, o recibe lo que siembra, no recuerdo muy bien el dicho, pero entiendes por dónde voy, ¿verdad? —Otra patada llegó casi sin previo aviso.

Si seguía golpeándome me mataría.

—¿Por qué no lo matas y ya está? —le dijo entonces uno de los asesinos, que por lo que había oído se llamaba Rapper.

—Buena pregunta —contestó Julian moviéndome la cabeza con el pie... No tenía fuerzas ni para defenderme..., lo había hecho con garras y dientes cuando me pillaron cruzando el pasillo que daba a la escalera principal del instituto, pero tres contra uno era algo imposible, y más cuando te ponen una pistola en la nuca—. ¿Sabes por qué aun no te he matado? —me preguntó y, otra vez, preferí quedarme callado, aunque el silencio que se produjo por mi negativa a dar una respuesta se vio sustituido de inmediato al escuchar un ruido en el exterior.

Todos miramos hacia la puerta y entonces Julian volvió hablar:

—Por esto..., por esto aún no te he matado.

—Suelta a mi hermano, Jules —el sonido de su voz fue como si me aplicaran algo de anestesia en las heridas..., aunque la sensación de alivio duró poco..., muy poco, ya que mi cerebro no tardó en unir imágenes, en predecir con exactitud lo que iba a pasar de ahí en adelante...

—¡No! —conseguí gritar, pero el pie de Julian volvió a golpearme, esta vez en la cara.

Sentí que la sangre inundaba de nuevo mi boca y escupí para quitarme ese sabor metálico y desagradable.

—¡Suéltalo! —insistió mi hermano sin poder apartar sus ojos de mí.

Por su expresión no debía de tener muy buen aspecto.

Me bastó una simple mirada para saber que el tal Rapper y el otro estaban apuntando a Thiago con sus pistolas.

¿Por qué había vuelto? ¿Por qué se metía en la boca del lobo cuando las posibilidades de salir con vida eran prácticamente nulas?

«Porque nunca te dejaría en la estacada, por eso.»

Julian empezó a reírse.

—¿Y por qué debería hacerlo si se puede saber? —le preguntó alejándose de mí y acercándose a él como si fuese un león acechando a su presa.

—Porque a cambio me tendrás a mí —contestó separando las manos y enseñándole las palmas para demostrarle que se había presentado allí sin ningún tipo de arma.

—¿Por qué soltarlo cuando puedo teneros a los dos? —contestó Julian con una sonrisa.

—Por una simple razón... —dijo dando un paso hacia delante—: Kate.

Se hizo el silencio en cuanto mi hermano mencionó a la hermana de Julian. Incluso desde mi posición, tirado en el suelo, pude ver cómo se tensaba y cómo el ambiente cambiaba en cuestión de segundos.

—¿Dónde está? —inquirió apretando los puños.

—Vaya..., no me esperaba esa reacción, lo admito... Acabas de demostrarme que ahora estamos empatados. Tu hermana por mi hermano, y seamos sinceros en esto, Jules..., a quien de verdad quieres meterle una bala en la cabeza es a mí, no a Taylor.

—¿Por qué estás tan seguro de eso? —replicó y su voz sonó tan gélida que me estremecí al oírla.

—Porque la chica por la que estás obsesionado de manera enfermiza está enamorada de mí... y no sabes cómo lidiar con ello. Por eso estás aquí, ¿no? Porque por una vez habías conseguido todo lo que querías, por una vez habías conseguido a la chica..., y va y se enamora de lo opuesto a lo que llevas años intentando ser. ¿Qué tengo yo? No tengo carrera..., no tengo trabajo... He tenido que trabajar para la comunidad y, si cometo un solo delito más, me meterán entre rejas... Que Kam se enamorara de mí rompió todos tus esquemas porque por fin te diste cuenta de que daba igual lo que hicieras, daba igual que fueses el empollón que sacaba buenas notas o el chico popular que jugaba en el equipo y se juntaba con los otros populares... Daba igual porque el problema lo tienes tú, el problema está en ti. Y siempre lo estará.

—Cierra la boca y dime dónde está Kate —exigió apretando los dientes—. ¡Dime dónde está o no me temblará la mano al apretar el gatillo! —me amenazó apuntándome con la pistola.

Mi hermano sonrió.

¡Joder, Thiago!

—Suelta a Taylor y nos tendrás a los dos. Ese es el trato.

Y entonces supe que el plan de mi hermano no saldría bien...

Julian era incapaz de amar.

Julian era incapaz de sentir empatía, pena o remordimiento.

—No hay trato, Di Bianco —dijo levantando la pistola y apuntándolo directamente a la cabeza.

Y justo entonces, justo cuando creía que vería a mi hermano morir delante de mis ojos, un estruendo procedente de fuera nos sobresaltó a todos.

Y a continuación todo pasó muy deprisa.

Alguien gritó «¡Policía!», mi mente intentó retener lo que ocurría, lo que mis oídos escucharon y lo que mis ojos vieron, y aún, me cuesta entender bien lo que pasó.

Se escucharon dos disparos antes de que consiguieran entrar en el despacho del director y eso bastó para que todo se desvaneciera, para que toda mi vida diera un giro de ciento ochenta grados y todo lo que más quería desapareciera de mi vista.

Mi hermano...

Mi hermano sangrando en el suelo, la sangre saliendo de su cabeza, porque ese hijo de puta, ese hijo de puta, antes de suicidarse había decidido llevarse a mi hermano mayor con él.

Me arrastré hasta él como pude, como me permitieron mis heridas, y fue como si los dos nos quedáramos atrapados en una burbuja mientras a nuestro alrededor se producía un tiroteo sin control, desesperado y terriblemente peligroso.

Ninguno de los tres consiguió salir de ese lugar con vida, pero los tres dejaron el mundo habiendo conseguido lo que pretendían: llevarse con ellos a todos los que pudieron: les dio igual que fueran chicas o chicos, les dio igual que fueran profesores o niños, no les importó nada... Nada hicieron para dejar algo de esperanza, entraron en ese instituto a provocar una masacre, a llenar los pasillos de sangre, lágrimas, tristeza infinita y terror humano, y se marcharon en lo que a mi parecer fue una muerte rápida, nada dolorosa y lo suficientemente placentera como para que años después aún me costase cerrar los ojos y dormirme sin rabia.

Pero no solo se llevaron a cientos de estudiantes, a cientos de inocentes..., sino que se llevaron a mi hermano.

A él..., a mi hermano mayor, al niño que me había protegido siempre, al niño que había saltado el río primero para después poder cogerme de la mano, al niño que creció y me enseñó a jugar al baloncesto... Al adolescente que me enseñó a fumar a escondidas de nuestra madre, el mismo que me animó cuando me daba miedo besarme con mi primera novia y, sonriente, me dijo que, una vez que empezase, no habría quien me detuviese... El mismo que me hacía los macarrones con queso más ricos que he probado en mi vida; el mismo que me daba collejas sin razón cada vez que tenía la oportunidad; el mismo que había visto todos y cada uno de mis partidos, aun sabiendo que él jamás podría volver a competir; el mismo que, cuando nuestro padre se fue, lo dio todo para que esa figura paterna no me faltase...

Mi hermano.

Thiago.

22

KAMI

No pude evitar sentir decepción cuando a quien rescataron de la azotea fue a Kate. Cuando la trajeron, totalmente aterrorizada a la misma carpa en cuyo interior me habían obligado a sentarme, solo pude gritar por dentro. Ya nada podía hacer, había contado todo lo que sabía, todo lo que había visto y todo lo que creía que podía llegar a pasar.

—¿Cómo te llamas? —le preguntó la inspectora cuando la trajeron envuelta en una manta y la sentaron a mi lado.

La madre de Thiago la miraba como si en ella se escondiese la respuesta a todas sus plegarias.

Nuestras miradas se cruzaron y no pude evitar abrir la boca para hablar.

—¿Los has visto? ¿Has visto a Thiago o a Taylor? —le pregunté desesperada.

—Señorita Hamilton, deje que sea yo quien...

—Me ha salvado... —anunció Kate mirándose las manos.

—¿Quién te ha salvado? —intervine ignorando a la inspectora.

—Él... me dijo que había una manera de escapar... me pidió... me pidió que os dijera...

—¡¿Quién, Kate?!

—Thiago —dijo mirándome a los ojos—. Lo siento muchísimo, Kami, yo no quería... Yo no quería hacerle daño a nadie, yo... —Miró a la madre de Thiago, que escuchaba en silencio, y se puso a llorar desconsolada y a temblar como si estuviese sufriendo un ataque de pánico.

—¡Llamen a un médico! —gritó la inspectora.

—No, no —dijo Kate limpiándose la cara y buscándome con la mirada—. Me preguntó algunas cosas... Me dijo que necesitaba ganar tiempo, que necesitaba conseguir todos los minutos posibles para que la policía pudiese entrar.

—¡Se lo dije! —le grité a la inspectora—. ¡Tienen que darse prisa!

—Ya he dado la orden para entrar, Kamila —anunció—. ¿Te dijo dónde estarían?

Kate asintió.

—Están en el despacho del director... La segunda planta a la derecha, detrás de las escaleras que dan a la zona de los laboratorios.

La inspectora se levantó y se acercó a sus compañeros que habían oído todo lo que habíamos dicho. Cogió su *walkie* y se dirigió a los agentes.

—Confirmamos posición de los asesinos... Se encuentran en la segunda planta.

—No van a llegar a tiempo... —comentó entonces Kate.

—¿Por qué lo dices? —le pregunté cogiéndola del brazo y obligándola a mirarme.

—Se lo dije..., se lo dije a Thiago... A mi hermano no le importo... No conseguirá nada amenazándolo con que a mí me pueda ocurrir algo para que dejen marchar a Taylor...

—¿Eso te dijo que iba a hacer?

Kate asintió.

—Dios mío... —exclamó la señora Di Bianco temblando y sofocando los sollozos.

—Le dije que viniera conmigo, Kami, te lo prometo, insistí mucho, pero se negó. Estaba decidido a salvar a su hermano. Me dijo..., me dijo que te dijera que te quiere y que lo perdones...

Las lágrimas empezaron a rodar por mis mejillas y justo entonces pudimos escuchar los disparos. Primero fueron dos, lejanos, nada que ver a como había sido escucharlos desde dentro del instituto, y luego, casi al mismo tiempo, vinieron muchos más.

—¡No! —grité de forma impulsiva.

Salí corriendo de la carpa, corrí hasta donde me dejaron llegar, corrí hasta que pude ver con mis propios ojos las puertas del que había sido mi colegio desde la infancia, pero entonces alguien me sujetó con fuerza y me impidió acercarme.

—¡Lleváosla de aquí, es peligroso! —gritó un policía.

En la lejanía pude escuchar a la madre de Taylor y de Thiago gritando para que la dejaran pasar, para que la dejaran alcanzarme, para que la dejaran sentirse más cerca de sus hijos, para que pudiera hacer exactamente lo que yo hacía en ese instante.

Me bastó una sola mirada para ver el despliegue de policías armados, apuntando con sus metralletas a la puerta del instituto.

—¡Abatidos! —anunció entonces una voz por el *walkie* del policía que tenía a mi derecha—. Los tres han sido abatidos, señor.

Pude respirar... Pude respirar un poco al oír que se había acabado, que los habían cogido.

—¿No hay peligro? Confirmen.

—No hay peligro, señor.

El policía indicó al resto que podían avanzar y entonces la misma voz volvió a hablar por la radio.

—Solicito una ambulancia, ¡una ambulancia urgente, señor, dos chicos gravemente heridos, uno con herida de bala!

Mi mundo pareció detenerse... Mi vida se puso en suspenso...

—No... —dije en silencio, en un susurro desgarrado—. No...

El hombre que me tenía sujeta con fuerza por los brazos aflojó su agarre al ver que dejaba de poner resistencia.

Mis fuerzas habían desaparecido...

Y entonces los sacaron de allí.

Pude oír la radio... Pude oír las palabras del agente que desde dentro notificaba a su jefe lo que podía verse en el colegio.

—Muchos muertos, señor... Buscamos algún sobreviviente... Esto es... Ha sido una masacre...

Pero mis ojos seguían clavados en la entrada, ajena a los gritos de la madre de Thiago, ajena a los padres que se agolpaban contra los policías porque querían entrar y buscar a sus hijos, buscarlos para encontrarlos muertos, sangrando en el suelo, acompañados de amigos, profesores...

Y entonces dos camillas salieron precipitadamente de la

puerta principal del instituto empujadas por paramédicos que corrían desesperados para llegar a las ambulancias.

Solo un vistazo bastó para saber quién venía primero.

—¡Thiago! —Saqué fuerzas que no me quedaban para zafarme del policía que me tenía sujeta y corrí desesperada hasta alcanzarlo—. ¡Dios mío!

Sangraba... y mucho. Sus ojos estaban cerrados, su cuerpo laxo, sin vida..., pero, entonces, ¿cómo podía seguir sangrando?

—¿Qué le pasa? ¡¿Está grave?!

—¡Apártate, niña! —me ordenó un médico.

La madre de Thiago consiguió abrirse paso.

—¡No! —gritó cuando vio lo mismo que acababan de ver mis ojos.

Le habían disparado... en la cabeza.

No iba a sobrevivir...

No iba...

—¡Es mi hijo! ¡Es mi hijo! ¡Dejad que vaya, dejad que me acerque! —rogó la señora Di Bianco y finalmente la dejaron pasar.

Vi la ambulancia..., corrí hasta allí y vi cómo dejaban entrar a su madre.

Antes de que me cerraran la puerta en las narices me habló:

—Taylor, Kami... Cuida de él...

Asentí con las lágrimas dificultándome la visión y el corazón queriéndose salir de mi pecho.

—Herida de bala en la parte izquierda del cráneo, con orificio de salida. Pulso débil...

La puerta se cerró.

«Herida de bala en la parte izquierda del cráneo.»

Eso no podía estar pasando...

Y fue entonces, cuando casi me tiro de cabeza sobre la ambulancia para que me dejaran subirme con ellos, cuando escuché mi nombre...

Mi nombre pronunciado con una voz débil y destrozada. Cuando me giré, vi que venía otra camilla, esta vez llevando a Taylor, que tenía tantos golpes que apenas se le podía reconocer bien.

—¡Taylor! —Corrí hacia él.

Lloraba.

—Kami..., mi hermano..., mi hermano...

—Está vivo, Taylor... —le dije. Era lo único a lo que en ese momento me aferraba y necesitaba que él hiciera lo mismo.

Los médicos se apresuraron a meter a Taylor en otra ambulancia y, cuando les rogué que me dejaran estar con él, me dijeron que solo los familiares podían acompañarlos.

—Pero ¡está solo! —les grité a los médicos, que me ignoraron y se fueron con él, dejándome allí sola...

Respiré hondo y mi cabeza empezó a dar vueltas. Giré sobre mis pies y empecé a ver lo que sucedía a mi alrededor.

Gritos... gritos por todas partes... Llantos, llantos desgarradores y ruidos de sirenas. Ambulancias que llegaban y se iban, periodistas, fotos, más periodistas enarbolando grabadoras que se acercaban queriendo una declaración...

«Eres una de las pocas supervivientes.»

«¿Conocías a los asesinos?»

«¿Ese chico era tu novio?»

Mi cabeza giraba y giraba. En un momento dado subí la vista al cielo..., helicópteros con cámaras... nos grababan. Querían saber lo que había pasado, querían contar..., contarle al mundo la tragedia de primera mano.

Me volví hacia las puertas de mi colegio...

Empezaban a sacar cadáveres, cubrían los cuerpos con lonas y los apoyaban en los jardines de la entrada. Comenzaban a amontonarse...

¿Estaba entre esos cuerpos cubiertos el de mi mejor amiga?

Todo me daba vueltas...

—¡Kami!

El grito de mi hermano en la lejanía consiguió llegar hasta mis sentidos, pero estos fueron claros: tocaba descansar.

La oscuridad me alcanzó y mi cuerpo cayó al suelo otorgándome la pausa que mi corazón necesitaba.

«Por favor, Dios, no me hagas despertar si él no despierta conmigo.»

Ese fue mi último pensamiento.

Me desperté en el hospital. Al principio mi cerebro me jugó una mala pasada y me hizo creer que me despertaba un día más en mi habitación con los mismos problemas que había venido acarreando hasta la fecha.

¿Me seguirá odiando Taylor?

¿Podré pasar un rato con Thiago?

¿Me saldrá bien el examen de física?

Pero cuando vi dónde estaba..., cuando mis ojos recorrieron la habitación y asimilaron lo que me rodeaba, aquella presión que se había instaurado en mi pecho desde que había empezado toda aquella pesadilla volvió, pero esta vez más intensamente, más intensamente porque recordé que Thiago corría peligro de muerte, porque recordé que mi mejor amiga estaba muerta, porque supe que Taylor estaba gravemente herido.

Me incorporé y sentí un pinchazo doloroso en el brazo.

Al bajar la vista vi que me habían puesto una vía y no dudé en arrancármela de un fuerte tirón.

—¡¿Qué haces?! —me preguntó mi madre, que justo en ese momento entraba en la habitación—. No te la quites, Kamila...

—¿Cómo está Thiago? ¿Y Taylor? —pregunté desesperada, ignorando a mi madre, que se acercó para sujetarme e intentar tranquilizarme.

—Los están operando... a los dos —me contestó con la preocupación tiñendo su rostro.

Me fijé en ella. Parecía como si de repente hubiese envejecido diez años. Tenía los ojos rojos e hinchados, y eso hizo que me preocupara, que me preocupara más todavía, porque temía que no me estuviese contando toda la verdad.

—Mamá... Mamá, ¿qué pasa?

—Nada, Kami, tranquilízate, ¿vale? He estado acompañando a la madre de Thiago, cariño, están haciéndole una neurocirugía de urgencia. La bala no atravesó la línea central del cerebro, nos han dicho que eso es una buena noticia, pero que la operación va a durar horas...

—¿Dónde está? Llévame con su madre —le pedí bajándome de la camilla.

Mi madre no intentó retenerme y agradecí que me indicara el camino y me acompañara hasta llegar a la sala de espera. Allí estaba Katia Di Bianco, la misma que hacía años había tenido que presenciar cómo su hija pequeña moría entre sus brazos, la misma que ahora debía aguardar en la sala de espera a que la acción de unos asesinos trastornados no arrebatara la vida de sus dos hijos.

—¡Kami! —dijo en cuanto me vio. Me abrazó con fuerza y sentí su cuerpo tembloroso contra el mío—. ¿Estás bien? Te desmayaste...

—Estoy bien. ¿Cómo está Taylor? —le pregunté odiando la vida, odiando el odio que había en el mundo, la maldad y la violencia, odiando todo aquello que nos había llevado a vivir esa tragedia, esa horrible tragedia.

—Lo están operando... Tenía dos costillas rotas y una contusión —contestó respirando hondo—, pero está bien. Me han dicho que no es nada grave, que en unas semanas estará bien, pero Thiago... —añadió y un sollozo salió de lo más profundo de su alma.

Sentí cómo mis ojos actuaban como reflejo de los suyos, y se humedecían por completo.

—Se pondrá bien..., lo sé... Se pondrá bien, señora Di Bianco.

—Dios te oiga, cariño... —dijo y sus ojos se desviaron

para fijarse más allá de mi hombro—. Tu madre tiene mucha suerte de saber que los dos estáis bien...

Me sentí tan mal...

Sentí tanta rabia, tanta tristeza en mi interior... Me entraron ganas de salir corriendo, de huir de aquella realidad espantosa, de bajarme de ese tren que lo único que parecía era querer ir más rápido hasta llegar a estrellarse.

Vi a mi madre que sujetaba a mi hermanito dormido en brazos.

Lo que había tenido que ver...

Y la suerte que habíamos tenido.

La madre de Thiago y Taylor no podía volver a perder a un hijo... No podíamos perder a Thiago; no ahora, no cuando nos quedaban tantas cosas por vivir, cuando nos quedaba tanto por conocer el uno del otro...

Hacía apenas unas horas habíamos estado durmiendo juntos..., habíamos estado enredados en los brazos del otro, comiéndonos a besos, conociendo nuestros cuerpos, dándonos placer y empezando a querernos..., a querernos de verdad, porque eso se sabe... Se sabe cuándo es la persona, se sabe porque la confianza surge en cuestión de minutos, porque las ganas de hacerle partícipe de todo lo que te rodea nace desde lo más profundo del corazón; es algo real, casi palpable.

Lo había sentido, había visto nuestro futuro y no me hizo falta estar saliendo con él años, no me hizo falta conocer hasta su más pequeño defecto ni su virtud más grande, simplemente lo supe.

Porque era él..., él era mi mitad, mi media naranja, mi alma gemela o como queráis llamarlo, me daba igual. Yo solo sabía una cosa: él era el que me haría la chica más feliz del mundo, el que me haría rabiar más que nadie, el que conseguiría consolarme del más profundo dolor, el que me protegería con su cuerpo y con su mente, el que me daría todo lo que estuviese en sus manos, y ¿cómo lo sabía?

Lo sabía porque yo haría exactamente lo mismo por él.

Esperamos durante horas en aquella sala. Taylor salió el primero. La operación había ido bien y ahora solo había que esperar a que despertara de la anestesia. Iba a necesitar mucho reposo, pero su vida no corría peligro.

Sentí un inmenso alivio cuando supe que estaba bien, cuando pude ver con mis propios ojos que respiraba por sí mismo y que, a pesar de las contusiones, seguía siendo mi Taylor, mi mejor amigo.

En cambio, con Thiago... Solo en una ocasión salió uno de los médicos para decirnos que había sufrido una parada, pero que habían conseguido reanimarlo. Estábamos en vilo sabiendo que su vida pendía de un hilo, sobre todo porque la operación no hacía más que alargarse más y más.

Fueron diez horas las que estuvieron intentando salvarle la vida. Diez largas horas donde tuvieron que controlar su pérdida de sangre, extraer los fragmentos de hueso que habían penetrado en el cerebro y deshacerse del tejido cerebral muerto que había dejado la bala en su recorrido a través de su cabeza. Nos explicaron que eso había sido bueno, ya que significaba que la energía de la bala se había disipado en el espacio y no dentro de su cavidad craneal. Aparte de todo eso, tuvieron que realizarle una craniectomía descompresiva, lo que viene a significar que tuvieron que extraer parte de su cráneo para que la inflamación producida en el cerebro no lo matase. A diferencia de los demás órganos del cuerpo, que tienen suficiente espacio, el cerebro es el único que está limitado por los huesos craneales... o eso fue más o menos lo que entendí cuando los médicos nos lo explicaron.

—Los siguientes días serán cruciales —dijo el neurocirujano, que parecía agotado tras haber estado operando durante tantas horas seguidas—. Si la inflamación del cerebro baja, podremos volver a colocarle la parte del cráneo y concluir la intervención.

—Entonces, ¿se pondrá bien? —preguntó su madre

mirando al médico como si fuese Dios que había bajado a la tierra—. ¿Va a recuperarse?

El médico miró a Katia con mucha seriedad.

—Su hijo está gravemente herido, señora..., las posibilidades de sobrevivir a un balazo en la cabeza son del cinco por ciento, diecinueve de cada veinte personas mueren en el acto y su hijo acaba de pasarse diez horas con la cabeza abierta en un quirófano.

Todos parecimos quedarnos sin respiración hasta que el médico volvió a hablar.

—Pero es joven..., ha demostrado una fortaleza por la que muchos pagarían y su buen estado físico ha hecho que, a pesar de la hemorragia, su presión sanguínea no bajara durante casi toda la intervención y el abastecimiento de oxígeno de su cuerpo se mantuvo estable. —El neurocirujano hizo una pausa y continuó—: Fue crucial que al llegar aquí no estuviera completamente inconsciente, respondió cuando le pedimos que nos apretara la mano, y eso demuestra que sus funciones cerebrales seguían activas, a pesar del trauma. La cirugía ha sido un éxito, señora, pero ahora solo queda esperar...

Solo dejaron que lo viera su madre. Thiago ingresó en la unidad de cuidados intensivos con un coma inducido y así estuvo veintiocho largos días.

Su recuperación era lenta, la inflamación bajaba, pero muy poco a poco hasta que pudieron operarlo de nuevo para cerrarle el cráneo.

Esos días fueron durísimos.

Los peores días de mi vida. No solo sufrimos por Thiago, sino porque nuestro pequeño pueblo, nuestro pequeño pueblo de Carsville se convirtió en la noticia nacional y mundial por excelencia. Fueron cientos los periodistas que se aglomeraron fuera de la casa de los supervivientes y a las puertas de nuestro instituto para poder contarle al mundo lo ocurrido allí. Fueron doscientas las muertes que se registraron a lo largo de los siguientes días, y entre los fallecidos se encontraba prácticamente todo el personal docente, incluyendo el director. El resto eran cientos de alumnos que fueron asesinados a sangre fría y que murieron en su mayoría en el acto u horas después en un quirófano.

El pueblo se sumió en un luto total, la mayoría de los estudiantes del Instituto de Carsville eran hijos, nietos, amigos o familiares de los dueños de prácticamente todos los comercios del pueblo, que cerraron para poder empezar un duelo que se prolongaría durante años o incluso toda la vida.

Todos perdimos a alguien. A un amigo, a un hermano, a un profesor o a un simple colega. Todos tuvimos que andar detrás de los cientos de coches fúnebres que recorrieron el pueblo hasta llegar al cementerio de Carsville.

La tristeza inundaba todos los rincones existentes en ese pueblo de quince mil habitantes, ahora de menos, claro, y todos tuvimos que ver cómo nuestros seres queridos eran enterrados delante de nuestros ojos, seres queridos que en su mayoría no superaban ni los diecisiete años de edad. Vidas truncadas, sueños truncados, vidas enteras, llenas de entusiasmo, alegría, objetivos y ganas de vivir.

Tuve que presenciar cómo enterraban a tres de mis amigas. Lisa murió dos días después del tiroteo... No superó las operaciones ni los traumas que provocó en su cuerpo el impacto de los balazos que destrozaron su cuerpo. Melissa, al igual que Ellie, murió en el acto, cuando las balas atravesaron su cabeza.

Ver a sus familias destrozadas..., ver a los señores Webber enterrar a su única hija... El dolor... El dolor era tan intenso que ni siquiera sé cómo explicarlo ni describirlo en estas páginas.

No pude evitar sentir rabia cuando vi a Dani, vestido de negro, en el entierro de nuestros compañeros. Él había tenido la suerte de estar expulsado cuando se produjo el tiroteo. No había presenciado nada de lo que el resto de nosotros habíamos tenido que ver, imágenes que se quedarían grabadas en nuestras retinas el resto de nuestras vidas... Y pensar que él había sido uno de los primeros en provocar la paliza monumental que se le dio a Julian en la entrada del colegio...

Sabía que eso no justificaba lo que Julian había hecho, pero simplemente necesitaba buscar un chivo expiatorio, necesitaba buscar a un responsable, porque el verdadero responsable ya no estaba..., había tenido su propio funeral, funeral al que muchos fueron para poder gritar a su tumba todo lo que no pudieron gritarle en persona, funeral al que tuvo que acudir la policía para evitar los disturbios que inevitablemente se terminaron produciendo.

Ojalá se pudriera en el infierno.

Fueron días muy duros, semanas interminables, con entierros todos los días... Todos eran seres queridos, todos se merecían un duelo y que los recordásemos en vida.

Mi padre volvió a casa en cuanto se enteró de lo ocurrido.

Se quedó cuatro días con nosotros, cuatro días durante los cuales durmió en el sofá, nos hizo la cena e intentó hacer todo lo que estuvo en su mano para ayudarnos a sanar.

Intentamos mantener alejado a mi hermano pequeño, no lo llevamos a ningún entierro, y mi abuela cuidó de él cuando mi padre se fue. Cam no terminaba de comprender lo que había ocurrido y tampoco sabía que se habían presentado cargos contra él, ya que él se había visto involucrado cuando cerró parte de las puertas con los candados que Julian le dio.

Por suerte las pruebas de acoso y los mensajes que le mandaba Julian a mi hermanito fueron suficientes para que la cosa no fuera más allá, pero, aun así, Cam no era el mismo.

Mis días después del tiroteo se resumían en acudir a funerales y en visitar a los hermanos en el hospital. Me senté horas junto a la cama de Thiago, horas durante las que rezaba cada día para que volviera a abrir los ojos y me dedicara una sonrisa. Dividía mi tiempo para estar con Taylor, a quien dieron el alta al cabo de unos días.

Lloramos juntos... abrazados en su habitación por todo lo que habíamos tenido que ver y vivir, y por todas las personas a las que tuvimos que decir adiós.

A pesar de sus muletas y de que estaba muy dolorido, no faltó a ningún entierro, a ninguna misa, y juntos nos hicimos compañía y nos dimos consuelo hasta que los funerales y las misas acabaron.

Tuvimos que ver a psicólogos y tuvimos que hablar con la policía y también con la prensa. Fuimos de los pocos que vivieron para contarlo y asumimos ese papel con toda la responsabilidad que eso implicaba. Fueron muchos los padres que acudieron a nosotros en busca de respuestas, en busca de un consuelo que nunca llegaría, pero hicimos lo que pudimos... Hicimos todo lo que estuvo en nuestras manos para ayudar y para dejar de sentirnos culpables por haber sobrevivido...

Fue duro ver las imágenes en la televisión, fue duro escuchar hablar de las víctimas y ver las entrevistas de los padres que lloraban delante de las cámaras pidiendo respuestas, pidiendo responsables.

Los tres chicos involucrados en el tiroteo se llamaban Julian Murphy, Rapper Vantinsky y Lucas O'Donnel. Los tres eran menores de edad y los tres habían conseguido comprar armas y munición como para poder llevar a cabo lo que en adelante se conocería como la «matanza de Carsville».

Tres chicos menores de dieciocho años fueron capaces de comprar armas y municiones e introducirlas en un instituto lleno de niños y adolescentes, y llevarse con ellos a más de doscientas víctimas y ahí... joder, ahí es donde verdaderamente estaba el problema, el gran problema que abriría debates en todas las cadenas de televisión, el gran problema que, a día de hoy, era una de las grandes lacras de nuestro país.

¿Por qué cojones se vendían armas? Y lo que es peor: ¿por qué cojones se las vendían a niños? ¡Las armas matan, no sirven para defenderse, eso es tarea de la policía! ¡En eso se nos iban los impuestos, joder, en pagar a todos los organismos de seguridad que existían en esta puta primera nación del mundo!

Pero de nada serviría decir eso en televisión, era una lucha que no llegaría a ninguna parte y de la cual yo no me veía con fuerzas para poder formar parte.

¿Era una cobarde?

Puede que lo fuera, sí. Pero en ese momento, en ese preciso momento de mi vida, solo me importaba una cosa: que el amor de mi vida volviese a abrir los ojos y a sonreír.

Y nada apuntaba a que eso fuese a ocurrir.

23

KAMI

Esperar...

Qué mal se me daba... Qué poca paciencia tenía. Siempre me había creído alguien paciente, alguien sereno, alguien que si hacía el trabajo mental necesario podía ir contra marea si era necesario, pero esta espera..., esta jodida espera estaba siendo la peor.

Thiago no se despertaba.

Los médicos insistían en que todo había ido bien, en que las operaciones a las que lo tuvieron que someter habían sido un éxito, que había actividad cerebral, pero que de momento, desgraciadamente, no mostraba signos de querer despertar.

Me dejaron ir a verlo, su madre me pidió que fuera y estuve allí... en silencio, observándolo. Una venda blanca le rodeaba la cabeza. Respiraba por sí mismo, pero estaba muy quieto..., muy tranquilo; eso sí, parecía estar durmiendo.

Su madre me decía que al cabo de poco despertaría, que estaba segura de ello, y yo creía lo mismo. En mi pensamiento no existía otra posibilidad, no podía soportar ni siquiera imaginarme lo contrario.

Thiago iba a despertar.

Pero los días pasaban, y después las semanas.

La vida siguió su curso y yo tuve que tomar decisiones importantes. Una de las grandes discusiones fue a qué colegio nos mandarían.

El Instituto de Carsville cerró sus puertas, nadie quiso regresar a sus pasillos, nadie quiso ni pasar por delante de ese edificio. A los pocos alumnos que sobrevivimos nos reubicaron en institutos de pueblos cercanos, pero yo me negué en redondo.

—Tienes que terminar el instituto, Kamila —dijo mi padre muy serio cuando cenábamos por Navidad.

Había decidido regresar a Carsville, al menos por un tiempo, para poder estar cerca de nosotros. Mi madre parecía más contenta de tenerlo de vuelta. Era extraño, pero lo sucedido en el instituto había provocado en ella una especie de catarsis o algo así... Desde ese momento, todo cambió para todos. También para mi padre. No hizo falta que lo viviera de primera mano, porque durante las horas que no supo si seguíamos vivos se había replanteado muchas cosas, y una de ellas era su forma de ver la vida.

Parecía que como familia podíamos sacar algo bueno de lo ocurrido, pero ahora mis padres parecían haberse aliado en mi contra y querían decidir sobre mi futuro y sobre lo que era mejor o peor para mí. Pero no lo iba a permitir: si de algo me había servido lo ocurrido en el instituto, era para darme cuenta de que la vida es un regalo que puede evaporarse casi sin que nos demos cuenta, y que es demasiado frágil para vivirla como quieran los demás.

—Y lo haré —contesté mirándolo con calma—, pero lo voy a hacer a mi manera.

—El Colegio Saint Micheals es el mejor del estado... Os becarán a los dos, no hace falta ni que paguemos...

Eso era otra... Lo sucedido en el instituto había sido tan mediático que todo el mundo parecía querer volcarse en darnos a los supervivientes lo que fuera. Nos habían llegado regalos, famosos se habían puesto en contacto con nosotros, nos habían ofrecido becas... Parecían olvidar que lo único que queríamos era despertar de esa pesadilla, y eso no nos lo podía regalar nadie.

—No pienso ir —declaré muy seria.

Mi padre golpeó la mesa y los tres, mi hermano, mi madre y yo, nos sobresaltamos.

—¡Acabarás los estudios e irás a la universidad! No pienso permitir que esos asesinos arruinen también tu futuro.

Dijo «también» porque mi vida estaba arruinada.

Ya nada era lo mismo, era como si me hubiesen quitado el alma.

Era un ente que seguía instrucciones vitales. Comía, dormía, hacía algo de ejercicio...

Pero nada más.

No quise ir al psicólogo.

No quise seguir trabajando.

No quise hacer nada que no fuera ir a ver a Thiago al hospital.

En eso consistía mi vida.

En ir a visitarlo y hacerle compañía.

Ni siquiera hablaba con él... Solo me sentaba en una silla a su lado y lo observaba.

Día tras día..., esa era mi vida en esa época, y eso haría hasta que él volviese a abrir los ojos.

—Taylor empezará en enero a estudiar desde casa. Me lo dijo ayer su madre... Es otra de las cosas que os han ofrecido de manera gratuita, así podrás graduarte siguiendo tu propio horario y no tendrás que ver a nadie...

Ese era otro tema.

No quería ver a nadie.

A nadie.

Ni siquiera a Taylor.

No podía mirarlo a los ojos y no sentirme culpable, no podía estar con él cuando sentía en lo más profundo de mi alma que todo lo ocurrido había sido en parte culpa mía. Yo había sido amiga de Julian... Yo debí darme cuenta de que no era normal, de que algo oscuro escondía, y lo peor es que ellos me advirtieron. Ambos. Taylor y Thiago me advirtieron sobre él y yo no quise escucharlos.

Y ahora sus vidas estaban arruinadas por mi culpa.

—No me parece buena idea. Kami tiene que acabar con las mejores notas si quiere entrar en Yale, y eso no lo logrará estudiando desde casa.

—Ya no tengo interés en ir a Yale, papá —le dije dejando el tenedor en la mesa y mirándolo fijamente como nunca había hecho—. ¿De verdad crees que me importa la universidad ahora mismo, cuando la persona a la que amo está postrada en una cama?

—No puedes parar tu vida por eso, Kamila —me contestó igualando mi seriedad o incluso superándola.

—Solo voy a pararla hasta que él despierte y luego podré...

—¡No va a despertar! —me gritó entonces dejándome de piedra. Al ver mi cara, bajó el tono e hizo el amago de cogerme la mano.

La aparté casi por acto reflejo.

—Lo siento —se disculpó mi padre—. No pretendía ser insensible, ni quitarte la esperanza, pero, hija, las probabilidades de despertar de un coma pasadas las tres semanas...

—Despertará —le dije de manera tajante, sintiendo cómo mi corazón aceleraba su ritmo—. Va a despertar, lo sé, y cuando lo haga, yo estaré a su lado esperándolo.

No dejé que me dijeran nada más, y poco me importó que fuese Navidad. Me levanté de la mesa y me encerré en mi habitación.

Nadie iba a obligarme a dejarlo... No lo haría.

Jamás.

Finalmente opté por seguir el curso desde casa. A mi hermano lo mandaron al Saint Michaels y todas las mañanas observaba cómo con su uniforme azul dejaba la casa para ir con una sonrisa a su nuevo colegio que, según él, era una pasada.

Esa admirable cómo los niños a veces son capaces de superar cualquier trauma. También había que tener en cuenta que Cam había visto «poco» en relación con todo lo que había ocurrido en nuestro instituto..., todo lo que yo o Taylor habíamos tenido que ver.

Taylor había venido a visitarme prácticamente todos los días después de salir del hospital y nos habíamos dicho todo lo que debíamos decirnos durante esa primera semana que duraron los entierros, pero después de eso le había dicho que necesitaba espacio. El único momento en el que nos veíamos era en el hospital, cuando a veces nos cruzábamos al ir o venir de ver a Thiago. Finalmente llegamos a una especie de acuerdo entre su madre, su hermano y yo y nos turnamos para hacerle compañía.

Si hubiese sido por mí y mis padres me hubiesen dejado, me habría pasado el día y la noche con él.

Era curioso que a pesar de todas las horas que pasaba a su lado nunca fui capaz de decirle nada.

Apenas pude abrir la boca, solo lo miraba. Lo miraba mientras las agujas del reloj seguían avanzando y llegaban a la hora en que tenía que marcharme. En voz alta no emitía sonido, pero por dentro tenía ganas de gritar.

Lo más duro fue ver cómo su cuerpo empezaba a deteriorarse. Su barba, que él solía dejarse crecer muy poco, era densa, y el pelo, que llevaba siempre despeinado, lucía repeinado por las enfermeras de una forma que, de poder verse, estaba segura de que él odiaría. También perdía masa muscular, a pesar de los esfuerzos de los fisioterapeutas. Fue duro notar cómo desaparecía su físico de atleta, pero más duro fue ver cómo se lo llevaban del hospital a una clínica para cuidados especiales.

Mi alma se rompía y mi corazón sangraba al ir comprendiendo que las posibilidades de volver a hablar con él cada vez eran menores.

Su madre estaba destrozada, pero me sonreía cada vez que me veía llegar. Tenía fe en que si seguía visitándolo, él volvería a abrir los ojos, y yo quería creerla... Quería con tantas fuerzas que eso ocurriera que había pasado a ocupar todo el tiempo de mi vida, todo el tiempo de mi mente.

Incluso Taylor, pasados los tres meses desde el tiroteo, dejó de ir con tanta asiduidad. Le dolía verlo así, me confesó una tarde que me invitó a tomar un café en la cafetería de la clínica.

—Tienes que seguir adelante, Kami —me dijo cogiéndome las manos con fuerza—. No puedo ver como tú también desapareces —me confesó con lágrimas en los ojos y la pena en la mirada.

Negué con la cabeza.

—Va a despertarse, Taylor..., lo sé —insistí y tuve que mantener la calma cuando me pidió que lo abrazara.

—¿En qué momento lo nuestro se convirtió en esto, Kami? —me preguntó con su boca inmersa en mi cuello y su fragancia inundándolo todo.

No supe qué decir... No supe qué decirle a él para poder curar su corazón roto, un corazón roto por partida doble, por mí y por su hermano. Simplemente lo abracé y después me marché de allí.

Los meses siguieron pasando, cumplí los dieciocho y agradecí que mis padres respetaran mi decisión de no celebrarlo. Les dije que no quería regalos ni tartas ni fiestas, no quería absolutamente nada más que estar ese día con Thiago en el hospital. Los dieciocho hubiesen sido un momento muy feliz de haber estado Thiago consciente. Hubiese significado que ya no violábamos ninguna ley, puesto que los dos éramos ya mayores de edad. Hubiese seguido existiendo el problema del instituto y de que él era profesor y yo alumna, pero eso al menos era un problema que se solventaría cuando los meses avanzaran y yo me graduara.

Pero cumplir dieciocho no fue como había planeado... Y todos parecieron comprenderlo y nadie me regaló nada. Nadie excepto la madre de Thiago, quien decidió hacerme un obsequio aquella tarde de enero.

Se acercó a la habitación donde estaba su hijo y me tendió un pequeño sobrecito de terciopelo.

—Felices dieciocho, cariño. Sé que Thiago hubiese querido que lo tuvieses tú.

Cuando lo abrí, vi que dentro estaba la pulsera de colores que él siempre llevaba puesta... La pulsera que su hermanita le hizo y que él jamás se quitó. Era una pulsera hecha con piedrecitas de colores, de esas de plástico con las que las niñas jugábamos cuando éramos pequeñas e intentábamos vender en las puertas de nuestras casas.

—Se la tuvieron que cortar para la operación...

Sonreí como pude a pesar de que las lágrimas empezaban a nublarme la vista.

—Gracias, señora Di Bianco —dije con la voz entrecortada mientras me colocaba la pulsera y ella me ayudaba a hacerle un nudo fuerte—. No me la quitaré.

Me besó en la frente y se marchó.

El invierno dejó paso a la primavera y con la primavera llegaron los exámenes finales.

He de admitir que seguir el curso desde casa me ayudó a concentrarme y estudiar en sí fue lo que mi cabeza utilizó como excusa momentánea para dejar de pensar en Thiago, al menos durante algunas horas. No hacer ninguna actividad, al margen de estudiar e ir al hospital, se tradujo en unas excelentes notas en la prueba de acceso a la universidad. Cuando las vi, no pude creérmelo y una parte ínfima en mi interior se alegró y se sintió orgullosa de mí misma; en cambio, otra solo pudo pensar en Ellie..., en mi amiga. ¿Cuántas veces habíamos hablado de ir a la universidad? ¿Cuántas veces habíamos soñado con vivir en la residencia, salir de fiesta y pasárnoslo en grande? Y al acordarme de Ellie, no pude tampoco evitar pensar en los demás..., en todos ellos: en mis amigos. Amigos que ya no conseguirían ir a la universidad, ni graduarse, ni crecer, ni enamorarse, ni nada..., porque estaban muertos, muertos por culpa de unas malditas armas cargadas por el diablo... o más bien por tres indeseables perturbados.

Mis padres se alegraron muchísimo e insistieron en que presentara solicitudes a distintas universidades, incluyendo Yale. Toda mi vida había esperado ese momento con ilusión... Sin embargo, cuando tuve que rellenar un cuestionario en el que ponía «Escribe un hecho difícil en tu vida que hayas tenido que superar», la ilusión se convirtió en la peor experiencia de mi vida.

Revivir lo ocurrido y plasmarlo en un papel... Ni siquiera sé si lo hice bien, porque ninguna palabra era capaz de describir lo que viví en el instituto ni a lo que me enfrentaba día a día, cada vez que abría los ojos por la mañana. No había manera humana de describir lo duro que era ver cómo la persona de la que estaba enamorada se moría cada día un poco más..., tal vez porque no había palabras en el diccionario para describir tanto dolor.

Sin embargo, mi redacción pareció surtir efecto, porque gracias a ella y a mis notas me admitieron en tres universidades de la Ivy League.

Los cincos grandes sobres me esperaban sobre la mesa de la cocina cuando llegué aquella tarde calurosa del hospital. Mis padres, que cada vez parecían más inseparables, esperaban impacientes para que los abriera, aunque ni siquiera hacía falta.

—Te han admitido en todas, Kami... En Princeton, en Harvard y en...

—Yale —dije acercándome a la mesa y levantando aquel pesado sobre con letras azules y doradas.

—¡Cariño, has entrado! —exclamó mi padre abrazándome con fuerza—. Annie, saca la botella de champán...

Abracé a mi padre, pero lo único que parecía repetirse en mi cabeza una y otra vez era lo siguiente:

«Yale está en Connecticut, New Haven».

«Yale está en Connecticut, New Haven».

«Yale está en Connecticut, New Haven».

No podía irme de aquí...

—No puedo irme... —empecé a decir, y mis padres callaron. Mi madre se detuvo frente a la nevera y mi padre me miró extrañado.

—¿Qué quieres decir con eso?

No quería tener que enfrentarme a ellos, no en ese preciso instante, cuando la realidad de saber que no podía marcharme me dolía a mí también y me removía todo por dentro.

Mi padre pareció leerme la mente.

—No estarás insinuando que...

—Haré lo que te dije. Esperaré a que despierte y después...

—¡De ninguna manera! —me gritó furioso—. He aguantado y he esperado a que los días, las semanas y los meses te ayudaran a superarlo, pero se acabó, Kamila, ¡se acabó!

Lo miré con incredulidad.

—¿El que se acabó?

—No vas a volver a ese hospital.

Me reí amargamente.

—No puedes decirme adónde puedo o no puedo ir.

—Vas a ir a la universidad... ¿Me has oído? ¡Vas a ir a Yale!

—¡No! ¿No lo entiendes? —le grité sin dar crédito—. No quiero alejarme de Thiago, no pienso irme...

—Voy a hablar con Katia, Kamila... Si sigues empeci-
nada en esto, me vas a obligar a hacer algo que no quiero.

Ahí sí que consiguió captar mi atención.

Me quedé quieta mirándolo.

—Katia desea que esté allí, cree igual que yo que si seguimos yendo, que si estamos con él...

—¡Basta, Kamila! —me gritó entonces mi madre con
lágrimas en los ojos—. ¡Tienes que superarlo y seguir
con tu vida! —Respiró hondo y se acercó a mí lentamente—. No se va a despertar, cariño... —dijo suavizando el
tono—, no lo hará y cuando eches la vista atrás verás que
dejaste pasar tu vida esperando algo que nunca va a suceder.

—¡Vosotros no sabéis nada!

Me marché furiosa a mi habitación y lloré durante
horas.

Antes de dormirme miré por la ventana esperando que
Thiago apareciera allí por arte de magia, deseé que se pro-
dujera un milagro y me lo imaginé abriendo los ojos, preguntando por mí y regresando a su casa para asomarse a su
ventana, justo como estaba haciendo yo, y sonreírme desde allí, como había hecho en contadas ocasiones.

Pero su habitación estaba a oscuras.

El día siguiente de recibir mi carta de ingreso en Yale, me desperté temprano, a pesar de que apenas había podido dormir, y me fui al hospital. Nos dejaban estar allí durante todo el día si queríamos, y su madre me había puesto en la lista de personas que podían visitarlo.

Llegué, me senté a su lado y allí me quedé durante horas. Todas las horas que me dejaron estar, hasta que su madre apareció en la habitación y me pidió que saliera para hablar conmigo.

—Tus padres me han llamado, Kam... —me dijo. Oír ese diminutivo consiguió que mi corazón se encogiera de dolor—. Me han dicho que no quieres ir a la universidad...

—Iré cuando Thiago despierte.

Su madre me sonrió y luego me abrazó.

—No sabes lo que me ayuda saber que tú, al igual que yo, confías tanto en que mi niño volverá a abrir los ojos, pero, Kamila, no puedo dejar que eches a perder tu vida...

Me aparté de ella y la miré sin comprender.

—Pero es mi decisión, Katia... Yo quiero estar aquí, mis padres no lo entienden, pero lo harán... —me detuve cuando ella empezó a negar con la cabeza.

—Lo siento, cariño... —dijo con los ojos llenos de lágrimas—, no puedo dejar que sigas así...

—¡Pero...! —empecé notando el miedo en mi voz, sintiendo que me ahogaba...

—Hoy será tu última visita —me anunció mirándome muy seria a pesar de la tristeza grabada en su mirada.

—No...

—A partir de mañana dejarás de estar en la lista de visitantes... Lo siento muchísimo, Kami... De verdad que hacerte esto me duele más a mí que a ti, créeme, pero es lo correcto.

—No... no, no, por favor —rogué acercándome a ella, cogiéndole las manos—, por favor, no me separes de él... No lo hagas, por favor, yo sé que puedo hacer que vuelva, yo sé que va a despertar. Por favor, no me alejes... —Empecé a llorar y mis piernas me fallaron. Caí de rodillas frente a ella y seguí suplicando que me dejara visitarlo, pero no hubo manera.

Lloró conmigo hasta que finalmente comprendí que no había nada que yo pudiera hacer.

Me alejaban de Thiago... Me alejaban de él y eso significaba que no lo volvería a ver... Sería como si estuviese muerto.

Lloré durante semanas. Lloré, grité, rompí cosas, me encerré en mi habitación y apenas hablé con mis padres durante todo el verano.

Lloré tanto que me quedé sin lágrimas y, cuando eso ocurrió, tuve que pensar una manera de no perder el contacto con Thiago. Necesitaba saber cómo evolucionaba, necesitaba saber si había algún avance.

Taylor vino a verme en dos ocasiones y lloré sobre su hombro. Lloramos juntos porque él sentía mi dolor y lo entendía. A él lo habían aceptado en Harvard... y también se marchaba, también dejaba a su hermano atrás. Su madre se quedaba sola con esa carga, pero entendía que él debía seguir adelante, que debía vivir por su hermano, porque por eso Thiago había regresado a buscarlo, por eso había sacrificado su vida por la suya, para que Taylor pudiese conseguir todos sus sueños. Debía vivir por él, y eso fue exactamente lo que me dijo.

Cuando se marchó me senté en mi escritorio, miré por mi ventana y mandé un correo a la universidad aceptando mi plaza.

Cuando se lo conté a mis padres me miraron como si hubiese perdido la cabeza.

—¿A Harvard?

—¡¿A Harvard?!

—Sí, a Harvard —respondí muy seca. Llevaba semanas sin hablarme con ellos—. Queríais que fuese a la universidad y eso es lo que voy a hacer.

—Pero ¿por qué Harvard? ¿Qué pasa con Yale?

Mi madre fue la que respondió por mí:

—Va a Harvard porque allí es donde irá Taylor.

No dije nada, pero me sorprendió que descubriera perfectamente mis razones.

—¿Qué tiene que ver Taylor...?

No les contesté, salí de la cocina y subí a encerrarme en mi habitación.

Me iba a Harvard porque Taylor era mi última conexión con Thiago. Si ambos empezábamos en diferentes universidades, en distintos estados, ya nunca jamás sabría nada de Thiago, no más de lo que su madre aceptara contarme por teléfono. Y, además..., Taylor era como un analgésico para mí... Calmaba mi dolor y me permitía seguir sintiendo a Thiago cerca... Sé que era retorcido, sé que no era lo correcto, pero no me importaba, no me importaba lo que pudiesen pensar mis padres, o Katia, o Taylor, o incluso Thiago si estuviese consciente.

Ni siquiera se lo dije a él.

De hecho, él no lo supo hasta mucho tiempo después.

Para mí era la mejor solución a algo que me consumía por dentro cada día un poco más.

Finalmente llegó el momento de irme. Tuve que hacer maletas que no quería hacer, tuve que hacer un esfuerzo emocional para cerrar puertas que aún no podía ni quería cerrar y tuve que dejar a una familia que, aunque me costase admitirlo, había sido mi salvavidas durante todos esos largos meses.

Le pedí a Katia que me dejara despedirme.

Mis padres lo comprendieron y, finalmente, ella aceptó que fuese a verlo una última vez.

Recuerdo entrar y apenas reconocerlo en esa cama. Había pasado el verano sin poder ir a verlo y su aspecto se había desmejorado el triple que en los primeros meses de coma.

Entré en su habitación, pero, a diferencia de todas mis otras veces, me quedé al pie de su cama.

No me senté y lo observé en silencio pensando con todas mis fuerzas en que quería que se despertase, sino que la rabia me inundó por dentro y el enfado acabó con todo el dolor que tenía guardado... Al menos durante unos minutos.

Se me hizo raro oír mi voz en aquella habitación, pero abrí la boca..., la abrí y empecé a hablar... Empecé a soltar todo lo que tenía en mi interior. Empecé hablando y terminé gritando, gritando con furia, con ganas de pegarle, de hacerle daño, tanto daño como él me había hecho a mí marchándose y dejándome allí sola.

—¿Cómo has podido hacerme esto? —empecé—. ¡Me prometiste que saldrías de allí con vida! ¡Me prometiste que estaríamos juntos! ¡Me juraste que estarías a mi lado, para lo bueno y para lo malo! ¡Te pedí que no fueras! ¡Te supliqué que vinieses conmigo! ¡Pero hiciste lo que te dio la gana, tuviste que ser el héroe, tuviste que sacrificar tu vida...! ¿Cómo pretendes que yo ahora continúe con la mía si no estás conmigo? ¿Cómo pretendes que siga adelante sabiendo que respiras y sueñas? ¡Sabiendo que en tu inconsciencia aún me quieres...!

Me dejé caer a su lado y apreté su mano con fuerza, la rabia dio lugar a un llanto sin fin, a sollozos que solo yo podía comprender... o tal vez también él.

—Vuel-ve con-mi-con-migo, por favor... —le supliqué llenándole la palma de su mano con mis lágrimas—. Vuelve conmigo para que esta pesadilla termine, para que esto acabe de una vez... Por favor, te necesito... Siempre te he necesitado, siempre te he querido... Desde que éramos pequeños siempre has despertado algo en mí... Por favor, no me dejes sola, no me abandones en este mundo lleno de odio, miedo, tristeza y pena... Por fa-vor, vue-lve...

No sé cuánto tiempo estuve llorando.

Pudieron ser horas... o más, lo único que sé es que nadie entró en la habitación, lo único que sé es que me dejaron mi espacio y me dejaron despedirme como quise y necesité hacerlo.

—Me voy a Harvard —dije cuando comprendí que ya era hora de marcharme, cuando me cansé de esperar a que abriera los ojos para mí—. Me obligan a seguir con mi vida, pero lo que ellos no saben es que nunca voy a dejar de esperarte...

—Limpié la última lágrima silenciosa que rodó por mi mejilla.

—Te quiero, Thiago...

Cerré la puerta al salir de su habitación.

Lo que mis ojos no vieron fue el leve movimiento que su dedo anular hizo nada más cerrar yo la puerta y marcharme de allí.

SEGUNDA PARTE

El descenso

24

KAMI

Dos años después...

Muchas cosas pasan en dos años..., tantas que nuestro cerebro guarda la mitad de ellas muy al fondo de nuestros recuerdos porque es prácticamente imposible tenerlas presentes todas en nuestro día a día. ¿Cómo os lo explico para que os hagáis una idea de lo que ocurrió durante todo ese tiempo? ¿Para que entendáis los errores que cometí, todos ellos provocados por mi desesperada necesidad de seguir adelante y superar un dolor tan profundo que al principio no me dejaba ni siquiera respirar?

Me marché a la universidad en contra de todos mis deseos, obligada por la gente que supuestamente me quería y deseaba lo mejor para mí... Tal vez ahora, con el tiempo, puedo llegar a entenderlos, pero en esos momentos todos ellos se convirtieron en mis grandes enemigos. Apenas hablé con mis padres durante ese primer año de universidad, y con Katia... Las conversaciones con ella empezaron siendo largas, yo le hablaba sobre mi vida en Harvard y ella me contaba cómo seguía esperando que Thiago despertase, pero llegó un momento..., llegó un momento en que la conversación empezó a durar cada vez menos, cada vez menos, hasta que sentí el dolor en su voz cuando tenía que decirme que nada había cambiado, que todo seguía igual.

Fue duro tomar la decisión de dejar de hablarle.

Y más duro fue tener que enfrentarme a Taylor, que me rogó que dejara de agobiar a su madre y a él... porque así era imposible avanzar. Tal vez tenía razón, tal vez lo que debíamos hacer era seguir hacia delante..., pero para mí era imposible si mirar hacia delante significaba dejar a Thiago atrás. Necesitaba saber de él, mantener la esperanza, pero Taylor y Katia me rogaron que parara... La frustración me inundaba cada vez que iba a llamar para preguntar y pensaba en lo que me habían pedido, tanto que, al final, en un arrebato de rabia y llantos, me vi obligada a tirar mi teléfono a la basura. Era la única manera. Así perdí los contactos: el de su madre, el de Taylor, el de cualquiera que pudiese seguir diciéndome que Thiago seguía igual, en cama, deteriorándose cada día un poco más.

Fue duro renunciar a esas llamadas, al único vínculo que aún me quedaba con Carsville y con Thiago, pero a veces la espera se hace tan larga que la esperanza se evapora con cada uno de los días que esperas que te llamen para decirte que por fin ha habido algún cambio real.

Me di cuenta con los meses de que estaba haciendo mucho daño... A mis padres por no llamarlos; a mi hermanito, por no ser capaz de fingir felicidad al teléfono; a la madre de Thiago por haberla abandonado y, encima, por atosigarla con llamadas que solo le recordaban que nada había cambiado y que todo seguía igual..., pero, sobre todo y de lo que más me arrepentí, fue del daño que le hice a Taylor.

No puedo justificar mis actos, ni por qué lo hice, pero mi corazón, mi cuerpo y mi mente lo necesitaron por un tiempo casi como el aire para respirar.

No fue algo automático, de hecho, al principio, cuando llegué a Harvard lo evité todo lo que pude.

En una ocasión nos encontramos en el campus y flipó tanto de verme allí que simplemente nos abrazamos con fuerza. Nos tomamos un café en una cafetería pequeña, charlamos de nimiedades y finalmente él soltó la gran pregunta:

—¿Qué demonios haces aquí, Kami?

Y no pude mentirle.

No supe hacerlo.

—Tú eres lo único que me mantiene cerca de él...

La pena en sus ojos, el dolor que le ocasionaban mis palabras no era nada comparado con lo que yo sentía, o eso creí en ese momento. Me olvidé por completo de que Taylor, además de haber perdido a su hermano, me había perdido a mí; no pensé en sus sentimientos ni en que un abrazo mío podía hacerle estremecer de arriba abajo y tampoco supe que, en la distancia, sus ojos me habían seguido por el campus o que había hablado muchas veces con mi compañera de habitación para saber si estaba bien.

Son cosas de las que no eres consciente porque cuando estás en el estado en el que me encontraba yo, solo estás ahogada en tu propio dolor, en tu propio duelo y en tu propia mente.

Charlamos, sí, Taylor y yo hablamos durante horas, pero después de ese encuentro nos volvimos a distanciar. Ignoré sus mensajes, ignoré sus llamadas y volví a encerrarme en mí misma. Después de esa charla nos separamos durante meses, y apenas nos vimos, hasta que finalmente coincidimos en una fiesta.

Yo había estado meses sin salir... Mi compañera de habitación y algunas amigas que había hecho en el campus ya ni siquiera me insistían, aprendieron a quererme tal como yo era, o más bien tal como me había moldeado el dolor, y respetaron que conmigo solo podían contar para tomarnos un café o ir a ver una película de vez en cuando.

No recuerdo qué fue exactamente lo que me empujó a ir con ellas aquella noche, no sé qué fue qué sentí para por fin levantarme de la cama, poner el libro que estaba leyendo a un lado y arreglarme para salir con ellas.

No os creáis que esa decisión era una especie de señal de que empezaba a superarlo o algo parecido, al contrario, estaba tan sumida en la pena y en la desesperación que creo que mi mente hizo lo único que creyó que evitaría que cometiera una locura.

Necesitaba desesperadamente volver a sentir..., volver a tenerlo cerca y por esa razón fui a esa fiesta..., para encontrarlo, para poder volver a verlo.

No a Thiago, claro... Pero sí al único que me lo podía recordar.

Al principio no lo vi. Me ofrecieron una copa y la acepté; luego otra, y ni siquiera lo dudé... Bebí y dejé que el alcohol me ayudara a relajarme, algo que había hecho en más de una ocasión mientras lloraba sola en mi habitación.

Cuando por fin lo vi yo estaba en una esquina y él en otra.

Sonreía.

Estaba guapísimo.

Había dos chicas con él y hablaban amigablemente.

Al principio me molestó verlo tan a gusto entre tanta gente, verlo bien...; joder, verlo así de bien cuando su hermano se pudría en una cama, se pudría en una cama por haberlo salvado, pero tan rápido como tuve ese pensamiento, lo expulsé de mi cabeza.

Ya había pasado por la fase de odiar la causa por la que lo había perdido y sabía que no podía culpar a Taylor por haber sobrevivido, aun a pesar de que lo había hecho gracias a su hermano.

Supongo que sintió que alguien lo observaba porque de repente empezó a recorrer la habitación con la mirada... hasta llegar a mí.

Vi la sorpresa en sus ojos y la sonrisa que apareció un segundo después.

No le importó interrumpir a la chica con la que hablaba, simplemente se alejó de ellas y de su amiga y cruzó la habitación hasta llegar a mí.

Le sonreí y fue como si hubiese olvidado cómo se hacía, no sentí dolor ni mucho menos, pero sí una tirantez extraña en mis mejillas.

—Creí que nunca te vería en una de estas fiestas —me comentó con amabilidad.

—Yo también me siento un poco rara estando aquí —le contesté sin poder evitar fijarme en lo diferente que estaba.

Se había dejado algo de barba y llevaba el pelo más corto. Sabía que jugaba en el equipo de baloncesto de la universidad y viéndolo supe que seguramente tenía a cientos de chicas detrás.

—Creo que has hecho bien en salir un poco —dijo mirando mi copa—. ¿Qué bebes?

—Gin-tonic —respondí, sin confesar que en mi bebida había más ginebra que tónica.

Tuvo que hacer un esfuerzo para poder oírme, ya que la música estaba altísima.

—¿Te apetece salir afuera? —me preguntó y su sonrisa me recordó momentos buenos, caricias dulces y risas explosivas.

Asentí y salimos al porche de la casa. Era una casa enorme, muy probablemente de alguna hermandad, aunque no estaba segura.

—¿Cómo llevas los exámenes? —empezó preguntándome.

Lo cierto era que el nivel académico de Harvard era una locura, pero como lo único que yo hacía era estudiar...

—Bastante bien, por suerte, ¿y tú? —le pregunté a mi vez.

—Voy tirando..., aunque no te voy a engañar, muchas veces me siento un inútil.

Puse los ojos en blanco.

—Estoy segura de que no has tenido problemas.

Volvió a sonreírme y esa sonrisa fue el inicio de todo.

Después de esa fiesta me acompañó a casa, me confesó que se alegraba muchísimo de verme y me pidió que, por favor, le cogiera el teléfono y contestara sus mensajes..., que su intención solo era saber si estaba bien.

Y lo hice.

Empezamos a hablar..., volvimos a quedar. Un café se convirtió en quedar para comer y después en quedar para cenar.

Volvimos a ser Taylor y Kami, inseparables, y cuando creía que habíamos recuperado la amistad, esa amistad que nos caracterizaba, que nos definía..., me besó.

Fue un beso dulce, lleno de sentimientos encontrados, lleno de algo que no sé explicar.

No lo paré.

No lo hice porque me gustó la sensación, cerrar los ojos y volver a sentir lo que fuera... Lo que no esperé fue en lo que nos convertimos.

Porque de lo dulce se pasó rápidamente a algo carnal.

Dejamos de quedar para cenar, dejamos de quedar

para tomar café: solo quedábamos para tener sexo, para follar, porque no hay otra palabra para describir lo que hacíamos.

Fue raro... Una búsqueda en el otro de un perdón que no nos merecíamos, porque, joder, la culpa era enorme. Me sentía como una mierda, sentía que engañaba a Thiago, me creí la peor persona del mundo y eso fue finalmente lo que nos terminó destruyendo.

El sexo se convirtió en algo salvaje, en algo posesivo. Tan posesivo que el Taylor y la Kami que una vez se enamoraron desaparecieron para dejar en su lugar algo feo y desesperado.

Después del sexo salvaje venían las peleas, los reproches, los celos, el querer ser alguien que jamás seríamos porque había demasiado dolor dentro de nosotros, y ya estábamos cansados de nadar contracorriente.

Yo nunca olvidé a Thiago. Nunca dejé de pensar en él, era a él a quien veía cuando Taylor me tocaba, era en él en quien pensaba cuando sus manos me apretaban con fuerza y me hacían llegar al orgasmo.

Por aquel entonces ya estábamos en segundo año de carrera, ya no éramos unos niños y una parte de mí empezó a hacer preguntas equivocadas. Fue después de que Katia y yo cortáramos el contacto, cuando Taylor me pidió que dejara a su madre tranquila porque solo le hacía daño. Cuando perdí ese contacto fue a él a quien acudí. Primero de manera sutil —«Todo sigue igual, ¿verdad?», «¿Hay alguna novedad»— y luego ya desesperada por saber cómo estaba Thiago: «¿Sabes algo nuevo?», «¿Tú crees que despertará?», «¿Has podido verlo?», «¿Qué aspecto tiene ahora?»...

—¡Basta! —me gritó deteniendo el coche en mitad de la carretera.

Me asusté.

—¡¿No te das cuenta del daño que haces?! ¿Qué demonios estamos haciendo, Kamila? ¡Explícamelo, maldita sea, porque yo empiezo a volverme loco...!

Y tenía toda la razón del mundo.

—Esto tiene que acabar... —dijo moviendo la cabeza de un lado a otro—. No lo has superado..., por mucho que me hayas dicho que me quieres, sigues con él en la cabeza, y no porque te importe su salud, sino porque estás tan jodida por haberlo perdido que no sabes seguir con tu vida. Me estás utilizando para saber de él... ¿No ves lo retorcido que es todo esto?

—Taylor, yo...

—Lo siento..., de verdad, pero ahora mismo necesito alejarme de ti, necesito olvidarte para poder seguir adelante. Yo te quiero. ¿No lo entiendes?

—Yo también te quiero... —le dije con sinceridad.

—Pero no estás enamorada de mí —me interrumpió enfatizando cada palabra y consiguiendo que me quedara completamente callada—. Y ahora por fin lo he entendido. Siempre en el fondo lo he sabido, pero cuando volvimos a liarnos, creí..., no sé, creí que podíamos ser el salvavidas del otro, que juntos podíamos llegar a ser felices, que podía cuidarte y hacerte sonreír, pero al final solo nos hemos hecho más daño... No me gusta, no me gusta en quién me he convertido. Tú y yo no estamos hechos para estar juntos, y por mucho que me duela, creo que es el momento de ponerle punto y final a lo nuestro.

Lloré muchísimo.

Claro que lloré, porque Taylor era mi droga, mi analgésico y ver cómo se alejaba de mí me destrozó... Porque, creedme, se alejó, muchísimo, no supe nada de él en meses, no sabría nada de él hasta..., bueno, hasta que pasó.

Finalmente volví a casa por Navidad, regresar a Carsville fue tan doloroso como había imaginado. Mi hermano estaba enorme, y cuando me vio, ya no se separó de mí durante toda mi estancia allí.

Hice las paces con mis padres, que volvían a estar juntos, aunque seguían peleándose de vez en cuando, pero al menos veía a mi hermano feliz.

El pueblo, a pesar de la tragedia, volvía a tener ese encanto especial, y cuando di un paseo por la plaza fue como si nada hubiese ocurrido... Dicen que el tiempo lo cura todo, pero me gustaría decirle a quien inventó ese dicho que fuera a Carsville y les dijera lo mismo a las familias que de puertas para adentro aún lloraban las pérdidas de sus hijos. Fue duro entrar en la cafetería de la señora Mill's y descubrir que su marido había fallecido... Cuando me vio pareció alegrarse, pero la pena de su mirada era la de alguien que había perdido a su compañero de vida, al padre de sus hijos, a quien la conquistó, enamoró e hizo feliz durante cincuenta largos años.

Me sirvió una taza gigante de café con una pizca de canela y charlamos durante un buen rato. Me preguntó por mi familia, y por mis clases en Harvard, me dijo que el instituto tenía planeado abrir el año siguiente, a pesar de que muchos padres eran reticentes a enviar a sus hijos allí. Finalmente nos despedimos y cuando salí de la cafetería, ya de noche, me fijé en que empezaba a nevar.

No llevaba paraguas ni nada, pero disfruté de un paseo que, sin saberlo, tanto necesitaba... Necesitaba hacer las paces con mi pueblo que me había visto crecer, por muy doloroso que fuese, ya que cualquier rincón incluía la presencia de mis amigas, amigas que ya no estaban y que echaba tantísimo de menos.

Finalmente me atreví a visitar a la madre de Thiago. Katia me recibió con una sonrisa, su mirada estaba llena de dolor, pero nada más verme tiró de mí y me abrazó con fuerza. Supe en el momento en que la vi que algo malo ocurría, y cuando finalmente descubrí de qué se trataba, creí que me quedaba sin aire, creí que me caería al suelo y no volvería a despertar jamás.

—Taylor dice que es lo mejor..., que Thiago nunca hubiese aceptado vivir así durante tanto tiempo, que eso no es vida...

—¿Taylor ha sido quien te ha metido esa idea en la cabeza?

Katia se miró las manos. Estaba tan hundida...

—Yo ya no sé qué hacer... Veo cada día cómo se deteriora, cómo la persona que un día fue ya ni siquiera está...

—¡Claro que está, Katia! ¡Es él! ¡Y va a volver! ¡Lo sé!

Ella negó con la cabeza.

—¡No podéis desconectarlo! —grité sin dar crédito—. ¡No podéis hacerlo!

Katia se quedó callada...

—Si tú pudieras... —empezó diciendo, pero se calló.

La miré fijamente.

—Si yo pudiera, ¿qué?

Negó con la cabeza.

—Katia, dímelo. Lo que sea, haré lo que sea...

—Taylor me hizo prometerle que no te lo diría..., que tú ya estabas muy mal y que necesitabas avanzar... Tus padres me pidieron que te prohibiese ir a visitarlo, yo creí...

Esperé a que continuara.

—La última vez que lo viste..., durante los siguientes días mostró una mejoría muy notoria..., incluso movió los dedos y en una ocasión abrió los ojos... Los médicos me dijeron que era normal, que eran respuestas inconscientes a estímulos, pero que no significaba que fuera a despertar... Los días pasaron y ya no volvió a ocurrir más, pero yo... —dijo mirándome esperanzada—, creo que fue por ti... Yo creo que te escuchó y que quería regresar.

Lo que sentí en ese momento fue algo indescriptible.

La última vez que vi a Thiago fue para decirle de todo, le grité, me desquité con él pensando que no podía escucharme, pero lo había hecho..., lo había hecho.

Yo podía hacer que él despertase.

—¿Otra vez con eso, mamá? —escuchamos que decía Taylor desde la puerta de la cocina.

Cuando me giré vi a un Taylor muy disgustado, incluso enfadado.

Nuestras miradas se cruzaron.

Hacía meses que no nos veíamos, desde que habíamos roto lo que teníamos y él me había pedido que necesitaba alejarse de mí... Alejarse de mí definitivamente para poder superarlo y avanzar.

—Te dije que dejaras a mi madre tranquila —dijo entonces dirigiéndose a mí.

Abrí la boca para hablar, pero fue Katia quien contestó por mí:

—Kam no me molesta en absoluto, Taylor —replicó mirándolo muy seria.

—¡Claro que lo hace!

Me levanté de la silla con intención de irme, pero su madre me cogió de la muñeca reteniéndome a su lado.

—¡Nos quiere ayudar! —le gritó y creo que fue la primera vez que vi a Katia Di Bianco dirigirse a su hijo de esa forma—. ¡Voy a probarlo todo antes de desconectar a mi hijo!

Taylor abrió la boca con incredulidad.

—¿Tú te estás oyendo? —le gritó en respuesta—. Kamila no es la salvación de Thiago, mamá, ella no tiene la cura a su enfermedad... ¡Estás perdiendo el juicio!

—¡No puedo perder a otro hijo! —dijo rompiendo a llorar—. Si Thiago se muere, yo iré detrás, ¡¿no lo entiendes?!

Taylor se calló y la miró fijamente. Pasaron varios segundos hasta que decidió romper el silencio:

—Pues tendré que aprender a vivir sabiendo que ya no tendré ni madre ni hermanos.

Dicho esto, dio media vuelta y se marchó, no sin antes lanzarme una mirada de decepción.

Pero ¿qué podía hacer yo?

¡Yo era como Katia!

¡Yo necesitaba creer que aún existía una manera de hacerlo volver!

Porque existía una manera, ¿verdad?

25

THIAGO

¿Os acordáis de la película *Interestelar*? Seguro que sí... Esa peli maravillosa de Christopher Nolan, donde Mathew McConaughey nos introduce en una espectacular trama de un viaje intergaláctico para salvar a la humanidad... Es un peliculón, con muchos giros y secuencias increíbles que suceden en su mayoría en el espacio. Al verla siempre sentí curiosidad por una cosa, nada que tuviera que ver con el argumento de la película en sí, sino con la razón por la que todo el mundo parecía quedarse con una escena concreta de la película..., solo una: esa escena en donde Anne Hathaway y Mathew McConaughey deben bajar al planeta de Miller, que orbita tan cerca de un agujero negro que el tiempo en él trascurre tan lento que una hora allí significan siete años en la Tierra. ¿Os imagináis daros un paseo por Miller y que al regresar descubrierais que vuestra madre, vuestros hijos, o vuestros nietos tienen siete años más?

Sería alucinante, ¿verdad?

Pues bien, a mí era como si me hubiesen obligado a pasar la noche en el planeta de Miller. Como si me hubiesen dicho: «Duerme aquí, amigo, no te preocupes de nada, descansa que dentro de ocho horas te despertaremos para que puedas regresar a tu vida normal».

¿A mi vida normal?

¿Por qué iba a querer regresar cuando aquí se estaba tan a gusto?

¿Por qué iba a querer marcharme cuando la tenía a ella, aquí, a mi lado?

—¿Jugamos otra vez?

Abrí los ojos y ahí estaba.

Sus ojos azules, su pelo rubio... Seguía teniendo cinco años, cosa que no tenía ninguna lógica o, bueno, tal vez sí, si teníamos en cuenta que estábamos en el planeta de Miller.

—¿Ooooootra vez? —le pregunté alargando la palabra, lo que hizo que su sonrisa se ensanchara.

—Ahora me toca a mí ser la que se esconde —me dijo abriendo los ojos y empezando a alejarse.

Sonreí.

—Está bien... ¡Uno..., dos..., tres...!

¿Cómo no iba a jugar con mi hermanita? ¿Cómo no iba a aprovechar hasta el último segundo cuando llevaba años sin verla, cuando creí que nunca jamás llegaría a verla de nuevo?

Habíamos creado nuestra propia rutina, o nuestra propia dinámica, más bien. Desde hacía solo unos días, nos dedicábamos a dar paseos por aquella laguna sin nombre, después comíamos macarrones con queso (siempre lo mismo) y jugábamos a las cartas, al escondite, a las muñecas o incluso se animaba y jugábamos a baloncesto.

Era un retiro que me estaba tomando con calma, una calma necesaria para poder recuperar el tiempo perdido con mi hermanita, con la misma hermanita que murió siete años atrás y de la cual ni siquiera pude despedirme.

Aproveché ese tiempo con ella para hablar de aquel día.

Ella apenas recordaba nada, pero aceptó mis disculpas cuando un día, llorando, le supliqué que me perdonara. Preguntaba mucho por mamá, eso sí, a todas horas. Me decía que la echaba de menos, sobre todo cuando debía irse a dormir, pero que le gustaba estar allí...

Allí..., pero ¿dónde era «allí»?

En mi cabeza era el planeta de Miller, vale, pero eso era porque veía demasiada ciencia ficción. En realidad debíamos de estar en alguna parte, ¿no?

¿Llegué a creer que estábamos en el cielo? Por supuesto que lo hice, creo que fue lo primero que se me pasó por la cabeza cuando la vi a ella, pero, ¡vamos!, ¿no había nadie más aquí? ¿Éramos los únicos que habitaban el más allá, el cielo, el otro mundo o como queráis llamarlo?

Eso era imposible.

Pero como no tenía respuestas, dejé de hacerme preguntas.

Disfruté de mi estancia allí, tuve tiempo de pensar, de curar mi corazón con la presencia de la persona que lo había herido al marcharse de mi lado.

¿Estaba realmente muerto?

Llegó un momento durante mi corta estancia allí que de verdad llegué a creerlo, incluso hasta asimilarlo..., pero entonces..., entonces, ¿por qué a veces cuando soñaba la veía a ella...?

Estaba muy enamorado de esa chica... Joder, tanto que a veces deseaba regresar con todas mis fuerzas, me daba igual que tuviera a Lucy acurrucada en mi regazo. A veces..., solo a veces, creía oírla, pero muy pocas a pesar de que la sentía muy muy cerca.

A mi madre también la sentí y a mi hermano... Escuché sus disculpas tantas veces que casi me las sabía de memoria, quería decirle que se olvidara de mí, que no necesitaba pedirme perdón por nada, que estaba bien, que estaba con Lucy, que era... ¿feliz?

¿Lo era?

En el fondo supongo que siempre supe que podía regresar y por eso estaba tan tranquilo. Tranquilo en especial por mi familia, por mi madre, a la que le encantaría oír todo lo que sabía de Lucy, a la que le curaría el alma diciéndole que su niña estaba perfectamente bien, a salvo, y bien. Pero ¿a ella?

¿Qué había sido de ella?

Podía recordar la vez que me gritó un montón de cosas... Solo habían pasado unos días en realidad... creo, pero sé que en ese instante tuve muchas ganas de regresar, de abrazarla para poder tranquilizarla y decirle que lo sentía, que sentía haber faltado a mi palabra, que no había sido mi intención defraudarla y pedirle que me esperara...

Solo en esa ocasión me sentí más cerca de allí que de aquí, más cerca de mi vida en la Tierra que mi vida en el planeta de Miller, pero esa sensación duró apenas un segundo...

Después ya dejé de escucharla...

Ya no pude oírla más...

Eso fue extraño, porque de alguna manera su voz era como un hilo que me mantenía cerca de allí, un hilo que cada vez se alejaba más y más y me animaba a quedarme donde estaba... Si, total, estaba muy a gusto y en muy buena compañía.

La Tierra me había dado muchos dolores de cabeza, me había encontrado con demasiadas piedras en el camino, y ya, para rematar, el tiroteo del instituto... ¿Cómo iba a querer volver?

Pero entonces su voz..., su bonita voz volvió a resonar en alguna parte de aquel lugar, o a lo mejor simplemente podía oírla en mi cabeza.

«Thiago..., por favor, vuelve... Por favor, vuelve conmigo.»

Levanté la vista al cielo y una gota cayó sobre mi cabeza.

¿Llovía en el planeta de Miller?

—Son lágrimas —dijo entonces mi hermana.

Apareció de la nada y me cogió de la mano con fuerza.

—¿Lágrimas? —pregunté.

Asintió.

—Sí..., las de ella, las de Kami —expuso, como si la hubiese visto ayer o, bueno, como si pudiera verla en ese instante.

—¿Cómo lo sabes?

—Porque lo sé —contestó encogiéndose de hombros—. Quiere que vuelvas...

No dije nada..., solo dejé que la lluvia empapara mi cara, mi pelo, mi ropa...

Y entonces supe algo con certeza.

—Fuiste tú, ¿verdad? —le pregunté.

Lucy sonrió.

—¿A qué te refieres con que si fui yo?

Me agaché a su lado para poder mirarla directamente a los ojos.

—Tú me guiaste por el instituto... Tú hiciste que consiguiera sacar a Kam y a su hermano de allí. ¿A que sí?

Lucy asintió en silencio, su sonrisa aún en sus labios.

—Sabía que yo no podía tener tanta suerte...

—Te dispararon en la cabeza... —dijo mi hermana con un poco de incredulidad.

—Y de alguna manera aún sigo vivo..., contigo..., aquí, en el planeta de Miller...

—¿En dónde? —me preguntó riéndose.

La miré sin decir nada.

—Esto no es ningún planeta, tonto...

—Entonces, ¿qué es, listilla? —repliqué y se quedó un segundo callada.

—Supongo que es el lugar donde debías estar.

No entendí esa contestación, pero tampoco le pedí que me la explicara.

Nos quedamos callados, viendo llover, sentados el uno al lado del otro, hasta que su voz interrumpió el silencio.

—Vas a irte, ¿verdad? —me preguntó.

Miré sus ojos azules y dudé...

—No lo sé...

26

KAMI

A pesar de la reticencia de mis padres, al final me armé de valor y, casi después de un año y medio, volví a la clínica donde estaba ingresado Thiago. Su madre estaba allí y, cuando me vio llegar, me abrazó con fuerza, con los ojos húmedos y la esperanza en sus iris claros.

Volver allí después de tanto tiempo no fue fácil, fue remover todo el dolor, la tragedia, la pérdida; recordar esos días oscuros donde me sentaba a su lado, sin decir nada, y lloraba porque no estuviese conmigo, pero más duro fue entrar en su habitación y ver el estado en el que estaba.

Esa persona no se parecía en nada a Thiago. Estaba consumido, tan delgado que daba miedo. Su cara parecía la de otra persona, su musculatura había desaparecido casi por completo después de más de un año y medio, y ver eso... fue duro, pero más duro era verlo respirar por un tubo y alimentarse a través de una vía intravenosa.

Me entraron ganas de salir corriendo y, al ver las máquinas que lo ayudaban a seguir con vida, empecé a preguntarme si lo que Taylor decía que era mejor para él, era realmente lo mejor para él.

¿Qué pensaría Thiago si se viese así?

¿Qué nos pediría a gritos si supiera que todo apuntaba a que le quedaban años postrado en una cama?

Sentí miedo..., miedo de empezar a creer que estaba equivocada, que lo que tan en el fondo creía que era lo mejor para él quizá no lo fuese en realidad.

Los primeros días me quedé sentada a su lado, sin saber muy bien qué decir. Empecé contándole un poco cómo era mi vida... Le hablé de Harvard y le expliqué mis razones para haber elegido esa universidad en vez de Yale. Al principio fue raro porque una parte de mí sentía que hablaba sola, pero poco a poco fue siendo más y más fácil, incluso se convirtió en una especie de terapia personal.

El primer signo de que aquello funcionaba no tardó en llegar. Ocurrió dos días después de acudir a la clínica, fue algo muy leve, casi imperceptible, pero vi claramente cómo uno de sus dedos se movía sobre el colchón, apenas fue un leve movimiento, pero pasó.

Lo segundo que ocurrió fue que después de visitarlo todos los días, al séptimo, sus párpados temblaron otra vez ligeramente.

Avisé a los médicos de ambas cosas, pero ninguno de ellos demostró sorpresa o esperanza. Me explicaron que Thiago tenía actividad cerebral, que incluso soñaba, y que esos leves movimientos podían ser resultado de lo que fuera que en ese momento estuviese soñando; en definitiva, me aclararon que era algo normal.

Pero de normal nada.

No me importó lo que me dijeron, me llené de ilusión, de esperanza y les dije a mis padres que no acudirá ese trimestre a la facultad. Hubo una pelea monumental en casa, incluso mis padres volvieron a hablar con Katia, pero ella me respaldó en todo momento.

Esto era mucho más importante que todo lo demás, y no pararía..., no pararía hasta demostrar que ambas llevábamos la razón y que Thiago abriría los ojos..., los abriría para mí, para su madre, para su hermano, porque, joder, estaba segura de que se moría de ganas de seguir viviendo, pero no de vivir así, postrado en una cama, sino de vivir de verdad.

A las dos semanas de ir a verlo, los signos de que algo estaba cambiando ya eran tan evidentes que los médicos tuvieron que prestarnos atención.

—Vamos a ir quitándole la sedación poco a poco... Cuando lo intentamos hace un año, su cuerpo no reaccionó como esperábamos, pero creemos que ahora puede llegar a ser diferente —nos informó su médico, que ya nos había explicado que no nos hiciésemos ilusiones, que simplemente intentarían ver cómo respondía ante ese cambio.

Lo hizo favorablemente, pero a pasos muy lentos. Su cuerpo se agitaba y su corazón sufría taquicardias, pero consiguieron bajarle la sedación, muy poco, pero algo.

Su madre y yo estábamos exultantes. Lo que hacíamos funcionaba: Thiago me oía, quería regresar..., quería volver a mí.

Pasó un mes más y consiguieron quitarle el tubo que respiraba por él. Ver cómo volvía a respirar por sí mismo fue la alegría más grande que viví desde antes del tiroteo... Mi felicidad, mi esperanza necesitaban hacerlo volver.

Yo seguía contándole mi vida, todo en orden, aunque evitando contarle la relación que tuve con Taylor y que acabó definitivamente con nuestra amistad, hasta que ya supe que no podía seguir ocultándoselo.

Le conté todo, le confesé que volvimos a salir, que estuvimos juntos varios meses. Le expliqué que nuestra relación empezó bien, pero que acabó convirtiéndose en algo repulsivo y tóxico. Le conté que nos acostamos, y que no me arrepentía de haberlo hecho porque así habíamos podido probar que lo nuestro nunca hubiese funcionado... Le conté que me pegué a él de forma egoísta, porque me recordaba a él, porque era lo único que me mantenía cuerda.

No fue fácil hablarle de ello, pero, a día de hoy, creo que fue el detonante que impulsó su mejoría hasta llegar a despertarlo.

Porque sí..., Thiago despertó.

Dos años..., dos años exactos pasaron hasta que Thiago Di Bianco decidió volver a abrir los ojos.

Fue un día cualquiera, aunque un día que recodaré toda mi vida. Un día lluvioso, un día frío. La Navidad estaba cerca..., sería la tercera Navidad desde que ocurrió el tiroteo. En un mes cumpliría veinte años... ¿Quién lo diría? El tiempo había volado cuando en realidad había sido congelado, congelado para Thiago, para su madre, para Taylor, para mí..., porque el tiempo se congela cuando alguien a quien quieres se encuentra entre la vida y la muerte.

Yo estaba con él cuando abrió los ojos y os lo cuento de esta manera porque nada pasó como yo creía que iba a pasar.

¿Se alegró de verme?

Por supuesto que sí, aunque en ese momento él ni sabía dónde estaba, ni quién era, ni recordaba nada de lo que había ocurrido. Tardó unos días en orientarse, en recordar la razón por la que había estado en coma durante dos años.

No fue fácil contárselo, ni tampoco ver su cara cuando los médicos le explicaron las lesiones que había sufrido su cerebro y las lesiones que había sufrido su cuerpo al haber estado dormido tanto tiempo.

Ahí fue donde todo empezó a flaquear. Donde mis visitas dejaron de ser recibidas con sonrisas, donde empezamos a comprender que lo que le había sucedido a Thiago podía dejar muchas secuelas..., demasiadas, en realidad.

Se frustraba cuando las palabras no le salían, cuando hablar se convirtió en un problema para él.

Era muy duro ver a alguien tan fuerte como Thiago pasar por algo así, y una parte de él empezó a no querer que fuese a verlo.

Apenas me hablaba, decía que le costaba, pero yo sabía por las enfermeras que cada día progresaba más y más. Se tensaba cuando entraba a su habitación y parecía incómodo conmigo allí. ¿Por qué? ¿Por qué se sentía de esa forma?

—Vuelve a Harvard... —me dijo durante una de sus sesiones de fisioterapia. Estaba tan débil que apenas podía levantarse y dar más de tres pasos seguidos.

—Quiero estar aquí..., quiero ayudarte...

—Pero ¡yo no! —me gritó consiguiendo que todos en

la sala de rehabilitación se girasen para mirarnos—. Me mata que me veas así... No puedo..., no puedo tenerte cerca ahora mismo. Necesito... necesito que te vayas.

Se agitó, tuvo que parar, los médicos vinieron y al final su madre me dijo que lo mejor sería que me fuera.

—Dale espacio, Kami —dijo en la cafetería del hospital donde Thiago aún seguía ingresado—. No se siente él mismo, su cuerpo y su mente lo traicionan y no quiere que lo veas así... Conozco a mi hijo, y sé que, al igual que yo sabía que lo traerías de vuelta, ahora mismo que estés aquí solo va a hacer que su recuperación vaya más lenta.

Fue difícil tomar la decisión, me resistí al principio, pero era cierto que cuando me veía se ponía peor, cuando entraba a verlo se cabreaba y gritaba que me largara.

Lloré por las noches y forcé sonrisas por las mañanas...

¿Qué estaba pasando? ¿Iba a perderlo finalmente... después de todo lo que había tenido que esperar para tenerlo conmigo?

Al final no me quedó otra opción que hacer lo que me pedía.

—Voy a esperarte —le aseguré cuando fui a verlo a su habitación el día antes de regresar a la universidad. Sus ojos estaban clavados en la ventana. Por su semblante, parecía estar enfadado o molesto, y no lo entendía... Joder, no entendía qué ocurría ni por qué se negaba a prestarme atención.

—Estaba con mi hermana —dijo entonces abriendo la boca por fin, por fin para decir algo que no fuera una queja sobre su cuerpo o su mente o sobre necesitar estar solo.

Me quedé de piedra cuando dijo aquello.

—¿A qué... a qué te refieres con tu hermana?

—Pues me refiero a que estaba con la única hermana que tengo y que perdí... Estaba con ella, podía verla, podía abrazarla, podía correr y jugar al escondite con ella... Comíamos y charlábamos, hasta que al fin sentí que ese dolor tan intenso desaparecía de dentro de mí.

Me quedé callada esperando a que continuara. Tampoco sabía muy bien qué decir, ya que su hermana estaba muerta. Así que, si había estado con ella..., ¿significaba eso que Thiago lo había estado también?

—Me trajiste de vuelta y te lo agradezco, pero a veces...

—¿A veces qué? —le pregunté con el corazón en vilo.

—A veces me pregunto si de verdad era lo que debía pasar, si de verdad este es mi lugar después de lo que ocurrió...

—Tu lugar es donde este yo..., ¿no? —pregunté intentando con todas mis fuerzas no echarme a llorar.

Sus ojos verdes se fijaron en los míos.

—Ni siquiera sé si la recuperación será completa..., ni

siquiera sé si podré volver a caminar como antes, a correr, a jugar al baloncesto... Ni siquiera sé si mi cuerpo se va a terminar recuperando de esto... —Hizo una pausa y aguardé a que continuara—: Te mereces algo mejor.

—Me merezco estar contigo... —empecé diciendo, pero me interrumpió.

—¡No! —me gritó muy alterado—. Te mereces tener a alguien que no sea una carga para ti, te mereces a alguien sano, cuerdo, fuerte y capaz de darte todo lo que necesitas y en cambio yo...

—Vas a ponerte bien...

—Necesito que te vayas, Kamila —dijo pronunciando mi nombre completo, y todos sabíamos lo que eso significaba—. No quiero volver a repetírtelo —me advirtió mirándome a los ojos.

Sentí rabia...

¿Sabía él todo lo que yo había sufrido? ¿Era consciente del esfuerzo mental y emocional que supuso venir a verlo todos los días, sacar fuerza de donde no la tenía para poder conseguir un milagro?

¿Así me lo agradecía? Me puse de pie.

—Creo que me merezco mucho más que esto... —respondí procurando no derramar ni una sola lágrima—. ¿Tienes idea de lo que...?

—Yo no te lo pedí —me volvió a interrumpir—. Agradezco tu esfuerzo, tu ilusión y tu empeño en conseguir que despertase, pero no puedo seguir donde lo dejamos, no puedo ni mirarte a la cara sin saber que no te merezco, así que, por favor, márchate y empieza tu vida de una vez por todas, porque a mí aún me queda un largo camino por hacer y es un camino que quiero recorrer solo.

¿Solo?

Me fui de allí con la cabeza a punto de explotar y la tristeza del rechazo doliéndome por todas partes.

No entendía muy bien lo que me pedía, no entendía nada.

Pero puse distancia.

Volví a la universidad y dejé atrás a la Kami depresiva, a la Kami sin fuerzas, a la Kami que se quedaba encerrada en su habitación leyendo casos de gente que había despertado del coma, o informándome sobre los efectos secundarios de una lesión cerebral.

Volví a ser yo, dejé el dolor atrás a pesar de que al principio me dolió, me dolió demasiado, pero no podía seguir sacrificando mi vida por otros.

Yo había cumplido, había luchado por él, por nosotros... Si él no quería verlo y su forma de agradecérmelo era esta, entonces tal vez..., tal vez había estado muy equivocada.

27

THIAGO

Me convertí en alguien que no era. Despertar y verla allí... fue lo más maravilloso que podría haberle pedido a la vida, pero nada sale como uno espera, y nada es tan sencillo, y menos cuando uno despierta de un coma de dos años.

¡Dos años!

Joder..., pero si para mí habían pasado días; esa era la sensación que sentía en mi interior. Al principio me encontré muy desorientado, muy perdido, pero después los recuerdos fueron apareciendo y recordé con todo detalle mi final. Recordé el tiroteo, el miedo, la desesperación, la necesidad de sacar a Kami y a su hermano de allí, el riesgo que corrí al regresar para intentar salvar a mi hermano, una misión casi imposible, prácticamente suicida, pero que al menos había salido como esperaba... o, bueno, casi.

Había aceptado que ir allí suponía mi muerte, lo había

aceptado y sabía que causaría dolor, pero que salvaría a Taylor y eso para mí era suficiente.

Nunca creí que podría sobrevivir a un disparo en la cabeza y mucho menos imaginé que me pasaría dos años en coma.

Kam estaba diferente... Su mirada era distinta, era la mirada de un adulto, un adulto que había pasado por demasiado, un adulto que escondía tanto dolor que incluso hasta incomodaba. Su aspecto era parecido, pero parecía mayor, había perdido esa aura adolescente que siempre la había acompañado, esa inocencia y ternura que la caracterizaba habían dejado lugar a la chica que me miraba esperanzada desde los pies de la cama.

La quería..., joder, la amaba con locura, pero mi mente era incapaz de no sentir otra cosa que desprecio hacia mí mismo.

No fue fácil verme en un espejo, ver mi cuerpo deteriorado. Estaba tan delgado y tan pálido que al principio ni siquiera me reconocí en el reflejo que me devolvía la mirada. Pero eso fue lo de menos..., lo peor fue no tener control sobre mi cuerpo, no poder moverme con agilidad, no encontrar las palabras para expresarme... Parecía como si mi cerebro siguiese dormido, aturdido, aletargado y nunca fuese a ser el de antes.

Empecé a leer, a informarme y hablé con los médicos. Me dijeron que tuviera esperanza, que con rehabilitación y tiempo volvería a ser el de antes, pero eso no me lo podían afirmar al cien por cien, y sin una recuperación completa, yo no me veía capaz de estar con ella, no así, joder, no siendo una carga para ella de por vida.

La traté muy mal, ahora podía verlo. No se merecía a alguien como yo, no se merecía a la persona llena de rabia en la que me había convertido, no se merecía a esa persona oscura, deprimida, enfadada y dolorida que solo era capaz de pensar en sí misma.

No había lugar en mi cabeza para ella porque solo podía pensar en recuperarme de todas las secuelas que mi cuerpo sufría por el coma, pero ahora podía entender por qué me puse así, por qué eso fue lo único que me importó.

Por ella... lo hacía por ella.

Quería ser el de antes porque esa era la única forma de recuperarla, de tenerla en mi vida, de poder amarla como se merecía... Joder, nos merecíamos una oportunidad, una puñetera oportunidad por fin.

No supe de ella durante un año.

Me llamaba pero no le cogía el teléfono, así que llegó un momento en que dejó de hacerlo.

Al principio lo agradecí, fue un alivio, porque rechazarla una y otra vez me mataba por dentro, pero pasados unos días empecé a desear volver a ver una llamada perdida suya. Aquello solo podía significar una cosa: que Kam había seguido adelante... sin mí, tal como yo le había pedido que hiciera.

Mi hermano, por el contrario, estuvo ahí para mí durante toda mi recuperación, no se alejó, me aguantó y aguantó todos mis ataques de ira, todos aquellos momentos en los que desee tirar la toalla.

—Tienes que recuperarla, Thiago... Si no, ¿de qué ha servido todo esto? —me dijo un día en el que de verdad, de verdad, quería dejarlo todo y abandonar.

—Ya no le importo... —dije llevándome un cigarro a los labios.

Había vuelto a fumar, un error por mi parte, pero un error que me permití para poder tranquilizarme de alguna manera.

—Que su vida haya vuelto a la normalidad no significa que no te quiera, hermano... Nunca he visto a alguien luchar tanto por otra persona como lo hizo ella por ti... —Hizo una pausa y levanté los ojos para mirarlo—. Te ama de verdad... Y por mucho que me duela admitirlo, ahora sé que debéis estar juntos... Tienes que recuperarla, y para hacerlo, tienes que ponerte bien.

Y así seguí... Mi hermano fue mi gran apoyo. Siempre que podía venía a verme y pasábamos horas charlando. Empecé a notar que cada vez parecía dolerle menos hablarme de ella y también comencé a sentir miedo cuando me contaba que a ella se la veía bien, que salía con sus amigas, que acudía a los partidos de baloncesto de la universidad y que incluso se apuntaba a todas las fiestas.

Nunca me dijo si salía con alguien o no, y yo tampoco quise preguntar.

En esos momentos, lo que necesitaba era centrarme en mi recuperación y nada más.

Me hizo falta un año entero para poder volver a sentir que mi cuerpo era el mismo que antes del coma, aun así... Joder, aun así, no me recuperé del todo.

—Te da un aire sexy —me dijo Taylor cuando los tres, mi madre, mi hermano y yo, sentados en el porche de casa, dejábamos que el sol nos bañara y calentara.

Mi madre sonrió y nos miró con alegría.

—¿Tú crees? —pregunté levantando el bastón pinchándole en los abdominales.

Los tenía tan duros que fue como si pinchase a una pared. El muy cabrón tenía un estado físico envidiable, y no era para menos, porque acababan de ficharlo para jugar en la liga D de la NBA.

Nos reímos y al verlos... al verlos allí conmigo y a salvo, por fin sentí que volvía a ser yo. No podía seguir manteniendo esa actitud autodestructiva. Joder, ¡seguíamos vivos! Y decir eso siendo de Carsville... era un puto milagro.

Nunca había llegado a contarle a mi madre mi encuentro con Lucy. Nunca le conté cómo sentí que mi hermana pequeña me había guiado por el instituto, cómo me había protegido, ni tampoco le hablé de los momentos que compartí con ella mientras estaba en coma.

No me había visto capaz de hacerlo porque una parte de mí se sentía culpable de haberla dejado, pero ahora, después de meses de recuperación, sabía que mi lugar estaba aquí y que Lucy... estaría bien.

Miré a mi madre y la vi feliz, la vi en calma por fin, con nosotros a su lado, y supe que había llegado el momento de contárselo todo, por muy irreal o descabellado que pudiera parecer: necesitaba explicárselo y ella necesitaba saberlo.

—Lucy está bien, mamá —volví a contestarle después de contárselo con todo lujo de detalles.

Mi hermano nos daba la espalda... con un cigarro en la boca. Sabía que sus ojos estaban hinchados intentando contener las lágrimas y mi madre... pareció que por fin podía ponerle punto y seguido a ese momento y continuar adelante.

Levantó su mano y me acarició la mejilla.

—Sabía que ella cuidaría de ti..., eligieras lo que eligieses. Sabía que estaríais juntos.

—Me dijo que te dijera que te quiere y que no te preocupes porque el tiempo allí y aquí es diferente... Me dijo que cuando os volvieseis a reunir para ella habrían pasado solo unos días.

No volvimos a hablar de ese tema.

Jamás..., pero supe que contarles mi historia, contarles lo que sentí con ella los ayudó por fin a cerrar ese capítulo.

Tardé en tener el valor de ir a buscarla... Tardé tanto que el tiempo pareció estirarse hasta que ella acabó la carrera y se graduó en Bellas Artes.

No me arrepiento de no haberla ido a buscar antes. Creo que los dos necesitábamos crecer, madurar y dejar pasar el tiempo para poder lamernos las heridas y aprender a querernos como es debido, como nos merecíamos.

Me presenté en la universidad el día después de su graduación. No tenía ni la menor idea de cuáles eran sus planes o de qué diría cuando posara sus ojos en mí. No sabía si estaba con alguien, si se había enamorado de otro o, por el contrario, seguía pensando en mí.

Tuve mucho miedo, os lo admito.

Pero cuando me presenté ante su puerta, supe que había hecho lo correcto, lo supe muy en el fondo de mi corazón. Pasara lo que pasara entre los dos, al menos podía decir que había vuelto de entre los muertos para ir en su busca..., que había vuelto gracias a ella y que, joder, eso debía de significar algo..., ¿no?

Al principio, cuando me abrió la puerta, no la reconocí. Se había cortado el pelo y lo llevaba peinado en dos trencitas a ambos lados de su cabeza. Vestía unos vaqueros rotos y sucios de pintura, un top negro de tirantes y una camisa roja a cuadros atada a la cintura.

Me abrió la puerta y todo pareció detenerse.

Me abrió la puerta y la vida contuvo el aliento.

¿Me dejaría regresar con ella?

¿Me dejaría amarla como quería amarla?

¿O, por el contrario, me cerraría la puerta en las narices?

Creo que os podéis imaginar lo que pasó...

¿Verdad?

28

KAMI

Al principio me quedé paralizada. Como si hubiese visto un fantasma. Mis ojos recorrieron su cuerpo, recorrieron cada centímetro de su anatomía, intentando encontrar al chico que dejé dos años atrás postrado en una cama..., a ese chico sin fuerzas, malhumorado, enfadado y lleno de rabia, ese chico que no supo quererme cuando yo lo había dejado todo para hacerlo volver, para hacerlo vivir otra vez.

No fue fácil asimilar esa imagen, y aunque mi corazón se quedó congelado, mi cerebro siguió funcionando y mandando imágenes a mi cabeza para que pudiese asimilar que sí, que era él..., que ese chico alto y fuerte, ese chico de ojos verdes y pelo castaño, despeinado y con un bastón en la mano derecha era él, era Thiago.

Sentí de todo... Miles de cosas, algunas buenas y otras malas, pero sobre todo lo que sentí fue rabia..., rabia por no haber podido estar con él, rabia por no haber podido ayudarlo a llegar allí, rabia porque mi vida había cambiado, porque él ya no formaba parte de ella, y mucha más rabia porque eso lo había decidido él, no yo.

—Kam, ¿puedo...?

—No —lo corté—. No puedes.

Me recorrió con su mirada... Sus ojos verdes viajaron por todo mi cuerpo y se detuvieron en mis ojos.

Parecía perdido..., muy perdido.

—Solo deja que te diga...

—No quiero que me digas nada —contesté apretando la puerta con fuerza, con tanta fuerza que empecé a sentir dolor en los dedos—. No puedes decir nada, absolutamente nada porque lo que nos dijimos en el pasado es lo que nos ha llevado a este momento y sé..., joder, sé que si vuelves a mirarme y a abrir la boca harás que toda mi vida vuelva a ser un caos, y no puedo..., joder, no puedo, no ahora, lo siento.

Fui a cerrar la puerta, pero su mano me detuvo.

—Por favor—insistió—, dame cinco minutos... Solo cinco minutos.

Negué con la cabeza.

—Me voy a Europa, Thiago —dije con la voz algo temblorosa—. Me voy tres meses y ahora mismo lo último que quiero es que me hagas dudar sobre algo que llevo planeando hace mucho tiempo, algo que quiero hacer y algo que me merezco después de tanto..., de tanto dolor, de tanto estudiar, de tanto echarte de menos aun sabiendo que no ibas a volver y de tanto esperar que me llamaras o que te presentaras ante esta maldita puerta...

—Kam...

—¡Ya es tarde! —le grité perdiendo la compostura—. Lo siento —me disculpé con la voz más calmada. Necesitaba cerrar la puerta.

Vi la tristeza en sus ojos y casi flaqueo..., casi vuelvo a dejarlo todo para lanzarme a sus brazos, pero algo en mi interior me dijo que no, me exigió que siguiera con mi vida, que siguiera según lo planeado.

Y eso fue lo que hice..., al menos durante un tiempo.

Recorrí Europa. Viajé por Francia, paseé por los Campos Elíseos y subí a la Torre Eiffel. Visité Londres y Escocia, y cuando me fui de allí hasta se me pegó algo el acento... Viajé a Berlín y me llené de historia. También recorrí Italia y comí pasta a reventar. Visité Praga y Luxemburgo y viajé también a España, para disfrutar de sus playas y de aquel plato tan rico llamado «salmorejo». Me enamoré del mar de Grecia y corrí por las montañas de Austria como lo había hecho Sissi emperatriz con sus hermanas.

Me subí en aviones y en trenes, en coches compartidos y en motos que ni siquiera sabía conducir. Crecí, pensé, maduré, lloré, extrañé, reí, conocí gente que llevaría siempre en mi corazón y, cuando terminé de viajar, supe que, a pesar de mi empeño, a pesar de todo mi esfuerzo en dejarlo marchar, en cerrar la puerta por fin..., no fui capaz de hacerlo.

Dio igual cuántos kilómetros puse de distancia, cuántos mares hubo entre los dos, en mi cabeza permanecía la imagen de Thiago, triste, pidiéndome que le dejara hablar y yo cerrándole la puerta en las narices.

En ese momento creí que se lo merecía, que de verdad era lo que debía hacer..., pero cuando el corazón quiere lo que quiere..., ¿por qué negárselo?

¿Se había equivocado?

Por supuesto que sí, pero también lo hice yo, también lo hice yo abandonándome a mí para salvarlo a él, porque uno no puede abandonarse, uno no puede olvidarse de sí mismo... Él lo hizo bien, él se centró en él para sanar, para curarse y regresar más fuerte, y yo, en cambio, tiré de un carro llevándome a gente conmigo, arrastrándolos a mi dolor, y eso lo único que consiguió fue hacer que yo..., joder, que yo me perdiera en el camino.

Ese viaje me abrió los ojos, me hizo entender que nada es como uno lee en los libros, que no hay un manual sobre cómo querer o sobre cómo superar un trauma. Cada persona es diferente y las decisiones que tomamos pueden ser buenas para unos y malas para otros. La única verdad es que hay que vivir, joder, porque la vida son dos días y porque amar debe ser algo bueno, algo que te llene de paz, algo que te haga recorrer un aeropuerto corriendo, subirte a un taxi, pagar una fortuna y llegar a una puerta tras la cual no sabes lo que te vas a encontrar.

Esperé... esperé a que me abriera y cuando lo hizo...

Joder, cuando lo hizo solo pude dar un paso hacia delante. Solo pude dar un paso hacia delante taparle la boca con mi mano y decirle lo que se me había quedado atascado en la garganta desde que volví a verlo ante mi puerta después de casi dos años.

—No me digas nada... o, bueno, si quieres decir algo... Dímelo con besos.

Epílogo 1

KAMI

Dos años después...

Abrí los ojos y el leve traqueteo volvió a causar en mí una sensación de paz infinita. Al principio tuve dudas de si sería capaz de aguantar ese estilo de vida, pero después de casi un año viviendo en la carretera..., joder, había descubierto que hacerlo me llenaba de miles de cosas bonitas.

Fue divertidísimo el proceso de camperizar el autobús, porque sí, decidimos dejar atrás la caravana y lanzarnos a una aventura aún mayor que esa: decidimos comprar un autobús... Sí, sí, como podéis oír, un autobús amarillo, además, el típico autobús escolar amarillo de toda la vida.

Tuvimos que ahorrar muchísimo y trabajar sin parar. Vendí uno de mis mejores cuadros para poder ayudar a Thiago a comprarlo, pero mereció la pena. Juntos conseguimos hacer de un autobús hecho pedazos nuestro hogar, y nos quedó una casita espectacular..., espectacular teniendo en cuenta que no era una mansión, ni mucho menos, pero si estábamos juntos, no necesitábamos nada más. Él se encargó del diseño y de la mano de obra, y yo de ponerlo bonito. Y así, de esa forma, al año de empezar nuestra relación, dijimos adiós a todo el mundo y nos lanzamos a la aventura. Yo pintaba allí donde íbamos y Thiago teletrabajaba en el autobús con su ordenador. Estaba empezando, pero ya había conseguido tres inversores para un proyecto de alquiler de campers de lujo y estaba muy entusiasmado con la idea. Si salía bien, podríamos empezar a vivir sin tener que apretarnos el cinturón, aunque tampoco teníamos prisa: vivíamos bien, no nos faltaba de nada y a mí me encantaba despertarme cada día en un sitio diferente. Nos recorríamos ferias de arte, donde yo intentaba vender algunos de mis cuadros, y con eso y el trabajo de Thiago íbamos tirando.

Me desperecé y me incorporé con mis brazos aún por encima de mi cabeza y miré hacia delante. Ahí estaba él, sentado al volante de nuestro autobús, con una taza de café apoyada en el posavasos y sus ojos en la carretera que nos llevaría... ¿dónde?

No lo sabía... Me gustaba que me sorprendiera con

nuestro nuevo destino. Me bajé de la cama, me puse mis zapatillas con forma de conejo y con una sonrisa vi mi desayuno en la mesa. Me lo preparaba siempre, y siempre hacía alguna carita con los huevos y el aguacate sobre el pan. Cogí mi plato y mi taza de café y me senté a su lado, la carretera se alargaba infinita frente a nosotros y su sonrisa me recibió con alegría y entusiasmo.

—Buenos días, preciosa —me dijo tirando de mí para darme un beso en los labios.

—¿A dónde vamos? —pregunté, a lo que recibí una risa como respuesta.

Nunca me lo decía..., pero yo seguí preguntando.

—Ya lo verás..., te va a encantar.

Me lo quedé mirando sin poder evitarlo.

La manera en la que nos queríamos era..., no sé ni cómo explicarlo, pero a veces me sentía hasta desbordada de amor. Mi corazón ya no tenía lugar para quererlo más, para amarlo con más locura de la que ya lo hacía, y cada vez que me miraba sabía..., sabía... que el sentía exactamente lo mismo por mí.

Qué bonito, ¿no? Qué bonito es el amor cuando es correspondido, cuando es sano, respetuoso, valiente, pasional y divertido... sobre todo divertido. Con el tiempo fui descubriendo esa faceta que Thiago compartía con Taylor, pero que había mantenido escondida durante mucho tiempo.

Thiago era muy divertido. Era esa clase de persona que hace bromas, pero que no se ríe, y eso era lo que más gracia me hacía. Así era él, que, además, me amaba sobre todas las cosas y me cuidaba como si fuese una reina.

Al principio, nos costó hacer borrón y cuenta nueva. Discutíamos mucho, y luego arreglábamos las cosas de la peor manera posible o, bueno, de la mejor, depende de cómo se mire, con el sexo.

Tuvimos que sentarnos y decirnos todo lo que llevábamos dentro. Fue un día muy duro, pero un día que marcó un antes y un después. Nos gritamos, lloramos, pero finalmente encontramos consuelo el uno en el otro, y desde ese día..., desde ese día todo fue sobre ruedas, y nunca mejor dicho.

A Taylor apenas lo vimos durante ese primer año. Sabíamos de sus logros porque hablábamos con él y me hacía muy feliz saber que había cumplido su sueño, y aunque sabíamos que tenía sus rollos y que chicas no le faltaban, Thiago y yo coincidíamos en que no había sido capaz de volverse a enamorar, y eso..., eso nos pesaba... Sobre todo a mí.

Finalmente llegamos a nuestro destino, el Gran Cañón.

Me fui dando cuenta cuando el desierto y la tierra roja empezaron a formar parte de nuestro paisaje.

Me sorprendí cuando dejamos el autobús aparcado en un camping y Thiago me dijo que no dormiríamos allí. Me sorprendió porque intentábamos ahorrar todo lo posible, pero tampoco iba a decir que no a dos noches en un hotelito precioso donde, sin saberlo, él ya había reservado dos noches con todo incluido.

Nos instalamos en una habitación preciosa con vistas al desierto. Mientras yo sacaba la ropa de mi maleta y buscaba mi neceser para ponerlo en el baño, él se fue fuera, al balcón. Lo seguí con la mirada. Cómo no, se iba fuera para poder fumar. Aún necesitaba el bastón a veces, pero ya casi lo había abandonado por completo. Su cuerpo, después del coma, tardó en recuperar la musculatura de antes, pero años después Thiago volvía a ser el tío imponente, alto y fuerte, que me volvía loca y me hacía sentir segura al mismo tiempo.

Observé como se apoyaba en la barandilla y fumaba disfrutando de las vistas. Para mí, en ese instante las vistas eran él.

Dejé lo que estaba haciendo y salí al balcón, colocándome a su lado.

Su brazo me rodeó por los hombros y tiró de mí hacia su costado para poder besarme el pelo.

Nos quedamos en silencio admirando el paisaje hasta que él abrió la boca para poder preguntarme algo curioso.

—¿Eres feliz conmigo? —dijo, y tuve que mirarlo a los ojos antes de contestar..., a esos preciosos ojos verdes.

—¿Y tú? ¿Lo eres conmigo?

Sonrió.

—¿Alguna vez dejarás de contestarme con otra pregunta?

Me encogí de hombros haciéndome eco de su propia sonrisa.

—Es una manía que tengo.

Se hizo un pequeño silencio y él se puso serio.

—Tú me haces la persona más feliz de este planeta, Kam —dijo y contuve el aliento sin siquiera darme cuenta—. ¿Tienes idea de la de veces que pensé que no llegaría a congeniar con nadie? ¿La de veces que creí en el fondo de mi corazón que nadie sería capaz de amarme?

Negué con la cabeza y fui a hablar, pero me tapó la boca con un beso cortó y siguió hablando.

—No tienes idea... No tienes ni idea de cómo me haces sentir..., de todo lo que te quiero. Es que te quiero tanto que a veces hasta me duele... Me duele quererte así porque me haces sentir débil..., débil en el mejor sentido de la palabra, pero, al fin y al cabo, débil. —Esperé a que continuara sin atreverme a decir nada—. Tienes en tus manos mi vida y mi corazón, en un suspiro puedes romperme en mil pedazos, y eso me aterroriza, pero, joder, fuiste capaz de conectar conmigo aun cuando estaba prácticamente muerto... ¿Te das cuenta de la locura que parece todo esto?

—Para mí es el reflejo de lo mucho que te quiero —dije.

Sus manos acunaron mi cara y su boca se acercó lentamente a la mía.

—Para siempre, ¿verdad? —me preguntó.

Sonreí.

—Para siempre y más allá de para siempre.

Se rio.

—¿Eso existe? —me preguntó.

—No sé... Dímelo tú que pasaste una temporadita por allí.

Me besó como respuesta y sentí que me derretía.

Fue un beso bonito, precioso, lleno de amor y de cariño, y nunca pensé que sería el último beso antes de...

—¿Quieres casarte conmigo? —me preguntó de repente, separándose de mí y esperando una respuesta.

Me pilló tan desprevenida que me quedé callada, en shock.

¿Thiago pidiéndome en matrimonio?

¡No le pegaba nada! Y por un segundo creí que su pregunta había sido fruto de la emoción del momento, pero no... Metió la mano en su bolsillo y sacó una cajita. ¡Una cajita!

Abrí los ojos con incredulidad.

—No es un arrebato..., que ya veo por donde van tus pensamientos —dijo nervioso esperando una reacción por mi parte.

El anillo era precioso..., con un pequeño diamantito en el centro, muy fino, elegante, y nada presuntuoso...

—Pero... —dije sin dar crédito—. ¿Cuándo? ¿Cómo?

—El anillo lo compré hace unos meses... en aquel pueblecito del norte que visitamos y que te gustó tanto. ¿Te acuerdas?

Asentí sintiendo cómo la emoción me embargaba por completo.

—He tardado en pedírtelo porque quería hacerlo de una manera especial, en un lugar especial..., pero al final me he dado cuenta de que cuanto más lo planeaba más veía que nada iba a ser lo suficientemente bueno para ti, así que desde entonces lo llevo siempre en el bolsillo. Supe que, cuando fuese el momento, lo sentiría y ahora... aquí...

Una lágrima se deslizó por mi mejilla y sonreí como una tonta.

—Te quiero tanto... —dije sintiendo que todo mi cuerpo temblaba de emoción, de nerviosismo, de sorpresa y de amor infinito. Me miró aun esperando a que le diera una respuesta—. Claro que sí..., claro que me casaré contigo...

Me abrazó con fuerza, levantándome del suelo y haciéndome girar.

Nos besamos con locura, con pasión y tuvimos que forzarnos a parar para que pudiera ponerme el anillo en mi dedo anular.

Fue como si todo cobrara sentido..., todo. El conocernos de pequeños, nuestra separación durante años, nuestro reencuentro, nuestros enfados, el casi haberlo perdido, el haberlo recuperado... Todos esos años nos habían llevado a ese momento, y fue entonces cuando por fin pude perdonarme... Pude perdonarme a mí misma y a aquellos que nos habían hecho daño.

Perdonar me liberó..., me dejó volver a respirar tranquila, me permitió avanzar y seguir adelante, empezar de cero, empezar de cero con ese hombre al que tanto quería y con quien me moría de ganas de compartir mi vida.

Daba igual que fuera de una manera tan peculiar, con nuestro autobús y sin rumbo fijo, daba igual porque estábamos juntos, estábamos a salvo y juntos... por fin.

Hicimos el amor aquella noche, nos besamos y acariciamos y nos dimos placer durante horas, sin querer dejar de hacerlo jamás.

Finalmente nos dormimos abrazados sobre aquella cama de hotel y fue entonces cuando supe que todo estaba dicho.

Nos habíamos amado bajito..., en secreto... y con millones de besos.

Epílogo 2

TAYLOR

Supongo que no todos tienen ese final «fueron felices y comieron perdices». Desde la cancha de baloncesto podía verlos darse besos en el cuello, sonreír y hasta salir en la maldita Kissing Cam... Pero no os equivoquéis: ya no me dolía como antes, lo había superado, de verdad.

Por mucho que me hubiese costado en el pasado, verlos juntos ahora me hacía feliz, porque a ella se la veía radiante y a él..., bueno, a mi hermano se le caía la baba, literal.

Qué asco da el amor empalagoso..., en serio.

Al menos yo tenía esto..., y cuando digo «esto», me refiero al baloncesto. Había conseguido entrar en la NBA: jugaba en el equipo del Boston Celtics y estaba cobrando una pasta...

Mi vida había dado un giro de ciento ochenta grados, ahora vivía en un puto piso de millonario en el centro de

Boston y me pasaba los meses viajando de un lado para otro, compitiendo, ganando partidos —a veces perdiendo— e inmerso en una vida que era la hostia, pero que también se había convertido en algo solitaria.

La mayoría de mis compañeros de equipo o estaban casados o se tiraban a todo lo que se movía, (yo solo lo hacía de vez en cuando), pero con tanto viaje y tanto entrenamiento a veces uno echaba de menos un poco de afecto...

No voy a ponerme en plan llorica ni nada, pero, joder, desde Kami no había vuelto a sentir nada igual por ninguna otra chica, y ya empezaba a preguntarme si mi destino era quedarme solo de por vida. El típico ricachón soltero que tiene que pagar para conseguir afecto...

Qué triste, joder.

De ese humor estaba yo aquella mañana, justo la misma mañana en la que debía negociar uno de los mejores contratos publicitarios de mi carrera y debía hacerlo con *ella*..., joder, qué poco la aguantaba, qué poco la soportaba, con esos aires de superioridad, esa manera exigente de decirme que tampoco se me subiera la fama a la cabeza y que, si me decía que debía llevar el puto signo de Nike tatuado en la frente, debía hacerlo sin rechistar, porque ella era quien había conseguido que la mejor marca de deportes de la historia quisiese patrocinarme.

Era la hija de uno de los grandes jefazos de los Celtics, o sea que ya os podéis imaginar cómo de insufrible podía llegar a ser. Cuando me la presentaron, lo primero que pensé fue que estaba muy buena, y que sus ojos negros eran preciosos, pero, claro, a los dos minutos abrió la boca y ya no pude tragarla. Me hubiese encantado pedir otro representante, pero ¿cómo iba a decirle que no quería trabajar con ella siendo la hija mayor de Jack Gates? Si ese tío decía que ella debía representarme, tenía que agachar la cabeza y decir que sí, y más siendo el recién llegado y teniendo aún tanto que demostrar.

Dejé que entrara en mi despacho y no pude evitar fijarme en su atuendo. Vestido de tubo negro, siempre negro, y tacones de infarto (era más bajita que un Minion). A veces me parecía que sus tacones cada día eran más altos, y eso solo podía hacerme ver el complejo que tenía la pobrecita con su metro cincuenta de altura. A veces para molestarla me colocaba de pie, apoyado en el escritorio, solo para intimidarla y hacerla sentir inferior (solo en altura), porque ya os digo que parecía la diosa de las negociaciones y sabía perfectamente que ella era quien en realidad tenía la sartén por el mango, hecho que le encantaba dejar claro a la más mínima oportunidad.

—Buenas, Di Bianco —dijo pasando por mi lado hasta

llegar a mi escritorio, donde sacó unos papeles y los colocó encima de la mesa—. Aquí está el contrato.

Me acerqué y me senté en mi sillón cogiendo el contrato y empezando a leerlo. Cuando me di cuenta de que eran más de treinta páginas, levanté la mirada y clavé los ojos en ella.

—Esto es broma, ¿no?

—¿Demasiadas páginas para un cerebro sin neuronas?

Tiré el contrato encima de la mesa y me la quedé mirando en silencio.

Sonrió.

—Lo siento, me he pasado.

—Soy ingeniero, lista. Al contrario que otros, yo me he tenido que currar el estar aquí sentado.

Algo oscuro cruzó sus facciones y supe que me había pasado.

—Fui la mejor de mi promoción en Harvard, ni se te ocurra venir aquí a...

—¿En Harvard? ¿Tú?

—¿En Harvard? ¿Tú? —me rebatió elevando su ceja perfectamente depilada y mirándome con condescendencia.

Maldije para mis adentros y me centré en lo que realmente importaba.

—Bueno, dejemos de ver quién la tiene más grande y vayamos al grano.

—Ni siquiera voy a contestar a esa vulgaridad que acabas de soltar por la boca, y menos teniendo en cuenta que te acabas de referir a mí como a un tío con polla, pero tienes razón, vamos al grano: Nike te quiere a ti y te quiere por completo.

—¿Cómo tú? —Ni siquiera sé de dónde cojones salió aquella respuesta.

—Lo único que yo quiero de ti es tu firma en ese contrato que me ha llevado meses negociar.

—¿Cuánto? —pregunté.

—Un millón por temporada.

—Has hecho los deberes, ¿eh? —contesté impresionado.

Joder, eso era muchísimo dinero.

—Y de eso exactamente quería hablarte —dijo sentándose en la mesa y mirándome con esos ojos que eran demasiado deseables para no imaginármelos clavaditos en mí mientras de rodillas...—. Quiero subir mi porcentaje —anunció, y cualquier pensamiento erótico desapareció de mi cabeza.

—¿Qué? —contesté casi atragantándome—. ¡¿Tú estás loca?!

Ni siquiera pareció pestañear.

—Si no fuese por mí, no tendrías...

—Si no fuese por ti, nada, tendría otro representante y a chuparla.

—Exacto, a chuparla te irías si llegases a conseguir un contrato como este siendo tu primera temporada en el equipo.

—Eso no lo sabes.

—Claro que lo sé, idiota. ¿Quién te crees que habló con mi padre para que te recomendara a Nike como la próxima estrella? Este contrato es bueno, sí, pero cuando llegues a demostrar quién eres y cómo juegas, podremos negociar hasta el triple.

Nos quedamos callados... los dos, y creo que no fue consciente de que acababa de piropearme... un montón.

—¿Tú hablaste con tu padre... de mí?

Vi cómo sus mejillas se coloreaban ligeramente y casi creí que estaba metido en un sueño tipo Matrix. ¿Esa chica sonrojándose? Pero ¡si no tenía sangre en las venas!

—Es parte de mi trabajo... Observo, valoro...

—Das por culo...

Golpeó la mesa con su minúscula mano y no pude evitar sonreír como un idiota.

—¿Puedes aceptar y firmar?

—No sé... Necesito otro aliciente que me llame un poco más...

—¿Más que un millón de dólares?

Estiré los brazos por encima de la cabeza y me desperecé.

—¿Te aburro? —me preguntó ella fulminándome con su mirada.

—Me vendría bien un masajito en la espalda... Estoy reventado del partido de ayer... —dije sin quitarle los ojos de encima.

—No te pases ni un pelo, Di Bianco —me advirtió apretando los labios con fuerza.

Me incliné hacia delante y clavé mis ojos en su cara..., en esos ojos de espesas pestañas, en esos labios pintados de carmín...

—O, si no, ¿qué? —dije sorprendiéndome otra vez con lo guapa que era.

—O, si no, puedo hacer que tu vida en este equipo sea un infierno —contestó con toda la seriedad que la caracterizaba.

—Joder, me ha entrado hasta miedo —comenté riéndome de ella.

Se bajó de la mesa y me arrancó el contrato de las manos.

—O aceptas mi oferta o adiós a este contrato —me dijo amenazándome con romperlo.

—Ni tú te crees capaz de... —Joder, que si no lo creía, lo acababa de romper... delante de mis narices—. Pero ¡qué cojones...!

—Si juegas conmigo, esto es lo que pasa.

—¿Que tiras todo tu trabajo por tierra?

—¿Te crees que eres el único jugador con el que puedo trabajar?

—Soy la futura estrella, tú lo has dicho..., y aunque te conozco ahora sé que no es casualidad que hayas elegido trabajar para mí. Eres como yo..., quieres lo mejor.

Nos miramos durante unos segundos eternos.

—Firma mi maldito treinta por ciento y volverás a tener esa oferta sobre la mesa —dijo muy segura.

Dudé durante unos segundos.

—Lo firmaré... —afirmé, y enseguida levanté un dedo para detener su sonrisa de satisfacción—, pero con una condición.

Esperó a que abriera la boca.

—Deberás ser mi acompañante en la boda de mi hermano —dije observando su reacción con atención.

Me miró y luego soltó por la boca el aire que estaba conteniendo, como si estuviese aliviada.

—Ni siquiera sabía que tenías un hermano.

—Tengo mis secretos —contesté observándola con atención. De verdad que parecía aliviada.

—¿Qué creías que te iba a pedir? —pregunté ahora con curiosidad.

—Nada —dijo colocando el contrato sobre la mesa—. Está bien iré... Me parece patético que no seas capaz de conseguirte una cita sin tener que chantajear, pero ya eres patético de por sí, porque lo seas un poco más... Firma —me ordenó, y vi en sus ojos que deseaba marcharse de allí.

Me puse de pie, rodeé la mesa que nos separaba y me coloqué delante de ella.

Tuvo que levantar los ojos para poder mirarme directamente.

—¿Qué creías que te iba a pedir? —volví a preguntar empezando a ver por dónde iban los tiros y cabreándome por el mero hecho de que ella me creyera capaz...—. Contesta, Victoria —la insté llamándola por su nombre de pila por primera vez desde que nos conocíamos.

Pareció estremecerse ante la mención de su nombre.

—Firma el contrato, Taylor —dijo y mi nombre en sus labios por primera vez me produjo un dolor punzante en la entrepierna.

De repente me moría de ganas de besarla..., de morder ese labio tan voluptuoso con mis dientes y sentir su lengua enroscada con la mía.

Joder, tenía que controlarme.

Sin apartar mis ojos de los suyos, cogí el bolígrafo que me tendía y finalmente me agaché sobre la mesa para firmar el aumento del porcentaje de sus ganancias.

Una sonrisa apareció en su cara y algo dentro de mí pareció volver a despertar.

—Encantada de hacer negocios contigo —declaró dándome la espalda y metiendo el contrato en su maletín de cuero negro.

Se fue hasta la puerta y antes de que se marchara decidí hablar.

—Yo nunca te pediría que hicieras nada de eso, Vic —comenté usando el mote que sabía que más odiaba. Se detuvo delante de la puerta y no se movió—. No te lo pediría porque la que va a terminar rogándome que lo haga vas a ser tú.

Y no pude callarme..., joder, no pude cortarme porque lo que acababa de sentir...

Ni siquiera se giró para darme una de las contestaciones de las suyas. Se quedó en silencio, sin mirarme y finalmente salió de mi despacho.

Me quedé quieto mirando por donde acababa de desaparecer.

¿Acababa de insinuarle a la hija de mi jefe que se moría por acostarse conmigo?

¿Y qué significaba ese silencio?

«Joder, Taylor…, no sales de una que ya te estás metiendo en otra…», y sabéis perfectamente a lo que me estoy refiriendo, no me seáis mal pensados.

O, bueno…, sí.

Agradecimientos

¡Y ya son ocho libros! ¿Quién lo diría? Han pasado casi cuatro años desde que publiqué *Culpa mía*, desde que el sueño de toda mi vida se cumplió, y de verdad que aún me cuesta creerlo. Nunca olvidaré esos meses en los que subía mi libro a Wattpad y las poquitas lectoras que tenía me hacían comentarios y me pedían más. Nunca creí que fuese capaz de llegar tan lejos, y por ello debo dar las gracias a todos los que han contribuido a que hoy pueda decir que soy escritora.

Gracias al equipo de Penguin Random House por la oportunidad de crecer y de llegar a lugares a los que nunca creí posible llegar, y gracias en especial a mis editoras, Rosa y Ada, por su paciencia y por estirar los plazos de entrega hasta casi convertirlos en algo imposible.

Sé que ha sido duro para todos, pero al menos podemos decir ya con seguridad ¡que hemos terminado la trilogía con éxito!

Gracias a mi familia, que me ha ayudado y escuchado cuando creía que no iba a ser capaz de terminarla a tiempo. Sois mi mejor apoyo y os quiero con locura a todos. Y debo dar las gracias a mi equipo de lectoras exprés: mi prima Bar y mis hermanas Ro y Belén, por leeros el libro en horas y darme opiniones muy necesarias para que estos libros fuesen lo mejor que podían ser.

Bar, siempre estás ahí, a pesar de la distancia, y de verdad que sin ti mis libros nunca llegarían a ser lo que son. Gracias por tu sinceridad y por tus correcciones.

Gracias a ti, Joaquín, por ser mi mejor compañero y por aguantarme en mis peores momentos.

Y, por último, gracias otra vez a ti, por seguir aquí, por confiarme tu tiempo y esperar que pueda sorprenderte, enamorarte, llorar y hacérselo pasar mal, pero ¿qué sería de un libro mío si no te hiciera sufrir un poco? De verdad que espero que lo hayas podido disfrutar y que vuelvas a darme la oportunidad de sorprenderte..., pero al menos darme algunos meses. ;)

¡Os quiero a todos!

¡Hasta el próximo!

ENAMÓRATE DE OTRAS SAGAS DE MERCEDES RON

Culpables

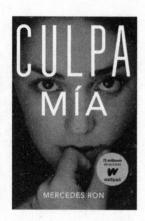 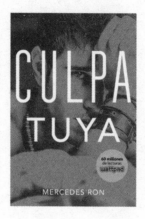 

Enfrentados

Dímelo con besos de Mercedes Ron
se terminó de imprimir en septiembre de 2021
en los talleres de
Impresora Tauro, S.A. de C.V.
Av. Año de Juárez 343, col. Granjas San Antonio,
Ciudad de México.